일본인문기행

지은이

이경재 李京在, Lee Kyung-jae

숭실대학교 국어국문학과 교수로 재직중이며, 그동안 펴낸 평론집으로『단독성의 박
물관』,『끝에서 바라본 문학의 미래』,『현장에서 바라본 문학의 의미』,『문학과 애도』,
『재현의 현재』,『한국 현대문학의 공간과 장소』,『명작의 공간을 걷다』,『세 겹의 시선
으로 바라본 문학』등이 있다. 2013년 젊은평론가상, 2018년 김환태평론문학상, 2024
년 김윤식학술상을 수상하였다.

일본인문기행

초판발행 2026년 1월 12일

지은이 이경재

펴낸이 박성모
펴낸곳 소명출판
출판등록 제1998-000017호
주소 서울시 서초구 사임당로14길 15 서광빌딩 2층
전화 02-585-7840
팩스 02-585-7848
이메일 somyungbooks@daum.net
홈페이지 www.somyong.co.kr

ISBN 979-11-7549-033-8 03800
정가 21,000원

일본인문기행

이경재 산문집

Journey Through
Japanese Humanities

　먼저 독자들에게 양해부터 구해야 할 것 같습니다. 비전공자인 제가 감히 일본에 대한 글을 쓰고, 나아가 책까지 내게 되었습니다. 이것이 얼마나 무모한 모험인지 알기에, 일본 전문가 두 분의 추천사를 받았습니다. 두 분 선생님께 감사드립니다.

　그럼에도 이 책을 쓰지 않을 수 없었던 이유는 아마도 제 안의 강렬한 무언가가 있기 때문인 것 같습니다. 조지 오웰George Orwell, 1903~1950은 에세이 「나는 왜 쓰는가Why I Write」1946에서 글을 쓰는 네 가지 동기에 대해 설명했습니다. 타인의 관심을 받고자 하는 '온전한 이기심Sheer Egoism', 아름다움을 표현하고자 하는 '미학적 열정Aesthetic Enthusiasm', 사실을 기록하고자 하는 '역사적 충동Historical Impulse', 사회를 변화시키고자 하는 '정치적 목적Political Purpose'이 그것입니다. 그러나 곧 조지 오웰은 작가가 글을 쓰는 진정한 동기는 저항할 수도, 이해할 수도, 설명할 수도 없는 "어떤 유령 같은 존재demon"에 의해 내몰리기 때문이라고 주장했는데요. 비전공자인 제가 누구도 강요하지 않은, 일본문화에 대한 글을 책 한 권 분량으로 쓴 이유는 아무리 생각해도 '제 안의 유령'이 만들어낸 강박 때문인 것 같습니다.

　먼저 저의 어머니입니다. 어머니는 중일전쟁이 발발한 다음 해인 1938년 일본 교토에서 태어났습니다. 젊은 시절 일본으로 건너간 두 명의 청춘 남녀가 가정을 이루어 낳은, 첫 번째 딸이 바로 저의 어머니입니다. 어머니는 여덟 살까지 일본에 살며, 일본 학교도 다녔습니다. 어머니가 어린 저에게 해주신 일본 이야기에는 조선인으로서 겪어야 했던 비통한 이야기들도 있고, 누구나 가질 수밖에 없는 따뜻한 유년의 이야기들도 있었습니다. 원체 어린 시절에 체험한 것들이어서 그런지, 어머니의 일본 얘기는 특정한 이데올로기의 프리즘을 통과하지 않은 생생한 것들이었는데요. 아마도 이때부터 제 마음속에는 일본이란 나라가 중요한 자리를 차지하게 된 것 같습니다.

다음은 제 전공이 한국근대문학이라는 사실입니다. 보통 19세기 말부터 시작되어 식민지시기에 본격화된 한국근대문학은 일본과의 밀접한 관련성 속에서 탄생하여 전개되었습니다. 수많은 문인들이 어떤 식으로든 일본과 상호작용하며 자신의 문학을 꽃피웠던 것입니다. 그렇기에 일본을 괄호 쳐 놓고 한국근대문학을 연구한다는 것은, 어떤 의미에서는 타조가 모래에 얼굴을 파묻고 세상을 외면하는 것처럼 느껴지기도 했습니다. 더군다나 제가 대학원에 입학한 1998년은 그동안 금지되어 있던 일본 대중문화가 공식적으로 개방된 해였습니다. 이 일을 계기로 국문학계에서도 일본과의 교류가 본격화되었고, 여러 선배들이 교환학생으로 일본에 건너가 공부를 하다 돌아오고는 했는데요. 그 선배들의 공부 방식은 당시엔 무척이나 새롭고 가치 있어 보였습니다. 그런 과정 역시 제 마음속에 일본의 자리를 더욱 크게 만들었던 것 같습니다.

사실 일본은 너무나도 가까운 나라이기에, 한국인인 제가 특별히 의식하지 않아도 커다란 의미를 지닐 수밖에 없습니다. 하다못해 해외여행을 생각해도 가장 쉽게 떠오르는 나라는 일본이고, 외국인을 생각해도 가장 먼저 떠오르는 사람은 일본인이기 때문입니다. 수많은 만남이 이어지면 이어질수록, 직업병일 수도 있지만 일본의 문화를 제 나름대로 이해해 보고 싶다는 욕망은 날로 커질 수밖에 없었습니다. 그런 일들이 차곡차곡 쌓이며, 결국 『일본인문기행』이라는 한 권의 책으로까지 이어진 것이라는 생각이 듭니다.

2024년 1월부터 원고지 13매 정도로 일본 기행 산문을 연재하기 시작했습니다. 특히 2024년 9월부터 2025년 8월까지는 도쿄대에서 연구원으로 1년간 머물며 연구를 수행했는데요. 처음부터 의식한 것은 아니지만, 연재를 하면서 제 스스로 깨닫게 된 사실들이 있습니다. 먼저 일본은 단선적으로 파악할 수 없다는 점입니다. 일본 역시 우리처럼 수천년의 역사를 지닌 인구 약 1억 3천만의 나라입니다. 그런 나라를 하나의 명제나 단순한 이분법으로 규정한다는 것은 어불성설일 수밖에 없습니다. 지난 2년은 '일본은 검다'고 규정하면, 어딘가에서는 '일본은 희다'라는 명제가 튀어나오는 경험을 수없이 반복해온 시간이었습니다.

지금 돌이켜보면 일본을 답사하고, 공부하고, 고민하는 과정은 어쩌면 우리를 더 깊이 이해하는 과정이었다는 생각이 들기도 합니다. 『총·균·쇠』의 저자인 제레드 다이아몬드 Jared Diamond, 1937~는 "한국과 일본은 서로 다른 집에서 자란 쌍둥이일지도 모른다"는 말을 남겼는데요. 양국의 유사성을 보여주는 증거들은 일일이 나열하기 힘들 만큼 많습니다. 오늘날은 최신의 과학적 증거를 통해서도 이러한 유전적·문화적 유사성이 증명되고 있는데요. 그렇기에 일본을 이해하는 과정은 자연스럽게 우리 자신을 이해하는 과정일 수밖에 없습니다.

분명 일본의 역사를 말하고, 문학을 논하고, 미술을 평하는 것은 한국문학 평론가인 저에게는 외도임에 분명합니다. 그러나 일본의 문화를 탐구하는 과정이 어느 순간부터는 제 본업이기도 한 평론 활동 그 자체로 여겨지기도 했는데요. 문학평론이 미지의 텍스트를 읽고 나름대로 의미를 부여하여 세상에 내놓는 것이라면, 다른 나라의 문화를 온몸으로 체험하고 그것을 분석解釈하는 일이야말로 진정 비평에 가까운 일이었던 겁니다. 그렇기에 제가 『일본인문기행』을 통해 지향한 것은 문학적인 색깔을 지닌 산문이 아니라, 그 자체로 온전한 문학이었다는 생각이 듭니다. 이 책은 제 외도의 산물인 동시에, 엄연한 저의 평론집으로 받아들여져도 무방하다는 기대를 해봅니다.

이 졸고를 쓰는 2년이라는 시간 동안, 희미한 불빛 하나가 저의 책상을 내내 비춰주었습니다. 그것은 허준의 「잔등」[1946]에 나오는 국밥집 노파가 켜놓은 잔등殘燈인데요. 「잔등」은 해방기에 쓰여진 대표적인 귀환소설입니다. 장춘에서 해방을 맞이해 고국으로 돌아오던 천복은, 밤거리에서 희미한 등불을 켜놓고 "잃어버릴 건 다 잃어버리고 못 먹고 굶주리어 피골이 상접"한 일본인들에게 국밥을 파는 노파를 만납니다. 더욱 놀라운 사실은 노파가 해방 되기 한 달 전에 유일한 혈육인 아들을 감옥에서 잃었다는 점입니다. 공장에 다니던 아들은 독립운동을 하다가 스물여덟의 나이로 사망한 것인데요. 그럼에도 노파는 보편적 인류애와 아들과 활동하다 함께 감옥에 간 가도오를 생각하며 패전한 일본인들에게 남몰래 따뜻한 국밥 한 그릇을 말아주었던 것입니다. 이런 노파를 생각하며, 천복은 "인간 희망의 넓고 아름다운 시야를 거쳐서만 거둬들일 수 있는 하염없는 너그러운 슬픔"을 떠올립니다. 피로 피를 씻을 수 없는 것이 엄연한 진실이라면, 우리에게 허용된 유일한 삶의 지평은 결국 '잔등의 윤리'일 수밖에 없지 않을까요. 우리 마음 속의 잔등이 꺼지지 않기를 바라봅니다. 마지막으로 150장이 넘는 사진을 수록한 이 번거로운 책의 편집을 맡아 수고해주신 이희선 선생님과 소명출판에 진심으로 감사드립니다.

2026년 1월
이경재

지도로 보는 차례

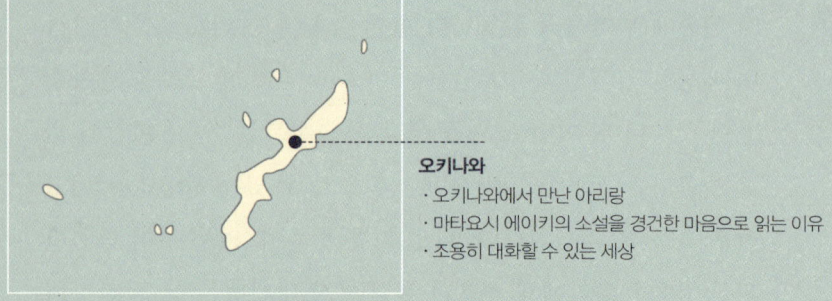

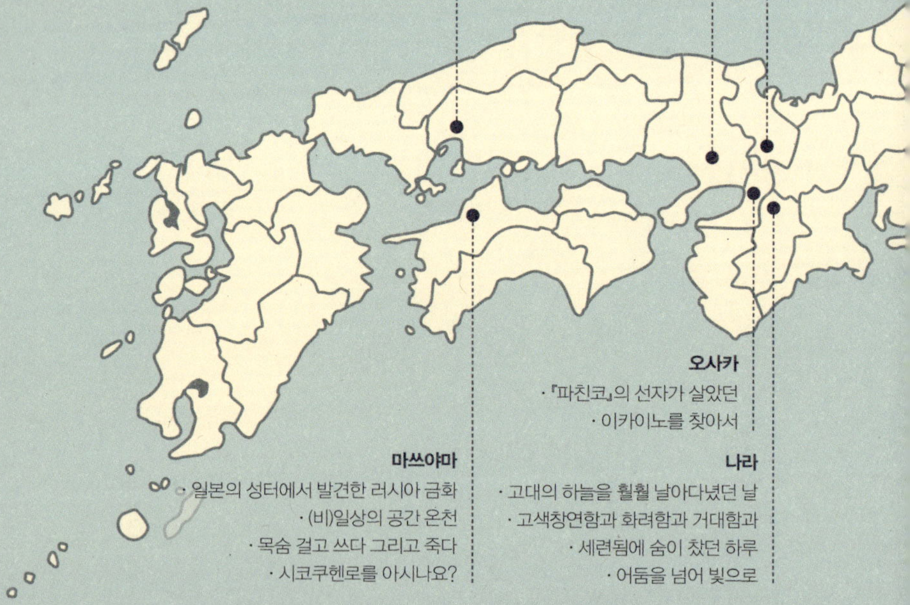

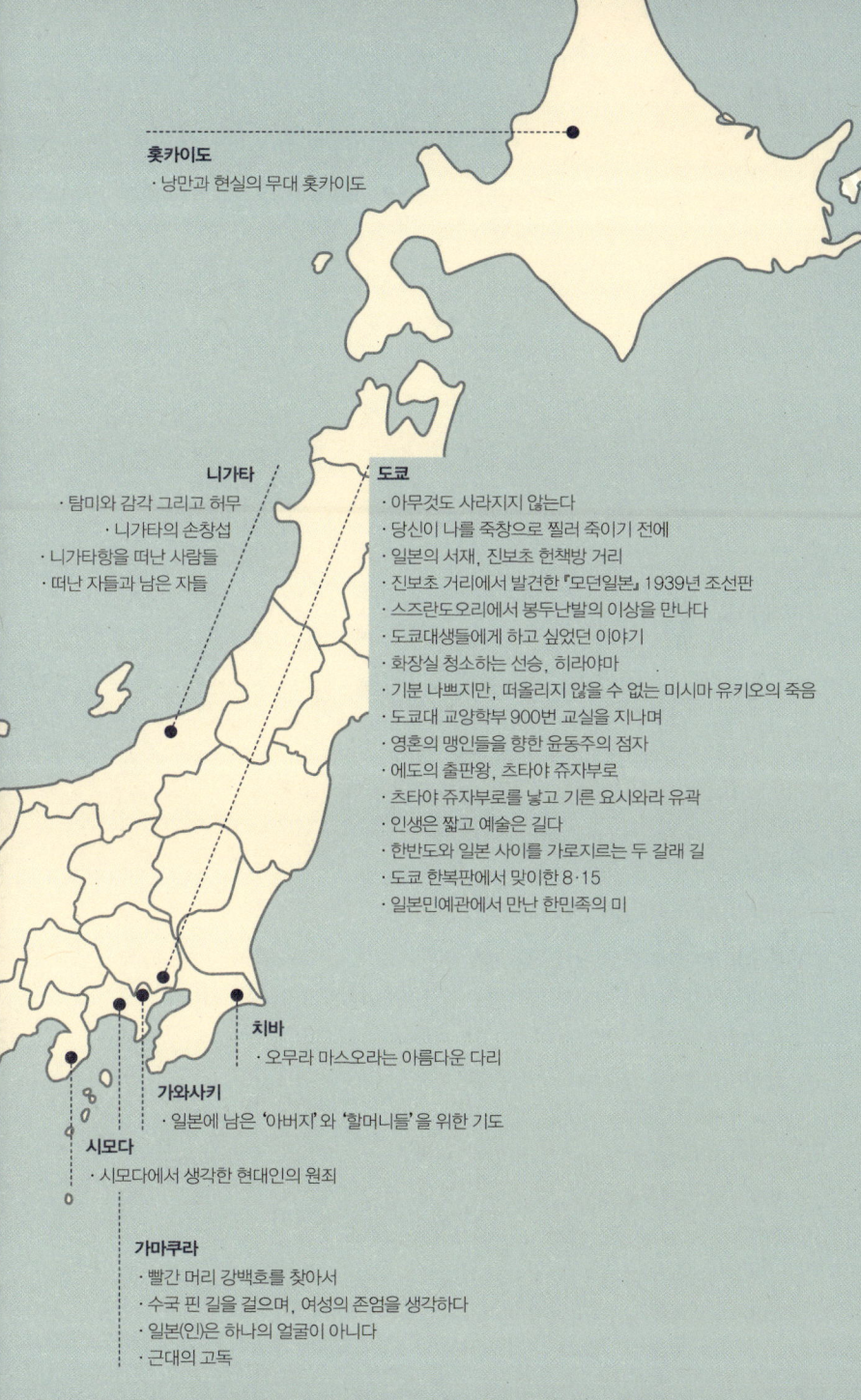

차례

제2부

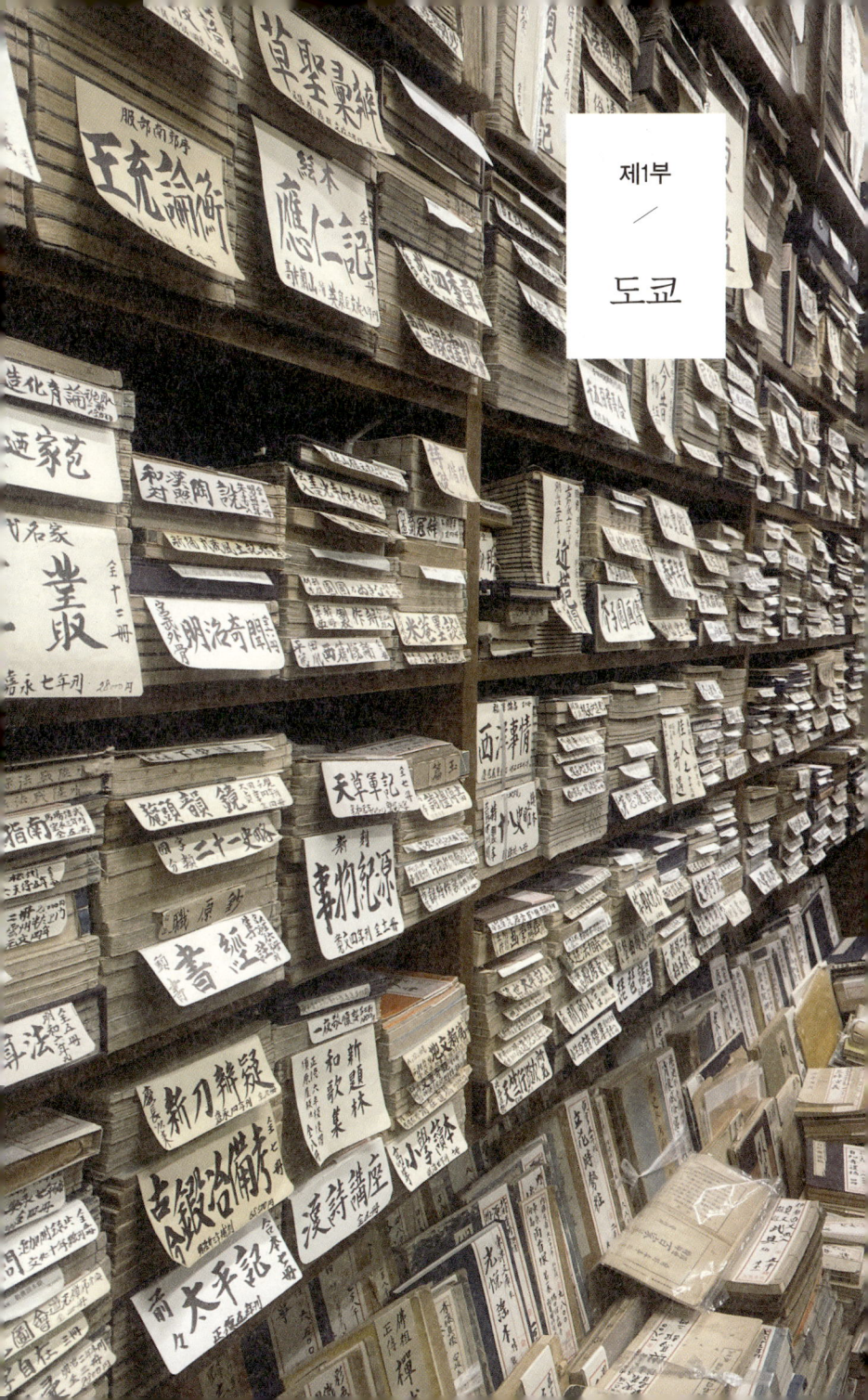

제1부

/

도쿄

아무것도
사라지지 않는다

연구년을 맞아 2025년 9월 1일부터 1년간 도쿄대에서 객원연구원으로 지내게 되었습니다. 출국을 앞두고 지인들을 만날 때마다, 가장 많이 들은 이야기는 지진에 대한 염려였는데요. 모두 알다시피, 노토 반도 대지진으로 2024년을 맞이한 일본에서는 8월에 지진이 연이어 발생했습니다. 8월 8일 미야지마 지진을 시작으로, 8월 9일 가나가와현에서, 8월 10일 홋카이도에서 지진이 일어났던 겁니다. 이로 인해 난카이 해곡에서 100~150년 간격으로 발생한다는 대형 지진에 대한 불안감이 커졌습니다. 일본 정부는 지난 8월 8일 '난카이 해곡 지진 주의'를 발표하기까지 했는데요. 그래서인지 저를 아끼는 많은 분들은 지진에 대한 걱정을 참 많이도 해주었습니다. 처음에는 대수롭지 않게 생각하던 저도 나중에는 걱정이 될 정도였는데요. 한국인에게 일본과 지진은 떼려야 뗄 수 없는 공포의 대상으로 무의식 깊은 곳에 자리잡고 있다는 생각이 들었습니다. 이건 아마도 지금으

요코아미초 공원에 있는 관동대지진 조선인희생자 추도비

로부터 100여 년 전 발생한 간토대지진의 참상과도 결코 무관
하지 않을 겁니다.

공교롭게도 제가 일본에 입국한 날은 101년 전 간토대지진이
일어난 9월 1일이었습니다. 간토대지진은 참으로 끔찍한 진재震
災, 지진에 의한 재해였는데요. 1923년 9월 1일 11시 58분 도쿄를 비롯한
간토 일대를 강타한 지진은, 도쿄제대에 설치된 지진계가 고장
날 정도로 강력한 것이었습니다. 이 지진으로 수십만의 사상자
가 발생했는데요. 더욱 끔찍했던 것은 이후 계엄령이 내려지고,
일본군과 경찰들의 직접적인 가담 내지는 방조에 의해 수천명
의 조선인이 학살당했다는 사실입니다. 학살은 주로 자경단에
의해 이루어졌는데, 그들은 '조선인들이 우물에 독을 풀었다',
'조선인들이 불을 지르고 다닌다', 심지어 '임신부처럼 배에 폭
탄을 넣고 다니며 일본인을 죽인다' 등의 유언비어를 빌미로 그

런 만행을 저질렀던 겁니다. 시인 쓰보이 시게지壺井繁治, 1898~1975
는 시 「15엔 50전十五円五十錢」에서 그 날의 참상을 "나라를 빼앗기
고 / 말을 빼앗기고 / 최후에 생명까지 빼앗긴 조선의 희생자
여 / 나는 그 수를 셀 수가 없구나"라고 표현하기도 했습니다.

　그래서일까요? 누가 시킨 것도 아니지만, 일본에서의 첫 번째
주말을 맞이한 제가 향한 곳은 스미다구에 있는 요코아미초 공
원이었습니다. 요코아미초 공원은 간토대지진 당시 공터본래는 일
본 육군 피복창터여서 많은 사람들이 피난했다가, 오히려 갑자기 닥쳐
온 열폭풍으로 무려 3만 8천 명이 희생된 곳입니다. 여기에는 웅
장한 일본풍의 도쿄도위령당이 있었는데요. 그 옆에 검은 색의
'관동대지진조선인희생자추도비'가 세워져 있었습니다. 추도비
옆에는 '관동대진재 조선인희생자 추도행사 실행위원회'가 1973
년에 세운 비석이 하나 더 있었는데요, 그 비석에는 "1923년 9월

일어난 간토대진재의 혼란 속에서 그릇된 책동과 유언비어로 6,000여 명에 이르는 조선인이 귀중한 생명을 잃었습니다. 우리들은 50주년을 맞아 조선인 희생자를 마음으로부터 추도합니다"라는 문장으로 시작되는 글이 새겨져 있었습니다. 올해도 9월 1일에 추도식이 열렸으며, 제가 이곳을 찾은 9월 7일에도 여전히 꽃과 술병들이 억울한 넋을 위로하고 있었습니다.

올해는 사이타마현 지사와 지바현 지사가 간토대지진 당시 학살된 조선인 희생자 추도 행사에 처음으로 추도 메시지를 담은 조전을 보냈다고 합니다. 또한 후쿠다 야스오 전 총리는 9월 1일 일본 도쿄 주일한국문화원에서 열린 '101주년 관동대진재 한국인 순난자 추념식'에 자민당 출신 전직 총리로는 처음 참석하기도 했는데요. 행사 이후 한국 기자들과 만나 간토대지진 당시 조선인 학살은 "역사적인 사실"이라며 '한·일 공동 조사'가 필요하다고 밝히기까지 했습니다. 일본 정부가 간토대지진 당시 6,600여 명의 조선인이 학살당한 사실을 흔쾌히 인정하지 않는 가운데 전직 총리가 이를 '사실'로 확인한 것은 의미 있는 일임에 분명합니다. 그러나 현 고이케 유리코 도쿄도지사는 조선인 희생자를 위한 어떤 행보도 보이지 않았네요. 특히 2016년까지 도쿄도지사가 매년 추도문을 발표했던 것과 달리, 고이케 유리코 도쿄도지사는 2017년 취임 이후 올해까지 단 한번도 간토대지진 조선인 학살 희생자에 대한 추도문을 발표하지 않고 있다고 합니다.

본래는 요코아미초 공원 근처의 스미다가와 강변도 걷고, 아

도쿄대 도서관에서 열린 간토대지진 관련 전시회(2024.9.24)

사쿠사 관광지까지도 가볼 생각이었으나, 100년 전의 그 처참한 만행과 오늘날까지 이어지는 부인否認의 폭력 때문인지 갑자기 너무나 큰 피로가 몰려왔습니다. 급하게 연구실로 돌아왔지만, 어쩐 일인지 연구실 건물 자체가 출입불가였습니다. 할 수 없이 중앙도서관에 갔을 때, 놀랍게도 그곳의 1층 전시 코너에서는 <눈앞에서 펼쳐진 학살의 기록과 시민의 대처 — 관동 대지진 당시 살해당했거나 살해당할 뻔한 사람들을 애도한다>라는 이름의 전시가 펼쳐지고 있었습니다. '진재발생, 그리고 사람들은……', '일고생이 본 관동대진재', '진재 당시의 조선인 유학생', '학살의 실태를 조사하다 — 조선인 조사단과 요시노 사쿠조', '진재에 대한 끊임없는 증언과 그 후', '잊지 않기 위해 — 시민의 활동과 추도회'라는 여섯 개의 세부 코너에 총 34개의 자료가 전시되어 있었는데요. 큰 규모는 아니지만, 간토대지진과 관련한 역사적 증언들과 자료들을 살뜰하게 모아 놓은 전시였습니다. 그 전시를 보고 숙소로 걸어가면서, 어쩌면 절망도 그리고 희망도 결코 사라지지 않는다는 생각을 해보았습니다.

2024.9.24

당신이 나를
죽창으로 찔러 죽이기 전에

지난 번에는 관동대진재에 대해 이야기했는데요. 며칠 전 도쿄대 구내서점에서 시선을 사로잡는 특이한 제목의 책을 발견했습니다. 재일 한인 3세인 이용덕李龍德, 1976~이 쓴 「당신이 나를 죽창으로 찔러 죽이기 전에」あなたが私を竹槍で突き殺す前に, 河出書房新社, 2020 라는 장편소설이 바로 그 주인공인데요. 근대에 들어 죽창으로 사람을 찔러 죽이는 일은 매우 드문 일입니다. 일본의 경우에는 관동대진재 당시 죽창으로 많은 사람을 찔러 죽인 것으로 유명하죠. 당시 유언비어에 들려 있던 자경단원들은 칼, 창, 곤봉, 도끼, 심지어는 피스톨까지 동원해 조선인을 학살했습니다. 이때 가장 많이 사용한 무기 중의 하나가 바로 죽창이었던 겁니다. 실제로 이용덕은 다른 글에서 '당신이 나를 죽창으로 찔러 죽이기 전에'라는 제목이 1923년 관동대진재 당시 이웃에서 함께 생활하던 재일 조선인을 학살한 역사적 사실에 바탕한 것이라고 밝히기도 했더군요.

관동대진재가 재일 한인의 비극적 과거를 보여준다면, 이 작품은 재일 한인의 비극적 미래를 보여줍니다. 「당신이 나를 죽창으로 찔러 죽이기 전에」는 배외주의자들이 꿈꾸던 재일 한인에 대한 차별이 완전하게 실현된 가상의 미래를 배경으로 하고 있습니다. 이러한 디스토피아를 살아나가는 다양한 재일 한인들의 분투가 이 작품의 기본 서사라 할 수 있는데요. 거대한 반격을 준비하는 가시와기 다이치, 새로운 가능성을 찾아 한국으로 가는 박이화^{야마다 리카}, 냉소적인 자세로 일관하는 양선명^{스기야마 노리아키}, 한국행 페리에서 몸을 던지는 마수미, 완력으로 차별에 맞짱을 뜨는 다우치 마코토^{윤신}, 배외주의자들에게 강간당하고 살해당한 김마야, 동생의 죽음으로부터 새로운 각성에 이르는 김태수^{기무라 야스모리} 등이 주인공으로 등장합니다. 400페이지에 이르는 이 소설에는 으스러진 뼈와 철철 흐르는 피, 그리고 그보다도 무서운 증오와 모멸의 헤이트 스피치가 빼곡한데요.

저에게 가장 끔찍하게 다가온 차별과 폭력은 마수미의 아버지가 체험한 것입니다. 마수미의 아버지는 우수한 엔지니어로 일본에 스카우트된 한국인이지만, 끝내 일본에서 견디지 못하고 한국으로 돌아옵니다. 그 이유는 자신이 혹시 차별받고 있는 것은 아닌가 하는 의심과 공포가 지긋지긋했기 때문입니다. 그가 느낀 의심과 공포는 지극히 사소한, 그렇기에 일상에 편재한 것이었습니다. '병원 대기실에서 나보다 뒤에 온 사람이 먼저 진료실에 들어간 것은 혹시 차별 때문은 아닐까?', '구청 직원의 냉정한 태도는 일본인에게도 똑같은 것일까?', '한국식 이름을

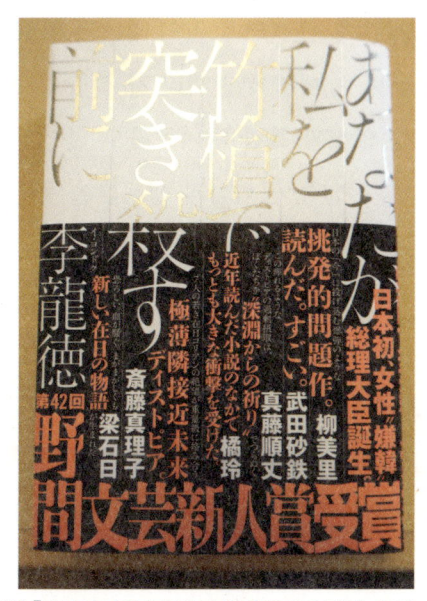

이용덕의 『당신이 나를 죽창으로 찔러 죽이기 전에』 표지

동일본 최대의 코리아타운인 도쿄의 신오쿠보

밝힌 후 콜센터 직원의 태도가 변했다고 느끼는 것은 나의 착각일까?', '재일 한인끼리 간 식당의 음식은 과연 깨끗할까?'와 같은 의심과 불안은 너무나도 일상적이고 사소한 것이기에, 떨쳐낼 수 없는 끈적함과 생생함을 동반하여 더욱 공포스럽게 다가올 수밖에 없습니다.

일상의 모든 것을 의식하고 살아야 하는 이 상황이야말로, 그 어떤 폭력적인 장면보다도 저에게는 더욱 아찔하게 느껴지더군요. 작품의 주인공이라 할 수 있는 다이치도 "제노사이드나 강제수용소의 반복만이 디스토피아가 아니야. 디스토피아는 지금이지"라며, "독가스 대신 단지 증오를 발산해서 공기를 더럽히고, 마이너리티를 숨막히게 하는 이 방법이야말로 새로운 학살법"이라고 강변하기도 합니다.

과거라는 점과 미래라는 점을 연결하여 선을 그을 때, 그 중간쯤에 위치한 것이 현재라고 한다면, 관동대진재와 「당신이 나를 죽창으로 찔러 죽이기 전에」가 그려 보인 디스토피아의 중간쯤에 놓인 것이 아마도 재일 한인이 처한 현재의 상황일 겁니다. 그렇다면 그 현재는 결코 행복하다고만은 할 수 없을 텐데요. 이용덕은 몇몇 매체와의 인터뷰에서 이 소설의 진정한 작가는 "시대時代"라고 밝히기도 했습니다. 그가 말한 '시대'란 도쿄 신오쿠보 등에서 헤이트 스피치가 울려 퍼지던 2010년대 초반을 말합니다. 이러한 극우단체의 데모도 2016년 시행된 '헤이트 스피치 금지법'과 인종차별에 맞선 카운터 데모에 의해 현재는 거의 멈춘 상황입니다. 그러나 사이버 공간 등에서는 재일 한인을 향한 차별적 발언이 유통되고 있는 것도 엄연한 현실이죠.

작품은 뜻밖의 상황으로 끝나며, 많은 생각거리를 던져줍니다. 다이치의 계획대로 양선명, 김태수, 윤신 등이 목숨을 잃은 후에, 그 죽음과는 무관하게 갑자기 한일 해빙 무드가 연출되며 재일 한인에 대한 차별이 사라지는 겁니다. 그것은 한일 공동의 적이 탄생했기 때문에 가능한 일인데요. 서아프리카에 파견된 자위대가 습격을 받는 일이 발생하고, 이때 한국군이 자위대를 원조합니다. 이를 계기로 한일정상회담이 열리고, 대표적인 코리아타운인 오사카의 쓰루하시에는 일본인 관광객들이 넘쳐나고 교류 이벤트가 성황을 이룰 정도로 화기애애한 상황이 펼쳐지는 겁니다.

이제 헤이트 스피치는 재일 한인이 아닌 이슬람교도들을 향하게 됩니다. 거리에서는 이슬람교도에 대한 배외주의 운동이 펼쳐지고, 그 군중 속에는 태극기를 들고 있는 자와 일장기를 들고 있는 자가 공존합니다. 심지어는 한국인과 일본인이 어깨동무를 하기도 하는군요. 한국인과 일본인이 어깨동무를 하기 위해서 필요했던 것은, 바로 제 3의 적이었던 겁니다. 어쩌면 이용덕이 「당신이 나를 죽창으로 찔러 죽이기 전에」를 통해 진정으로 하고 싶었던 말은, 늘 적을 필요로 하는 인간의 슬픈 본성에 대한 것인지도 모르겠다는 생각이 듭니다.

2024.10.15

일본의 서재,
진보초 헌책방 거리

연구를 위해 도쿄에 머물면서, 제가 연구실 다음으로 많이 방문하는 곳은 아무래도 진보초 헌책방 거리일 겁니다. '간다고서점연맹'에 가입된 서점만 127개에 이르는 진보초는 명실상부한 세계 최대의 헌책방 거리인데요. 이렇게 많은 헌책방이 한 곳에 모이게 된 이유는, 이 곳이 책을 필요로 하는 학생들의 동네가 되었기 때문입니다.

1853년 미국의 페리가 이끄는 함대가 내항한 이후, 막부는 서양학문을 취급하는 기관의 필요성을 절감합니다. 이로 인해 진보초 근처에 1855년 '요오가쿠쇼洋学所'가 만들어지고, 이것은 이후 '요오쇼시라베쇼洋書調所'로 이름을 바꾸었다가, 메이지 정부 출범 이후 도쿄의과대학과 합병하여 도쿄대학이 됩니다. 이후 근방에는 1873년에 도쿄외국어학교가 탄생하고, 뒤이어 메이지대학, 주오대학, 센슈대학, 니혼대학 등의 전신이 되는 학교가 잇달아 개교하였던 겁니다. 학생들의 동네가 되면서, 자연스럽

'간다헌책마츠리'에서 책을 고르는 사람들

북페스티벌의 한강 관련 전시

게 근처에는 공부를 하기 위해 꼭 필요한 서점이 밀집하게 되었고, 이것이 바로 세계 최대 헌책방 거리인 진보초의 탄생 배경입니다.

진보초에서는 책만 파는 것이 아니라 일년 내내 다양한 문화 행사가 펼쳐지는데요. 특히 가을이면 열리는 '간다헌책마츠리'는 올해로 64회를 맞이하며, 일본인들의 마음을 설레이게 하는 유명한 축제입니다. 올해는 10월 25일부터 11월 4일까지 열렸는데요. 이 때는 수많은 고서점들이 가판대를 설치하여, 꼭꼭 숨겨두었던 희귀본들을 싼값에 일반에 공개하고는 합니다. 축제 기간 동안 구름 같은 인파가 몰려들어 비장의 책을 찾는 모습은 도쿄의 명물입니다. 저도 거의 매일 출근하다시피 하며 보물 같은 책을 찾고 또 찾았습니다. 올해 제가 건진 최고의 수확은, 1970년대 초에 한국문학을 일본에 소개하던 '朝鮮文学の会^{조선문학의회}'라는 단체에서 번역하여 출판한 『現代朝鮮文学選^{현대조선문학선}』 1^{創土社, 1973}입니다.

2024년 11월 23일부터 24일까지는 이틀에 걸쳐, 'K-BOOK 페스티벌'이 펼쳐지기도 했는데요. 행사에 참석하기 위해 11시에 출판그룹빌딩에 도착했을 때는, 입장을 기다리는 사람들이 빌딩 주위로 길게 줄을 서 있을 정도로 열기가 뜨거웠습니다. 이 행사에서는 한국문학 번역 관련 시상식도 있었고, 한국의 유명 시인 작가들의 대담 행사도 펼쳐졌습니다. 올해는 한강 작가의 노벨문학상 수상으로 인해 그 열기가 예년보다 더욱 뜨거웠는데요. 행사장의 한 쪽에는 한강 작가의 책들과 한강의 문학세계를 한국문학사의 맥락에서 짚어낸 전시물이 시선을 끌었습니다. 무엇보다도 이 날의 주인공은 일본에 번역된 한국문학 관련 책들이었습니다. 한국과 일본의 46개 출판사가 참가하여, 한국문학 관련 서적을 판매하고 있었는데요. 어느새 한국문학도 진보초, 나아가 일본 문화의 한복판에 당당하게 자리를 차지하고 있다는 생각이 들었습니다.

이후에는 한국에서 온 스무 명의 작가, 시인들과 함께 '한·일 작가 교류회'가 열리는 쇼가쿠칸小學館 출판사로 갔습니다. 그곳에서 일본 문학인들과의 교류회가 있었는데요. 이 자리에서 무엇보다 저를 흥분시킨 일은 나카가미 겐지中上健次, 1946~1992의 딸인 나카가미 노리中上紀, 1964~를 만난 것입니다. 나카가미 노리는 에세이스트이자 소설가로 유명한데요. 나카가미 노리는 소설가 나카가미 겐지의 딸이기도 합니다. 마흔 일곱 살의 나이로 세상을 떠난 나카가미 겐지는 『곶』이나 『고목탄』으로 유명하지만, 저에게는 비평가 가라타니 고진柄谷行人, 1941~의 문학적 동지라는 의미가 더욱 크게 다가오는 작가입니다. 가라타니 고진은 나카가미 겐지가 죽었을 때, 이제 일본근대문학은 끝났다며 본격적인 문학비평을 그만두기도 했습니다. 그는 나카가미 겐지 이후의 일본 소설이란 로맨스에 불과하며, 심지어는 에도시대1603~1868 이야기로의 퇴행이라고까지 주장했습니다.

교류회가 끝난 이후에는, 관계자 분들의 안내를 받아 헌책방을 구경했는데요. 지금까지 여러 번 둘러본 헌책방 거리이지만, 이전에는 못 가본 귀한 곳들에 가볼 수 있었습니다. 그 중에서

도 가장 인상에 남는 가게는 1882년에 설립된 '오야쇼보^{大屋書房}'였습니다. 현재 창업자의 4대 후손이 운영하는 이곳에서는, 에도 시대와 메이지기의 일본 책, 오래된 지도, 우키요에 판화 등을 전문적으로 취급하고 있었는데요. 강의실에서 말로만 듣던 (혹은 하던) 도카이 산시^{東海散士, 1853~1922}의 『가인지기우』^{佳人之奇遇』}^{1885~1897}나 후쿠자와 유키치^{福澤 諭吉, 1835~1901}의 『학문의 권장^{学問のすすめ}』^{1872~1876}과 같은 책의 초판본을 볼 수 있었습니다. 150여 년 전의 이 책들을 직접 보니, 책이라는 물성이 내뿜는 아우라^{원본에서 느껴지는 고상하고 독특한 분위기}가 만만치 않다는 느낌이 들었습니다.

독서대국으로 일컬어지는 일본이지만, 현재는 서점의 수도 최전성기에 비해 3분의 2로 줄었고, 심지어는 일본인의 절반 이상은 1년 동안 단 한 권의 책도 읽지 않는다고 합니다. 책의 위기는 일본이라고 해서 예외가 아닌 모양입니다. 그러나 책이 지닌 고유한 힘과 책을 사랑하는 사람들이 남아 있는 한, 책도 활자문화도 그렇게 쉽게 사라지지는 않으리라는 생각^{기대}을 해봤습니다.

2024.12.10

오야쇼보의 헌책들

진보초 거리에서 발견한
『모던일본モダン日本』 1939년 조선판

2024년 64회를 맞이하는 '간다헌책마츠리'에서 건진 또 하나
의 보물같은 헌책은 『모던일본モダン日本』 1939년 조선판입니다.
제국주의는 보통 지배받는 자를 여성으로, 지배하는 자를 남
성으로 젠더화하고는 하는데요. 영국의 시인 키플링^{Joseph Rudyard}
^{Kipling, 1865~1936}이 인도의 대도시를 시로 창작하면서 정복된 사람
들을 여성화하고 지배자들에 대한 그들의 복종을 일종의 묵인
된 강간으로 묘사한 것은 유명한 사례입니다. 안타깝게도 『모
던일본モダン日本』 1939년 조선판은 일제 시기 일본인이 지녔던 제
국주의적 의식이 노골적으로 드러나 있는 책입니다.

『모던일본モダン日本』은 1930년 10월에 일본에서 창간되어 1942
년 12월까지 통권 13권 12호가 발행되었으며, 도시문화를 중심
으로 당대의 모더니즘을 소개하는 대중적인 교양잡지입니다.
『모던일본』 1939년 조선판은 일본인들에게 조선을 소개하는 특
별호로서, 일본인들이 생각한 조선에 대한 인식을 살펴보기에

적합한 기록입니다. 흥미로운 것
은 일본인을 주요한 독자로 한
이 일본어 잡지의 조선 특별호가
기생특집이라고 해도 과언이 아
닐 정도로 기생^{평양 기생}에 대한 내
용으로 가득 채워져 있다는 점입
니다.

『모던일본(モダン日本)』 1939년 조선판의 표지

  잡지의 서두를 장식하는 화보
에서부터 기생이 가득한데요. 부
벽루에 선 두 명의 기생, 대동강
변에서 양산을 받쳐든 두 명의
기생, 청일전쟁 당시 하라다 주키
치原田重吉, 1868~1938가 맨 처음 쳐들어간 곳으로 유명한 평양 현무
문 앞에 선 기생 박설중월과 장수복, 모란대 아래 읍취각에 선
기생 김명오, 모란대 아래 전금문 누각 위의 기생 최금도와 김인
숙, 모란대 최승대 위에 있는 두 명의 기생, 기생 박설중월과 이
일지화의 사진 등이 수록되어 있습니다. 이외에도 기생은 아니
지만, 당시 인기를 끌던 여배우 이춘연, 문예봉, 한은진, 박단마,
이난영, 신카나리아, 지경순, 차홍녀, 선우일선, 김소영, 무용가
최승희, 김민자 등의 사진이 실려 있는데요. 실로 조선을 철저하
게 여성으로서 젠더화하고 있는 것입니다. 이러한 특징은 당대
유명 배우였던 김소영이 몸매가 은은하게 드러나는 자극적인
포즈로 누워 있는 표지사진에서부터 선명하게 드러납니다.

이외에도 「기생학교에서는 무엇을 가르치나?」라는 기사와 야마가와 히데미네山川秀峰, 1898~1944의 「기생의 미」, 도고 세지東郷青兒, 1897-1978의 「기생」이라는 짤막한 수필이 수록되어 있는데요. 「기생학교에서는 무엇을 가르치나?」는 평양 기생학교에서 정식으로 배우는 과목이 국어, 서화, 가곡, 내지 노래, 잡가, 노래복습, 예절 교육, 음악, 작문, 회화, 성악, 독해, 창가, 무용, 시조, 악전樂典 이라는 소개와 주요 과목의 내용에 대한 설명을 덧붙이고 있습니다. 주의할 것은 그들이 기생이 되는 것은 이러한 교육의 결과라기보다는 타고난 천성 같은 것으로 설명된다는 점입니다. "분명히 그녀들은 남자의 마음을 사로잡는 기술에 관한 한 '하나를 가르치면 열을 아는' 천성을 지니고 있다"는 것이 일종의 결론으로 주어지는데요. 이러한 설명을 통하여 조선의 기생은 생래적으로 '기생적인 특성'을 타고난 존재로 자연화 될 가능성이 충분합니다.

좌담회 「평양기생 내지명사를 이야기하다」는 기상천외하다고 밖에 표현할 수 없는 꼭지입니다. 한재덕이 사회를 보고 당대 유명짜한 평양기생 12명이 참여하여 이야기를 나누고 있는데요. 제목이 잘 보여주듯이 그동안 상대한 일본인들에 대한 기생들의 인상이나 기억 등을 나누는 내용으로 되어 있습니다. 여기서는 술을 마시다가 갑자기 손등을 깨문 이야기라든가, 특정한 기생을 질투하여 무리한 일을 벌인 일이라든가, 운전수를 때려서 유치장에 들어간 이야기라든가, 온갖 낭만적인 이야기를 하다가 갑자기 노상방뇨한 일 등이 등장합니다. 이러한 이야기

「평양」에 수록된 정현웅 화백의 삽화

들은 기생들과 어울린 일본 명사들의 체면을 깎는 것일 수도 있
습니다. 그러나 이에 버금가게 남자답고 품격 있는 일본 명사들
의 모습이 소개됩니다. 마지막은 "하지만 정말로 그분들이 그립
네요. 다시 한 번 보고 싶어요"라는 말로 끝남으로써, 순심으로
일본(인)을 그리워하고 따르는 조선(인)의 이미지를 구축하는데
성공하고 있네요. 이 좌담회에 참석한 기생들이 한껏 멋을 뽐낸
사진을 함께 수록함으로써 성애적 분위기는 한층 부각됩니다.

　1939년 조선판에 수록된 일본인의 소설 세 편하마모토 히로시(濱本浩,
1890~1959)의 「旅愁」, 오사라기 지로(大佛次郎, 1897~1973)의 「기억 속의 모습」, 가토 다케오(加藤武雄,
1883~1949)의 「평양」도 모두 기생을 다루고 있는데요. 이 때의 기생들

은 모두 성적 매력이 부각된 낭만적이자 비현실적인 인물들입니다.

 '『모던일본 モダン日本』 1939년 조선판'은 식민주의의 일반적인 젠더 비유를 전형적으로 보여주는 문헌이라고 할 수 있습니다. 이 잡지는 조선인의 대표적인 형상으로 기생을 전면에 내세우고 있으며, 이를 통해 온통 조선을 여성화, 성애화하고 있는 겁니다. 이러한 젠더화는 궁극적으로 일본을 가부장으로 한 내선일체 담론으로 수렴되는데요. 지금도 해결되지 않는 위안부 문제 등도 식민지 시기 존재한 이러한 젠더적 위계와 폭력이 여전히 영향을 미친 결과는 아닐까요. 진정한 동아시아의 연대와 평화는 우리 일상의 미세한 관계들을 성찰하는 것에서부터 가능한 것임에 분명하다는 생각을 해봅니다.

2024.12.17

스즈란도오리에서
봉두난발의 이상을 만나다

　진보초에 여러 대학들이 생기며 학생들이 모이고, 자연스럽게 학업에 필요한 서점이 하나둘 생겨나기 시작하며, 진보초는 세계적인 헌책방 거리가 되었습니다. '대학의 거리'이자 '학생의 거리'이기도 한 진보초에는 일찍부터 중국인 유학생과 조선인 유학생들이 자리를 잡았는데요. 진보초에 모인 한국의 젊은이들 중 하나가 천재 문인 이상[1910~1937]입니다. 제가 한 달에 한 번 세미나를 하기 위해 방문하는 센슈대학은 그 옛날 이상이 머물던 하숙방 근처여서, 세미나가 끝나 집으로 돌아올 때면 이상의 환영과 마주치지 않을까 하는 기대를 해보기도 합니다.

　이상은 1936년 10월 하순에 도쿄에 도착하여, 1937년 4월 17일 새벽 도쿄제대 부속병원에서 숨을 거둘 때까지, 진보초에 머물렀습니다. 이상의 하숙집 주소는 '東京市 神田區 神保町 3町目 101-4 石川方'인데요. 현재 간다구는 치요다구로 바뀌었고. 진보초 3초메는 남아 있지만, 101의 4라는 주소는 존재하지 않습니

이상이 숨을 거둔 도쿄제대 부속병원

이상의 하숙집이 있던
진보쵸 3초메 근처에
남아 있는 옛날식
일본 건물

다. 이상이 1937년 3월 16일 풀려나올 때까지, '거동불심자'라는 이유로 34일간 갇혀 있었던 니시간다경찰서는 하숙집에서 도보로 십여분 거리에 있었다고 하네요.

그 흔한 '장학금'조차 없이 도쿄에 간 가난한 이상의 하숙방은, 당시 한국 문단의 총아가 머물기에는 참으로 초라했던 것 같습니다. 이상은 「권태」에서 자신이 이 방에서 "오들오들 떨고 있을 뿐"이라고 썼으며, 「실화」에서는 "12월 23일 아침 나는 神保町 陋屋 속에서 空腹으로 하여 發熱하였다"고 고백하였습니다. 문우인 김기림[1908~?]은 이 곳을 "구단九段 아래 꼬부라진 뒷골목 이층 골방"이라고, 김소운[1907~1981]은 "진보초 뒷골목, 햇살이 들지 않는 좁은 이층 방"이라고 묘사했는데요. 모두가 추위와 가난과 어둠의 폐색된 이미지로 가득 차 있습니다.

변동림[1916~2004]과 결혼한 지 몇 개월밖에 되지 않았으며, 폐결핵이라는 불치병까지 앓았던 이상은 왜 커다란 바다를 건너 이토록 초라한 진보초의 골방까지 가야만 했을까요? 1936년 시점에 도쿄란 오늘날처럼 저가 항공을 타고 2시간 30분이면 도착할 수 있는 그런 곳이 아닙니다. 변동림은 남편의 임종을 지키기 위해, 경성에서 출발해 "열두 시간 기차를 타고 여덟 시간 연락선을 타고 또 스물네 시간 기차를 타고"서야 도쿄에 도착했다고 합니다.

이상은 작가였기에, 그의 진실은 작품을 통해 확인하는 수밖에 없는데요. 이상은 그 곤궁한 일본에서도 창작의 붓을 놓지 않고, 소설 「종생기」『조광』, 1937.5와 「실화」『문장』, 1939.3, 산문 「19세기식」『삼사문학』, 1937.4과 「권태」『조선일보』, 1937.5.4~11 그리고 몇 통의 편지를 남겼습니다. 이 중에서도 도쿄를 배경으로 한 유일한 소설인 「실화」는 '진보초의 이상'을 이해하는데 매우 중요한 작품입니다. 김윤식은 「실화」를 일컬어 '소설가 이상의 도쿄에서의 일일'이라고 불렀습니다, 이것은 이상의 친구인 박태원이 「소설가 구보씨의 일일」을 통해 경성의 풍경을 정밀하게 드러낸 것처럼, 이 작품 역시 도쿄의 풍경을 정밀하게 드러냈기에 가능한 명칭일 겁니다.

이상의 「실화」를 관통하는 것은 '비밀'입니다. 작품의 처음과 끝은 물론이고, 중간에도 "사람이 秘密이 없다는 것은 財産 없는 것처럼 가난하고 허전한 일이다"라는 말이 반복됩니다. '나'는 죽음까지 약속했던 '연妍이'의 '비밀秘密'을 알고서는 강한 죽음 충동을 느끼다, 결국 진보초의 골방까지 건너갑니다. '비밀'은 '비밀'일 때만 의미가 있지만, '나'는 결코 연의 '비밀'을 '비밀'로 봉인할 수는 없었던 것입니다. '내'가 '비밀'을 '비밀'로 간직할 수 없는 이유는 "슬플밖에 ― 20世紀를 生活하는데 19세기 道德性밖에는 없으니 나는 永遠한 절름발이로다"라는 말에서 알 수 있듯이, '19세기식 도덕'과 '20세기의 생활' 사이에서 분열되어 있기 때문입니다.

'나'는 이러한 분열을 자신의 한계 이전에 경성의 한계로 받아들인 것이고, 그렇기에 '19세기식 도덕'과는 무관해 보이는 '20세기식 도쿄'를 향해 목숨을 건 탈출을 시도했던 것은 아닐까요? 그래서인지 '내'가 도쿄에서 보려고 하는 것은 오직 '모던', '첨단', '새로움'에 관련된 것들 뿐입니다. EMPRESS 다방, 신주쿠의 맥주홀 NOVA, 불란서 말로 회화하는 미술가와 극작가, 진따^{여성으로 구성된 취주악대} 등이 대표적인 것들이겠죠. 특히 '20세기식 생활'에 대한 관심은 스즈란도오리에서 가장 잘 나타납니다.

1924년 다케다 고이치는 프랑스의 아르누보 디자인을 참고해 은방울꽃 모양의 가로등^{すずらんとう, 鈴蘭灯}을 만들었는데요, 스즈란도오리는 바로 거리를 밝게 비추던 영란등에서 가져온 이름으로서, 이 거리는 2024년 지금도 진보초의 어떤 거리보다 아름다운 분위기를 자랑합니다. 이 스즈란도오리는 "아스팔트는 저졌다. 鈴蘭洞 좌우에 매달린 그 鈴蘭꽃모양 街燈도 저졌다. 크라리넬 소리도 — 눈물에 — 저졌다. 그리고 내 머리에는 안개가 자옥-히 끼었다. 英京 倫敦이 이렇다지?"라는 말에서 알 수 있듯이, 당시 근대문명의 본산인 영국의 런던에까지 이어지는 '20세기 생활'의 상징인 것입니다.

본래 스즈란도오리는 '환상의 차이나타운'으로 불릴 정도로 중국인들이 많이 살던 곳입니다. 진보초 근처에 일본어학교나 중국인유학생회관이 생기면서 많은 중국인들이 모였고, 그들을 상대로 한 음식점 등이 이 거리에 집중적으로 생겨난 겁니다. 이 무렵 진보초의 스즈란도오리에 머물렀던 사람 중에는 루쉰^{魯迅, 1881~1936}이나 주은래^{周恩來, 1898~1976} 등의 유명인도 있습니다. 그러나 '20세기식 생활'을 목마르게 찾는 '내'가 원하는 것은 오직 '모던'이며 '서양'일 뿐이네요.

이러한 사정은 섣달 대목을 맞아 곱게 장식한 스즈란도오리

스즈란도오리의 풍경

에서 "最後의 이십 錢을 던져 타임스版 常用英語 四千字라는 書籍"을 사는 모습에 잘 나타나 있습니다. "이 해양만한 외국어를 겨드랑에 낀 나는 섣불리 배고파 할 수도 없다. 아 — 나는 배부르다"고 생각합니다. 밥을 굶어가면서 마지막 남은 돈으로 영어 사전을 살 정도로, '나'는 '20세기식 생활'을 갈망하는 것입니다. 그러나 안타깝게도 '19세기식 도덕'을 버리고 '20세기식 생활'에 적응하여 비밀을 간직하고자 했던 시도는 실패하고 맙니다.

근대도시로 발돋움하기 시작한 지 고작 반세기가 조금 지난 도쿄가 '20세기식 생활'만으로 가득할 리가 없기 때문입니다. 이상이 임종할 무렵에 주변 사람들이 '프랑스식 코페 빵'을 구해다 줘도, '진짜'가 아니라며 짜증을 냈듯이, 도쿄에 진짜 '20세기식 생활'이 존재할 까닭이 없는 거겠죠. 설령 이상이 파리에 간다고 해도 그가 찾던 '진짜 프랑스식 코페 빵'은 존재하지 않을 겁니다. 이러한 사정은 작품 속에서 조선을 향한 향수를 달래기 위해 C양이 양복 주머니에 꽂아준 '백국白菊을 잊어버리는 것失花'으로 형상화됩니다.

과연 저는 이상이 진보초의 골방까지 건너가 오들오들 떨다 죽어야만 했던 '비밀'을 풀어낸 걸까요. 이상의 삶과 작품은 밀도가 너무나 높아, 누구의 해석도 하나의 가능성으로 남겨질 수밖에 없는 운명인데요. 혹시 진보초의 어두운 뒷골목에서 봉두난발의 이상을 만나게 된다면, 당신이 영란등 아래서 그토록 찾아 헤맨 것은 무엇이었는지 묻고 싶습니다.

2024.12.24

도쿄대생들에게
하고 싶었던 이야기

2024년 12월 18일에는 도쿄대 18호관에서 2시간에 걸쳐 저의 조촐한 강연이 있었습니다. 처음부터 학교 측으로부터 제가 하고 싶은 이야기를 자유롭게 해달라는 부탁을 받았는데요. 그래서 제가 생각한 주제가 '21세기 한국의 다문화 소설'에 대한 것이었습니다. 사실 저는 도쿄에 오기 전에, 21세기에 발표된 한국 다문화 소설과 관련하여, 『다문화시대의 한국소설 읽기』2015, 『이질적인 선율들이 넘치는 세계』2021라는 두 권의 졸저를 출판한 바 있습니다. 제가 강연주제로 '한국의 다문화 소설'을 정한 이유는, 21세기에 들어와 한국 사회에 새롭게 등장한 결혼이주여성이나 이주노동자들을 형상화한 소설들를 통해, 우회적으로 일본 사회 내 재일한인문제나 과거사 등에 대한 인식을 환기시키고 싶었기 때문입니다.

강연은 크게 '다문화 소설을 연구하게 된 계기'와 '21세기 다문화소설의 실상'이라는 두 부분으로 준비했는데요. 오늘 이 지면에서 하고 싶은 이야기는, '다문화 소설을 연구하게 된 계기' 와 관련된 것입니다. 본래 저의 전공은 식민지 시대[1910~1945] 한국 문학으로서, 특히 저는 식민지 시대 한반도의 핵심적인 시대적 과제에 충실했던 작가들에게 관심이 많았습니다. 그랬던 제가 한국의 다문화 소설을 연구하게 된 계기는 사소하다면 사소할 수 있는, 우연한 발견 때문이었습니다.

어느 날 당시 베스트셀러로 큰 인기를 끌고 있던 김려령[1971~]의 『완득이』[창비, 2008]를 읽게 되었는데요. 이 작품은 장애인 아버지와 베트남 어머니 사이에서 태어난 반항아 도완득이 질풍노도의 고교 시절을 보내며 겪는 이야기를 그린 성장소설입니다. 그런데 『완득이』라는 작품은 식민지 시기 일본에서 활동했던 김사량[1914~1950]의 「빛 속으로」[『문예수도』, 1939.10]와 너무나 비슷했던 것입니다. 일본의 최고문학상인 아쿠다가와상 최종심에까지 오른 「빛 속으로」는 일제 말기 도쿄를 배경으로 하여, 일본 출신의 아버지와 조선 출신의 어머니를 둔 국제아 야마다 하루오가 자신 안에 있던 '조선적인 것'을 부정하다, 南先生[남선생, 미나미 센세]을 만나 자신의 '조선적인 것'을 인정하게 되는 이야기입니다.

「완득이」에서 베트남 출신 어머니와 한국인 아버지 사이에서 태어난 도완득은 「빛 속으로」의 국제아인 야마다 하루오에 대응되며, 어둠 속에 방치된 완득이를 사회로 이끌어주는 동주 선생은 南先生에 대응됩니다. 두 소설의 어머니들은 모두 인종적 · 계급적 · 젠더적 모순이 중첩되어 고통 받는 서발턴[하위주체, subaltern]이라고 볼 수 있는데요. 이러한 유사성은 1939년과 2008

南先生과 하루오가 함께 거닐었던 우에노 공원의 시노바즈 연못

년의 시간적 거리와 도쿄와 서울이라는 공간적 차이에도 불구하고, 다른 민족이나 인종이 어울려 살아가면서 벌어지는 갈등과 고통이 현재진행형이기에 발생한 것입니다. 그렇기에 「빛 속으로」는 일제 말기에 쓰여진 「완득이」이며, 「완득이」는 21세기에 쓰여진 「빛 속으로」인지도 모른다는 생각을 했습니다.

김사량은 평양 대부호의 아들로 태어나, 동경제대에서 수학했는데요. 「빛 속으로」의 南先生^{남선생, 미나미센세}도 제국대학 학생으로 세틀먼트^{settlement}에서 빈민가의 아이들을 가르치면서 야마다 하루오를 만나게 됩니다. "원래 S협회는 제대^{帝大} 학생 중심의 인보사업^{隣保事業} 단체로 탁아부나 아동부를 시작으로 시민교육부,

東京帝国大学柳島セツルメント跡

所在地　墨田区横川四丁目11番（説明板設置場所は横川五丁目10番）

右は柳島セツルメントで活動した学生と
通われていた子どもたち。右は2代目の柳島
セツルメント各建物。セツルメントは、
しばしば「ハウス」とも呼ばれました。
写真はいずれも すみだ郷土文化資料館が
所蔵しています。

セツルメントとは、かつて住民の生活の向上などを目的として展開した
各種事業及び当該事業を実施するために建設された拠点施設の総称です。
当地付近には、関東大震災直後の救援活動で高い評価を受けた「東大学生
救援団」による活動を前提として、大正13年（1924）に東京帝国大学柳島セ
ツルメントが開設されました。

柳島セツルとも略称された東京帝国大学セツルメントは、事業別に成
人教育、児童、医療、人事法律相談、調査、市民図書の六部が置かれました。
指導者の末広嚴太郎、穂積重遠両教授をはじめ、東京帝国大学の教授陣が
下町に赴き、無報酬で講義や法律相談、診療に当たったことから、社会の
注目を集めました。昭和2年（1927）には消費組合がつくられ、世界恐慌後
の不況に困窮する人々に低価格で物資を供給する事業も始められました。

当時小学校を卒業するとすぐ働きに出るのが通例でした。そうした人々
を対象に生活面の援助をしながら、自立した市民としての知識を得させよ
うという考え方は、それまでの教育対策を主眼とした慈善事業とは一線を
画するものでした。しかし、日本が戦時体制へひた走るようになると、思
想統制が強化される中で関係者の検挙が相次ぎ、事業は次第に縮小を余儀
なくされていきました。そして国家総動員法が成立した昭和13年（1938）に
はついに解散を宣言し、活動を終えました。

ただし、関係者が掲げた理念は、戦後日本の社会教育、社会保障制度な
どに結実しています。また、当時の思想は、現在でも社会福祉事業、医療・
医療生活協運動、ボランティアやNPOの活動などに受け継がれています。

令和6年2月

墨田区教育委員会

동경제대 세틀먼트를 기념하는 표지판

구매조합, 무료의료부 등도 있어서, 이 빈민지대에서는 친밀도
가 높았다"라는 문장에서 알 수 있듯이, 동경제대 학생들이 중
심이 된 사회봉사단체라고 할 수 있습니다.

저는 2017년에 몇 명의 한일 연구자들과 동경제대 세틀먼트[정]
식명칭은 동경제대 야나기시마 세틀먼트가 있던 곳을 찾아간 적이 었었는데요.
그 터에는 다른 민가가 자리 잡고 대신 한 블록 떨어진 야나기
시마 놀이터에 세틀먼트를 기념하는 표지판만이 남아서 그때
의 일을 증언해 주고 있었습니다. 이번에 강연을 준비하며 다시
야나기시마놀이터를 찾으니, 2024년 2월에 새로 만들어져 사진
등이 보강된 표지판이 맞아 주었습니다.

「빛 속으로」에서 하루오의 엄마인 정순은 일제 말기 재일조선인이 겪은 고통과 수난을 가장 선명하게 보여주는 인물입니다. 정순은 남편 한베에게 끔찍한 학대와 폭행을 당합니다. 정순은 자신이 조선인이어서 학대를 당할 수밖에 없다고 생각합니다. 그렇기에 자신의 학대받는 처지를 당연시하는데요. 더욱 끔찍한 것은 아들인 하루오가 조선인이라는 이유로 자신을 배척하는 일도 감내한다는 점입니다.

한국의 강의실에서 「빛 속으로」를 학생들과 함께 읽으면, 조선 출신이라는 이유로 정순이 겪어야 하는 고통과 그런 어머니를 부정하는 어린 하루오의 모습에 큰 충격을 받고는 합니다. 그런데 70년 후에 한국에서 창작된 소설 『완득이』에서도, 국적과 위치만 바뀐 채 이러한 고통이 반복되고 있었던 겁니다. 이전에 이 연재에서도 다룬 바 있는 재일한인들의 소설에는 정순이나 하루오가 겪은 일이 70년이 지난 일본에서도 나타나고 있었는데요. 제가 도쿄대생들에게 하고 싶었던 말은 어찌 보면 너무나 단순한 꿈, 인종이나 민족이 다르다는 이유만으로 차별받는 일이 없는 사회를 향한 꿈에 대한 것이었습니다.

2025.1.7

화장실 청소하는 선승,
히라야마

    2024년에 개봉한 빔 벤더스^{Wim Wenders, 1945~} 감독의 영화 『퍼펙트 데이즈』가 한국에서 큰 관심을 불러 모았습니다. 도쿄의 청소부 히라야마를 주인공으로 내세운 이 영화에는 도쿄의 지역성이 매우 풍부하게 드러나 있는데요. 한강을 중심으로 남북이 크게 나뉘는 서울과 달리, 도쿄는 에도 시대부터 에도성^{쇼군이 살던 곳}을 중심으로 무사들이 주로 살던 서쪽과 서민들이 주로 살던 동쪽이 나뉘고는 했습니다. 히라야마는 도쿄의 동쪽에 살면서, 도쿄 서쪽의 시부야구로 출근해 화장실 청소를 하며 지냅니다. 그렇기에 히라야마의 동선을 따라가다 보면, 자연스럽게 도쿄라는 도시의 공간적 특성을 파악하게 됩니다.

    히라야마가 사는 곳은 비교적 서민들이 사는 동네로, 저렴한 이자카야나 목욕탕, 낡은 아파트^{우리식으로 하자면 연립주택} 등이 남아 있는데요. 이에 반해 히라야마가 화장실 청소를 하는 시부야구는 부촌의 분위기가 물씬 풍깁니다. 특히 히라야마가 청소하는 화

▲ 히라야마가 청소하는
시부야구 쇼토 공원의 화장실,
구마 겐고의 작품

◀ 히라야마가 퇴근 후에 들르는
이자카야가 있는
아사쿠사의 지하상가

장실은 우리가 흔히 떠올리는 더럽고 칙칙한 느낌의 공중화장실과는 거리가 멉니다. 히라야마가 청소하는 곳은 비영리 단체인 일본재단과 시부야구가 깨끗하고 접근하기 좋은 공중화장실을 목표로 만든 열일곱 개의 화장실이니까요. 'THE TOKYO TOILET'이란 이름이 붙은 이 프로젝트에는 안도 다다오安藤忠雄, 1941~나 구마 겐고隈 研吾, 1954~ 등의 세계적인 건축가들도 참여했는데요.「퍼펙트 데이즈」가 세계적인 인기를 끌면서, 현재 도쿄에서는 이 열일곱 개의 화장실 투어를 하는 여행 상품이 있을 정도입니다.

영화는 지루할 정도로 차분하고 정밀하게 히라야마의 하루를 따라갑니다. 그는 아침에 동네 노인의 비질하는 소리에 눈을 뜨면, 이불을 개고 간단한 세면을 한 후에, 집 앞 자판기에서 캔커피를 뽑아 마시고, 청소용 미니 봉고차에 올라 올드팝을 들으며 일터로 갑니다. 점심에는 일터 근처에 있는 신사에 가서 샌드위치를 먹으며, 코모레비나뭇잎 사이로 비추는 햇빛를 필름카메라에 담고, 퇴근 후에는 노인들이 다니는 동네 목욕탕에 몸을 담그며, 아사쿠사 지하에 있는 역시나 오래된 이자카야에서 술을 한 잔 마시고, 집에 와서는 100엔을 주고 산 헌 소설책을 읽으며 잠드는 일상을 보내는데요.

어찌 보면 너무나도 평범한 히라야마의 일상이 그토록 많은 사람들에게 감동을 준 이유는, 바로 그 평범의 지극함에 있습니다. 히라야마는 우리가 별다른 의식도 없이 행하는 일상의 그 모든 일들에, 마치 엄숙한 의식을 치르듯이 혼신의 힘을 다합

히라야마가 카메라에 담던 요요기 하치만구의 코모레비

니다. 히라야마의 일상에는 동전 하나 열쇠 하나 놓는 위치까
지 정확하게 정해져 있을 정도인데요. 그렇기에 히라야마가 평
범한 일상을 살아가는 모습에서는 신성함마저 느껴집니다. 특
히 화장실을 청소할 때, 히라야마의 정성과 집중은 최고조에 이
릅니다. 그 결과 관객들은 히라야마가 닦는 것이 공중 화장실의
변기가 아니라, 사당의 제기가 아닐까 하는 착각에 빠질 정도입
니다.

　저는 히라야마가 혼신을 다하여 닦는 것이 다름 아닌 변기라
는 사실이 매우 의미심장하게 여겨집니다. 히라야마가 너무나
열심히 닦고 빛내는 변기란. 후배 타카시의 말처럼 "어차피 더러

워지는 것"이기 때문입니다. 그렇기에 히라야마의 화장실 청소란 그야말로 '순간'에 최선을 다하는 일에 해당할 텐데요. 이러한 순간에의 몰입은 그가 날마다 코모레비를 카메라에 담는 것에서도 드러납니다. 코모레비는 바람과 햇빛에 의해 늘 변하는 순간의 연속이며, 히라야마는 바로 그 '순간'을 카메라에 담을 정도로 소중히 하는 겁니다. 가출한 조카와 나누는 대화에서도 '순간'에 대한 강조는 드러납니다. 히라야마는 조카에게 "다음은 다음, 지금은 지금"이라는 말을 몇 번이나 반복하는데요. 나중에는 조카까지 노래를 부르듯 이 말을 따라 합니다. 이 말 속에서도 지금 이 '순간'에 대한 가치부여를 확인할 수 있습니다.

이토록 순간에 집중하는 히라야마의 모습에서는, 일본 사회의 심층을 형성하고 있는 불교 특히 선禪의 영향이 느껴집니다. 6세기에 불교가 전해진 이래, 일본인의 종교적 심성 한복판에는 늘 불교가 있었습니다. 불교 신자가 아니더라도 대개의 일본인들은 불교식으로 장례를 치르고, 사후에는 불교식 이름戒名을 받으며, 일본 가정 대부분에는 지금도 불단佛壇이 설치되어 있으니까요.

특히 일본의 지배계급이던 무사들은 선禪에서 많은 영향을 받았는데요. 이러한 선에서 가장 중요시한 것이, 바로 일상을 하나의 수행처럼 소중히 여기는 것입니다. 선에서는 작은 것에서 위대함을 보고, 속된 것에서 성스러운 것을 보는 것이 무엇보다 중요한 덕목이니까요. 차 한 잔 마시는 것에 온갖 정성을 기울이는 것에도 그 근본을 따지고 들어가면, 바로 이러한 선의 정신이 놓여 있습니다. 전세계의 수많은 사람들이 「퍼펙트 데이즈」의 히라야마에게 큰 감동을 받은 이유는, 어쩌면 그가 화장실 청소부로 변신한 우리 시대의 선승이기 때문일지도 모르겠습니다.

2025.1.21

기분 나쁘지만, 떠올리지 않을 수 없는
미시마 유키오의 죽음

제가 사는 숙소에서 300미터 정도 떨어진 고마바 공원 내에는 일본근대문학관이 자리 잡고 있습니다. 이곳에는 일본 근대 문학과 관련된 17만 점의 자료가 보관되어 있는데요. 한국근대문학이 전공인 저는 이 곳을 틈나는 대로 방문하고는 합니다. 일본근대문학관에서는 방대한 소장 자료를 바탕으로 정기적으로 기획 전시도 이루어지고, 문학전문가들이나 현역 인기 작가들의 따끈따끈한 강연회가 펼쳐지기도 합니다.

2024년 11월 30일부터 2025년 2월 8일에 걸쳐서는 '미시마 유키오 탄생 100년제'가 개최되고 있는데요. 너무나도 문제적인 작가 미시마 유키오三島由紀夫, 1925~1970의 탄생 100주년을 맞이하여 기획된 이 전시는 참으로 풍성하여, 많은 사람들의 관심을 받고 있습니다. 전시는 크게 '三島愛미시마에 대한 사랑', '書物愛책에 대한 사랑', '日本愛일본에 대한 사랑'의 세 부분으로 이루어져 있었으며, '三島愛'에서는 미시마가 지인들과 나누었던 편지, 서명이 들어간 헌정본, 명

일본근대문학관

함이나 엽서 등을, '書物愛'에서는 아름다운 책에 대한 미시마의 관심과 그 결과로 탄생한 미시마 유키오의 멋진 책들을, '日本愛'에서는 미시마의 일본 사랑을 드러낸 자료들을 전시해 놓고 있었습니다.

제가 한국에서 온 P대학의 K교수, K대학의 S교수와 일본근대 문학관을 방문한 2025년 1월 13일에는, 전시와 함께 미시마 유키오 생의 마지막 6년 동안 너무나도 친밀한 관계를 맺었던 시인 다카하시 무쓰로高橋睦郎, 1937~의 강연이 있었습니다. 이전에도 문학관에서 다른 기획전시를 본 적이 있었지만, 다른 전시와는 달리 '미시마 유키오 탄생 100년제'는 찾아오는 사람이 많아 문학관이 꽉 찬 느낌을 줄 정도였는데요. 한국인에게는 노벨문학상 수상자인 가와바타 야스나리川端康成, 1899~1972나 오에 겐자부로

미시마 유키오가 즐겨 먹었던 마들렌을 간판 상품으로 팔고 있는 시모다의 빵집

大江健三郎, 1935~2023 혹은 무라카미 하루키村上春樹, 1949~가 익숙하지만, 일본에 머물면서 느끼는 실감으로는 보통의 일본인들이 가장 좋아하는 작가는 미시마 유키오라는 생각이 들고는 합니다. 얼마 전 이즈반도 최남단의 시모다라는 작은 바닷가 마을에 갔을 때는, 미시마 유키오가 사랑했던 마들렌을 전면에 내세운 가게가 있을 정도였습니다.

미시마 유키오는 작품은 물론이고, 충격적인 삶의 방식으로 정신의 광기를 보여주기도 했는데요. 사실 미시마는 엘리트 중의 엘리트였습니다. 1925년 도쿄의 명문가에서 태어난 그는 황족과 귀족의 교육기관인 가쿠슈인을 수석 졸업하여 천황으로부터 직접 시계를 받기도 했습니다. 1947년에는 도쿄대 법학부를 졸업하고, 엘리트 관료들만 간다는 대장성에서 9개월간 근

'미시마 유키오 탄생 100년제'를 알리는 포스터

무한 후에 본격적인 작가의 길을 걷기 시작했는데요, 그는 숱한
명작을 발표하며, 일본은 물론이고 해외에서도 뜨거운 주목을
받았습니다. 당시 일본에서는 일본의 첫 번째 노벨문학상 수상
자는 미시마 유키오가 될 거라는 분위기가 지배적이었다고 합
니다.

　이랬던 미시마 유키오가 행동의 광기로 사람들을 놀라게 하
는 일이 벌어집니다. 1968년 10월 5일에는 외세의 칠략에 대처,
민간 방위의 일익을 담당한다는 명목으로 사병단체인 '방패회'

를 조직하는데요. 이 조직은 학생들을 모아 1개월 정도 자위대에 입대하여 훈련을 받기도 하였으며, 미시마 자신도 1968년 7월에 30여 명의 학생과 함께 직접 입대하기도 하였습니다. 무엇보다 충격적인 일은 1970년 11월 25일, 할복이라는 엽기적인 방식으로 생을 마감한 일입니다. 그는 '방패회' 회원 네 명과 자위대 총감실을 찾아가 총감을 인질로 잡고, 자위대원들을 연병장에 집합시킵니다. 그리고는 '절대 천황제'의 부활을 위해 자위대가 궐기할 것을 주장한 후에, 자위대 총감실에서 자살한 겁니다. 미시마가 죽기 전에 마지막으로 남긴 말은 "천황폐하만세"였습니다.

이 충격적인 사건을 가장 가까이서 지켜본 한국인은 문학평론가 김윤식^{1936~2018}입니다. 그는 도쿄대 연구원으로 일본에 도착한 3일 후에 도쿄대 근처 식당에서 식사를 하다가 TV 중계방송으로 전 과정을 지켜보았다고 하는데요. 이 사건이 얼마나 충격적이었는지 김윤식은 다음 해에 곧바로 미시마의 죽음을 다룬 「정치적 죽음과 문학적 죽음」이라는 글을 『현대문학』^{1971.5}에 투고까지 할 정도였습니다. 이 글에서 김윤식은 미시마의 죽음이 "20여 년에 걸친 미국 점령 의식의 정신사적 극복의 의미"를 지닌다고 규정했는데요. 이러한 '미시마식의 극복'이 패전 이후 경제 대국으로 새롭게 부상한 일본의 달라진 국제적 위상을 배경으로 하고 있었음은 말할 필요도 없을 겁니다.

미시마는 2차 세계대전 이후 일본은 정체성을 잃고 "무기적無機的이고 공허하며, 중성적인 중간색의 나라"「지키지 못한 약속」(『산케이신문』, 1970.7.7)로 변질되어 간다고 판단한 거 같습니다. 이러한 상황을 막는 방법으로 미시마는 「문화방위론」『중앙공론』, 1968.7을 비롯한 여러 글이나 강연에서 '절대 천황제의 부활'을 주장했는데요. 미시마의 논의가 무엇보다도 경악스러운 것은 천황에게 '국화문화'는 물론이고, '칼무력'까지 쥐어져야 한다고 주장했다는 점입니다. 그렇기에 미시마의 주장대로라면 자위대도 천황의 직접적인 지휘를 받아야 한다는 건데요. '천황이 직접 군대를 총괄하는 일본'이란, '황군皇軍'의 군홧발 아래서 피눈물을 흘렸던 우리에게는 상상만으로도 경악스러운 일이 아닐 수 없습니다. 그렇기에 '미시마 유키오 탄생 100년제'에 참석한 일본인들로 북적이는 일본근대문학관을 둘러보는 시간은, 과거의 일본과 2025년의 일본이 놓인 거리차이를 강박적으로 재어 보는 일종의 시험이기도 했습니다.

2025.2.4

도쿄대 교양학부
900번 교실을 지나며

도쿄대 정문에서 왼쪽으로 50미터 정도 걸어가면 고풍스런 강당이 하나 나옵니다. 정식 명칭은 '도쿄대학 교양학부 900번 교실'인데요. 1969년 5월 13일, 이곳에서는 당시 일본의 사상지형에서 가장 오른쪽에 있던 미시마 유키오와 가장 왼쪽에 있던 전공투全学共闘会議 학생들 사이에 토론이 펼쳐졌습니다. 지난번에 말했듯이 미시마 유키오는 '국화'와 '칼'을 모두 쥔 '절대 천황제'를 주장했던 인물인데요. 이런 미시마를 초대하여 토론을 벌인 전공투는 권위주의 대학의 해체와 발본적인 혁명을 추구한 조직이었습니다. 기시 노부스케岸 信介, 1896~1987를 퇴진하게 한 '1960년 안보 반대 투쟁'이 "전후 민주주의의 수호"를 명분으로 내걸었다면, 대학 봉쇄와 운동 분파 간의 격렬한 폭력을 일으킨 '70년 안보 반대 투쟁'은 "전후 민주주의 비판"을 전면에 내세운 운동이었는데요. 미시마와의 토론회가 벌어졌을 때는, 전공투가 바리케이드를 쌓고 도쿄대를 점거한 상황이었습니다.

미시마 유키오와 전공투 학생들이 토론을 벌인 도쿄대학 교양학부 900번 교실

상식적인 차원에서는 가장 오른쪽에 선 자와 가장 왼쪽에 선 자들의 만남 자체가 상상하기 어려운 일인데요. 의외로 당시 기록을 담은 『토론 미시마유키오 VS 도쿄대 전공투討論 三島由紀夫 VS 東大全共鬪』신조사, 1969에 따르면, 이들의 만남은 처음부터 적대적이라기보다는 우호적이기까지 합니다. '900번 교실' 앞에는 보디빌딩으로 단련된 털복숭이 상체를 수시로 드러내곤 하던 미시마를 '근대 고릴라'로 소개한 입간판이 놓여 있었고, 옆에는 고릴라 사육료가 100엔 이상이라고 써 있었습니다. 그걸 보며 미시마와 학생들은 서로 웃음을 나누었다는데요. 인간이 웃으면서 싸울 수는 없다는 것을 고려한다면, 애당초 이 토론은 사생결단

식의 대결과는 거리가 먼 것이었습니다.

그렇다면 사상적 지형의 양극에 서 있는 둘을 만나게 한 공통 분모는 무엇이었을까요? 그것은 기성 체제에 대한 분노와 부정 이었다는 생각이 듭니다. 거창하게 말하자면, 이들은 '전후 민주주의^{평화주의}'로 일컬어지는 '일본의 기성 질서'에 대한 부정이라는 공통분모를 공유했던 사람들이었던 겁니다. 이것은 미시마가 모두 발언에서 "나는 지금까지 일본 지식인들이 사상과 지식에 힘이 있다고 생각하고 그것만으로 사람들 위에 군림하는 모습이 지긋지긋하게 싫었습니다"라며, "제군이 한 일들을 전부 긍정하지는 않지만 다이쇼 교양주의로부터 유래하는, 우쭐대는 지식인의 콧대를 꺾었다는 공적은 절대적으로 인정합니다"라고 말하자, 학생들이 뜨거운 박수를 보내는 것에서도 확인됩니다.

독문학자인 니시오 간지^{西尾幹二, 1935~2024}는 당시 전공투도, 이들과 대치한 미시마 유키오 등 반혁명 측도 '부자유에 대한 정열'이 있었다고 지적합니다. 모든 것이 자유롭게 제멋대로인 부드러운 구조의 사회가 출현한 결과, 역설적으로 삶의 실감을 느낄 수 없게 됐기 때문이라는 것입니다.^{與那霸潤, 『헤이세이사』, 이충원 옮김, 마르코폴로, 2022, 38면} 미시마와 전공투의 차이란, 미시마가 의미와 가치를 묻지 않는 기성 정치 체제에 비판의 초점을 맞추었다면, 전공투 학생들은 권위적인 대학체제와 마루야마 마사오^{丸山眞男, 1914~1996}와 같은 전후 지식인에 비판의 초점을 맞추었다는 것 정도겠지요. 미시마가 주장한 '천황 친정'과 전공투가 주장한 '직

◀ 교토의 금각사

▼ 도쿄 신주쿠의 기노쿠니아 서점에 마련된 미시마 유키오 탄생 100주년 특별 코너

접 민주주의'는 국민의 의사가 중간 권력 구조의 매개물을 거치지 않고 국가의지와 직결하는 것을 꿈꾼다는 점에서도 유사합니다.

일본이 고도 경제 성장의 궤도에 오르고 평화로운 국가로서 재부상하면서, 미시마와 전공투 학생들은 오히려 삶에 대한 공허함과 무의미에 괴로워했던 것은 아닐까요? 이것은 미시마의 대표작으로 한국에도 널리 알려진 「금각사」[1956]에서부터 확인할 수 있는 특징입니다. 「금각사」는 미조구치라는 말더듬이 청년이 금박을 입혀 환상적으로 아름다운 금각을 불태운다는 충격적인 내용의 소설인데요. 흔히 이 작품을 '미에 대한 절대적 동경과 그로부터 비롯된 왜곡된 심리'를 표현한 것으로 이해하고는 했습니다. 그러나 「금각사」를 찬찬히 읽어보면, 오히려 인간에게는 불가능도 한계도 없다고 생각하고, 자신의 의지에 따라서 세계를 맘대로 바꾸려고 한 근대의 근본 원리[심리]에 대한 근원적인 비판의식을 읽어낼 수 있습니다. '근대[미조구치]'란 결국 그 어떤 '위대한 전통이나 아름다움[금각]'도 파괴하고 말 것이라는 미시마의 두려움이 작품의 저류에는 강하게 흐르고 있는 겁니다. 근대의 원리나 심성만이 전면화되면 예술도 정치도 불가능하게 된다고 미시마는 믿었던 것이 아닐까요?

1969년의 도쿄대 토론으로부터 1년 후에 미시마가 할복이라는 방식으로 삶을 마감했다면, 전공투는 3년 후에 아사마 산장 집단 살인 사건으로 사회적 죽음을 당합니다. 미시마는 "이대로 간다면 '일본'은 없어지는 게 아닌가 하는 느낌이 날이 갈수록 깊어진다"「지키지 못한 약속」, 『산케이신문』, 1970.7.7며 할복까지 했지만, 미시마의 죽음은 자신의 우려에 대한 아무런 해결책이 되지 못했습니다. 일본의 많은 지식인들은 1970년 미시마의 자살과 1972년 아사마 산장 사건으로 일본의 '좌우'가 모두 몰락했으며, 결국 현상태를 수용하는 가치 부재의 시대가 펼쳐졌다고 말하는데요. 어쩌면 1969년 미시마와 전공투가 도쿄대 교양학부 900번 교실에서 나누었던 토론은 전후 일본의 마지막 사상투쟁이었는지도 모르겠습니다.

2025.2.18

영혼의 맹인들을 향한
윤동주의 점자

저의 앨범에는 중학교 3학년 때 소풍을 가서 찍은 사진이 하나 있습니다. 관광버스에서 친구들과 함께 찍은 사진인데요. 자세히 보면 제 손에는 윤동주 1917~1945 시집 『하늘과 바람과 별과 시』가 들려 있습니다. 어린 저는 윤동주를 읽으며, 나도 감히 문학을 한다면 윤동주처럼 깨끗한 삶을 살 수 있지 않을까 하는 막연한 기대를 했던 것 같습니다. 제 문학의 출발에는 윤동주가 있었고, 문학이라는 길 위에 서 있는 지금도 윤동주는 변치 않는 '문학의 상징'입니다.

당연히 윤동주의 삶과 문학이 건네주는 감동은 저만의 것은 아닌데요. 사실 윤동주만큼 시공을 뛰어넘어 많은 이들에게 사랑을 받는 문인도 드뭅니다. 윤동주의 시는 한국, 북한, 중국, 일본에서 모두 사랑받는 것은 물론이고, 한국, 중국, 일본에는 아름다운 시비가 세워져 있을 정도니까요. 윤동주의 그 고결한 삶을 앗아간 일본에서조차, 윤동주의 문학은 수많은 일본인들의 영혼을 울리고 있습니다. 일본의 여러 곳에서는 지금도 윤동주에 대한 추모 모임이 열리고, 낭송회가 열리고, 답사 모임이 열리고는 합니다.

윤동주는 고작 27년 1개월을 이 지구별에 머물다 갔지만, 그처럼 동아시아의 다양한 공간을 두루 편력한 문인도 찾아보기 어렵습니다. 북간도의 명동촌에서 태어나고 자란 윤동주는, 한반도의 평양과 서울에서 중학교와 전문학교를 다녔으며, 이후에는 일본으로 건너가 도쿄와 교토의 대학에서 공부하였고, 결국 후쿠오카의 차가운 형무소에서 삶을 마감했습니다. 윤동주는 오늘날의 한국, 북한, 중국, 일본을 모두 중요한 삶의 공간으로 삼았던 것입니다.

제가 1년간 도쿄에 머물게 되었을 때, 가장 먼저 계획한 일 중의 하나도 윤동주의 도쿄 내 행적을 따라가 보는 것이었습니다. 윤동주는 1942년에 한 학기 동안 릿쿄대학 문학부 영문과에 다녔는데요. 2025년 2월 16일은 윤동주가 세상을 떠난 지 80년이 되는 날이었습니다. 2월 16일은 일요일이었기에, 저만의 조촐한 추도회를 갖는 심정으로, 이틀 앞선 2월 14일에 윤동주의 도쿄 내 흔적을 둘러보기로 했습니다.

가장 먼저 향한 곳은 윤동주가 도쿄에서 머무는 동안 대부분의 시간을 보낸 다카다노바바의 하숙집 터였습니다. 다카다노바바에 윤동주의 하숙집이 있었다는 것을 가장 먼저 밝혀낸 이는, 한국인이 아닌 일본인 야나기하라 야스코입니다. 수필가이기도 한 그녀는 윤동주의 릿쿄대 후배로서, 평생 동안 윤동주의

윤동주의 하숙집이 있던 일본점자도서관 근처

릿교대학의 본관 풍경

삶과 문학을 알리는데 헌신해 온 분인데요. 그녀의 조사에 따르면, 윤동주의 하숙집은 현재 일본점자도서관 근처에 있었다고 합니다. 과거 윤동주가 머물렀던 곳에 일본점자도서관이 생겼다는 사실이 저에게는 단순한 우연으로만 보이지 않았습니다. 어쩌면 윤동주가 영혼의 잉크로 써내려 간 시들은, 일제 말기 정신의 맹인들을 깨우치기 위한 점자였는지도 모르겠다는 생각이 들었기 때문입니다. 혹시 윤동주의 작은 흔적이라도 발견할 수 있을까 기대하며 한참을 서성였지만, 안타깝게도 당시의 건물이나 흔적은 조금도 남아 있지 않았습니다.

다음으로 향한 곳은 윤동주가 한 학기를 다닌 릿교대학이었습니다. 윤동주의 하숙집이 있던 다카다노바바에서 릿교대학은 대략 2.5킬로미터 정도가 떨어져 있었는데요. 스물여섯 살의 윤동주가 그랬던 것처럼, 릿교대학까지 직접 걸어가 보았습니다. 릿교대학에 도착했을 때, 고풍스러운 본관인 모리스관이 저를 맞아 주었는데요. 어딘가 낯이 익다고 생각하여 자세히 보니, 담쟁이 덩굴까지 포함하여 윤동주가 공부한 연세대의 언더우드관과 비슷하다는 느낌이 들었습니다. 윤동주가 도쿄에 머물며 릿교대학에 다닌 때는, 미국과의 전쟁이 시작된 직후여서 참으로 분위기가 험악했습니다. 그것은 윤동주가 이 무렵 삭발한 모습으로 찍은 사진에서도 잘 드러나는데요. 야나기하라 야스코에 따르면, 릿교대학은 윤동주가 입학한 직후에 "전시체제에 맞추어서 질실강건質實剛健한 기풍을 진작하려는 목적"으로 학생들에게 삭발을 강요할 정도였다고 합니다.

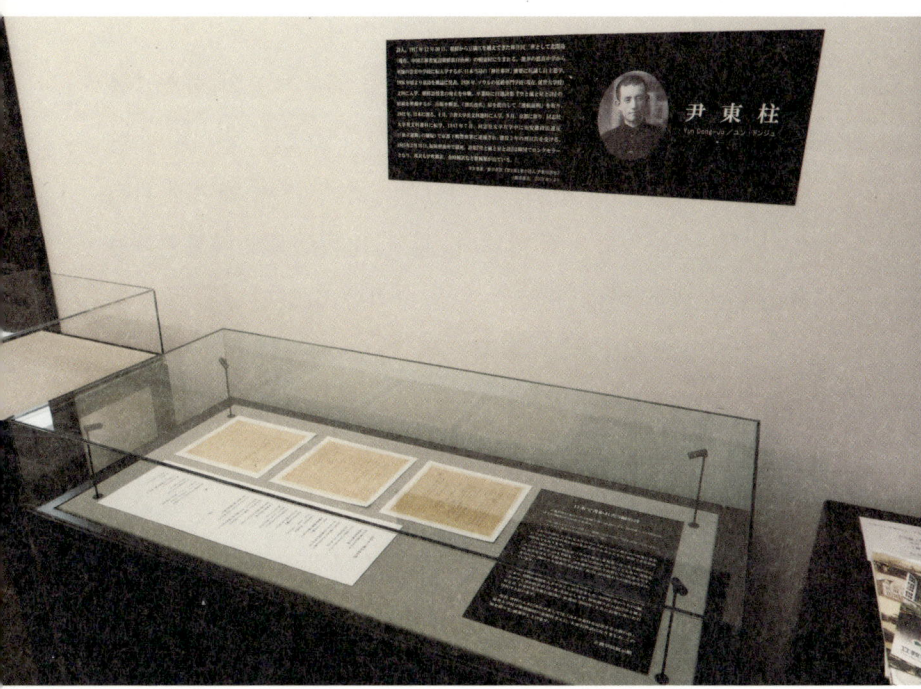
릿교대학에 전시된 윤동주 관련 자료

릿교대학 본관 바로 옆에는 Mather Library 기념관이 있었는데요. 그 건물의 입구 바로 오른 편에는 윤동주가 릿교대학에 다니며 창작했던 다섯 편의 시, 「흰 그림자」1942.4.14, 「사랑스런 추억」1942.5.13, 「흐르는 거리」1942.5.12, 「쉽게 쓰여진 시」1942.6.3, 「봄」1942.6 이 전시되어 있었습니다. 이 다섯 편의 시는 친구 강처중에게 보낸 편지에 포함되어 있었던 것인데요. 이 시들은 윤동주가 지상에 남긴 마지막 작품들로서, 윤동주의 문학을 이해하는데 매우 중요한 시편들입니다.

도쿄에서 윤동주는 조선(인)을 참으로 그리워했던 거 같습니다. "사랑하는 동무 박이여! 그리고 김이여! 자네들은 지금 어디 있는가?"「흐르는 거리」라며 애타게 벗들을 불러보는가 하면, "봄은 다 가고 ― 동경 교외 어느 조용한 하숙방에서, 옛 거리에 남은 나를 희망과 사랑처럼 그리워한다"「사랑스런 추억」며 애타게 과거의 자신을 그리워하기도 합니다. 결국 윤동주에게 일본이라는 "육첩방은 남의 나라"「쉽게 씌어진 시」일 수밖에 없었던 모양입니다. 그 절절한 외로움 속에서 윤동주는 "홀로 침전"「쉽게 씌어진 시」하며 "슬픈 천명"「쉽게 씌어진 시」으로 주어진 시 쓰기에 열중했던 것은 아닐까요. 그 속에서 윤동주는 "시대처럼 올 아침을 기다리는"「쉽게 씌어진 시」 인류의 예언자가 될 수 있었습니다. 세상 만물은 부서지고 사라지게 마련이지만, '맑고 투명하여 애처롭기까지 한' 윤동주의 삶과 문학만은, 2025년 2월의 도쿄에서도 변치 않는 '젊음의 표상'으로 영원을 살고 있었습니다.

2025.3.4

에도의 출판왕,
츠타야 쥬자부로

    여행을 하는 방법은 사람마다 다릅니다. 철저하게 일정을 짜고 그것을 완벽하게 수행하는 것을 우선시하는 사람이 있는가 하면, 최대한 일정을 느슨하게 잡아 예기치 않은 만남에 몸을 맡기는 사람도 있습니다. 아마도 첫 번째 방식의 여행을 지향하더라도, 결국에는 두 번째 방식의 여행을 하게 되는 경우가 대부분일 텐데요. 특히나 긴 여행에서는 더욱 많은 우연과 조우할 수밖에 없습니다. 2024년 9월 1일부터 시작된 1년간의 도쿄 생활에서도 적지 않은 우연과 만나고 있습니다. 나름 연구계획도, 찾아볼 자료도, 방문할 사람과 장소도 준비한다고 준비해 놓았지만, 1년이라는 시간은 결코 짧은 것이 아니어서 예기치 않은 수많은 일들과 마주하게 되는 것입니다.

    그러한 만남 중의 하나로 에도 시대^{1603~1867}의 미디어왕이라 불린 츠타야 쥬자부로^{蔦屋 重三郎, 1750~1797}를 빼놓을 수 없습니다. NHK에서는 2025년 대하역사드라마로 츠타야 쥬자부로의 일

생을 다룬 「べらぼう ― 蔦重栄華乃夢噺베라보 ― 츠타쥬의 파란만장한 꿈 이야기」를 방영하고 있습니다. 제목이기도 한 베라보べらぼう는 '터무니 없는 일'이나 그런 일을 저지르는 '괴짜'를 의미하며, 츠타쥬蔦重는 츠타야 쥬자부로蔦屋重三郎를 줄여서 부르는 말입니다. 작년 연말부터 도쿄 시내 곳곳에는 츠타야 쥬자부로 관련 문화 행사가 펼쳐지고 있는데요. 츠타야 쥬자부로와 관련된 우키요에나 주변 인물들에 대한 행사가 열리고, 일본을 대표하는 출판사들이 빠짐없이 츠타야 쥬자부로에 대한 책을 출판해 놓고 있는 겁니다. 심지어는 자료를 찾으러 간 일본국회도서관에서도 츠타야 쥬자부로에 대한 전시를 하고 있을 정도였는데요. 2025년 4월 22일부터 6월 15일까지는 일본 최대의 박물관인 도쿄국립박물관에서도 츠타야 쥬자부로줄여서 츠타쥬가 유통시켰던 우키요에를 대거 전시하는 특별전이 열리고 있습니다.

일본 만화는 전세계에서 1년 동안 대략 10억 부가 출판될 정도로 큰 인기를 끌고 있습니다. 만화 이외에도 일본은 '출판 대국'이자 '독서 대국'으로 불릴 만큼 책으로 유명한데요. 지하철 안의 모든 이가 책을 읽고 있다는 이야기는 전설이 되었지만, 여전히 출판 문화가 발달하고 독서 인구가 많은 것은 분명한 사실입니다. 책과 친한 일본 문화를 낳는데 커다란 역할을 한 이로 '에도의 출판왕' 츠타야 쥬자부로를 빼놓을 수는 없습니다.

에도 막부의 유일한 공인 유곽인 요시와라에서 태어나 자란 츠타쥬는 일곱 살에 부모의 이혼을 경험하고, 아무런 배경도, 재산도 없이 오직 타고난 독창성과 감각만으로 '에도의 출판왕'

도쿄국립박물관 전시 포스터

동네 서점의 츠타야 쥬자부로 관련 서적들

이 된 인물입니다. 에도 막부에 밉보여서 재산의 절반을 압수당하는 처분을 받으면서도, 자신이 꿈꾼 문화 콘텐츠를 끊임없이 만들어간 츠타쥬는 그야말로 시대를 앞서간 '베라보'였던 것입니다. 수많은 인물 중에 츠타쥬가 2025년 대하역사드라마의 주인공으로 선정된 이유는, 올해가 일본 방송 100주년을 맞이하는 것과 무관해 보이지 않습니다.

츠타쥬가 활약한 18세기 후반에는 목판인쇄로 책들이 출판되었으며, 그 책들에는 대부분 그림이 들어 있었습니다. 그렇기에 하나의 콘텐츠가 탄생하기 위해서는 작가, 화가, 조각가, 판화가가 협업할 수밖에 없었는데요. 이를 전체적으로 기획하고 제작하여 출판 및 판매하는 역할이 필요했으며, 이러한 역할을 가장 훌륭하게 수행한 이가 바로 츠타쥬입니다. 그가 활동하던 18세기 말 에도江戶, 도쿄의 옛날 이름는 인구 백만의 세계 최대 도시였습니다. 우에노 국립박물관 전시 포스터에는 "잠재고객은 에도사람 100만 인潛在顧客は, 江戶の衆 '百万人'"이라는 문구가 크게 새겨져 있었는데요. 츠타쥬는 날카로운 감각과 창의적 안목으로 대중들의 욕망을 읽어내고, 그에 바탕해 수많은 문화 콘텐츠들을 만들어냈던 것입니다.

이러한 츠타쥬의 활약은 그가 살았던 시대 분위기와 무관하지 않은데요. 일본이 평화 시기에 접어들고 사회가 안정되면서, 지배층 이외의 보통 사람들까지 문화와 교양에 대한 욕구를 갖게 되었던 것입니다. 쓰노 가이타로津野海太郎, 1938~는 『読書と日本人독서와 일본인』岩波書店, 2016에서 이 시대에 신분이나 성별을 불문하고

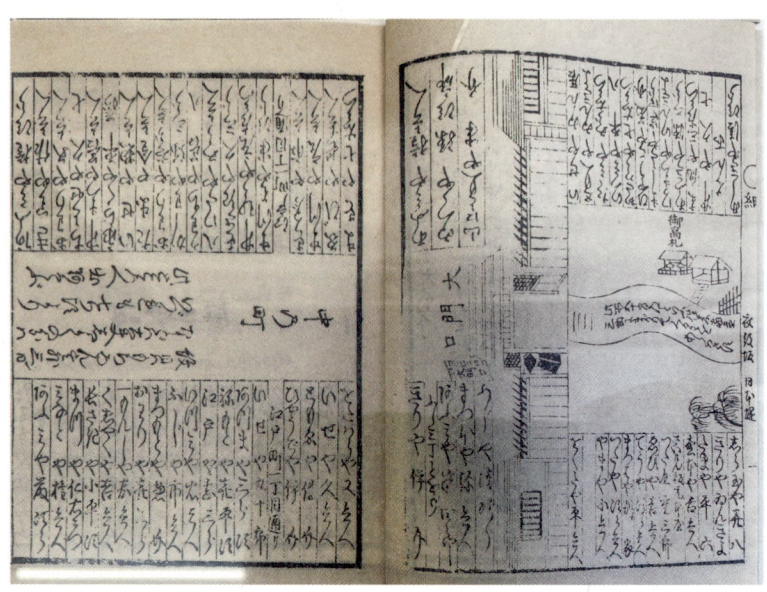

츠타야 쥬자부로가 제작한 요시와라 안내서

사회를 구성하는 사람들의 다수가 책을 읽는 힘을 지니고 있었으며, 동시에 누구나가 비교적 간단히 책을 구할 수 있는 유통구조도 마련되었다고 주장합니다.

츠타쥬는 1773년에 요시와라 정문 앞에 고쇼도^{耕書堂}라는 서점本屋을 내고 처음에는 책 대여를 했지만, 곧 본격적인 출판에 나섭니다. 이 시절의 서점은 단순하게 책만 파는 곳이 아니라, 책의 출판, 유통, 판매를 모두 겸하는 일종의 출판사였습니다. 그는 거의 모든 문화 콘텐츠를 만들었지만, 그 중에서도 가장 큰 영향을 미친 것은 요시와라 안내서, 교카에혼^{狂歌絵本}, 기뵤시^{黄表紙}, 우키요에^{浮世絵} 등을 꼽을 수 있습니다.

출판업에 처음 뛰어들어 만든 것은 요시와라 가이드북으로

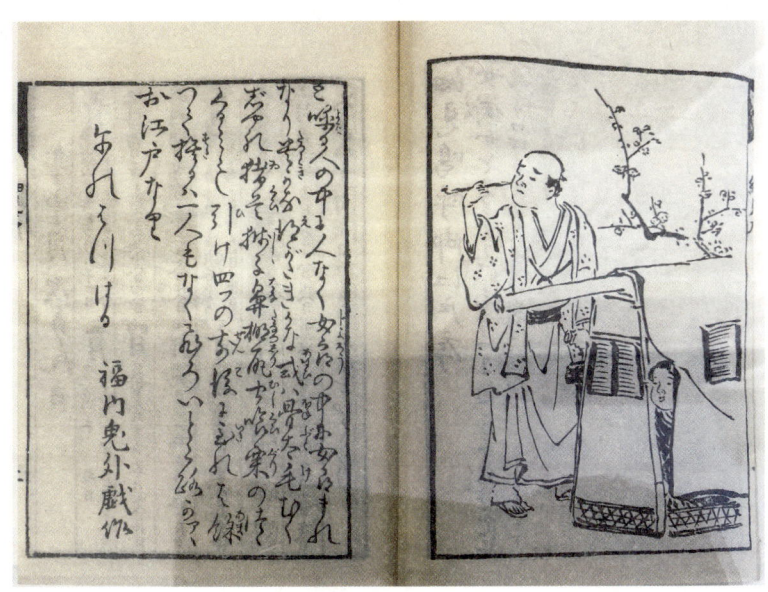

츠타야 쥬자부로가 출판한 책

서, 츠타쥬는 이때부터 천재성을 발휘하기 시작합니다. 또한 이
시기에는 수많은 에도 사람들이 전통 단가의 패러디라고 할 수
있는 교카狂歌에 빠져 있었습니다. 이전에는 모임에서 즐기고 버
려지던 일회적인 것에 불과했던 교카를, 츠타쥬는 모티프별로
분류한 후에 그림까지 덧붙여 교카에본狂歌絵本이라는 장르의 책
을 만들어 냈습니다. 당대 누구나 즐기던 교카와 우키요에의 합
체를 통해 새로운 콘텐츠를 창조한 것입니다. 1780년부터는 기
보시黃表紙 출판에도 적극적으로 나섰는데요. 기보시는 성인독
자를 대상으로 한 그림책으로, 넌센스한 웃음과 사회풍자를 담
고 있는 이야기책입니다. 많은 사람들은 오늘날 일본문화를 대
표하는 만화, 특히 만화책의 원형은 기보시에서 비롯되었다고

보기도 합니다. 기뵤시에는 구어체의 회화문이 쓰여졌고, '착한 구슬'이나 '악한 구슬'같은 의인화된 캐릭터가 등장했으며, 심지어는 오늘날의 만화처럼 말풍선을 사용해 대화문을 처리한 경우도 있었습니다. 츠타쥬는 출판업에서 성공을 거두어 1783년에는 당시 에도 상업의 중심지이자 최대의 번화가인 니혼바시로 서점을 옮깁니다.

그는 대중이 읽고 싶은 책과 보고 싶은 그림을 대중보다 먼저 알아채고서는 이를 콘텐츠로 구체화했습니다. 이 과정에서 츠타쥬는 최고의 연출자처럼 당대 최고의 재능들을 조합하여 멋진 무대를 만들어 냈던 것인데요. 츠타쥬의 손발이 되었던 천재들로는 산토 교덴山東京伝, 1761~1816, 기타가와 우타마로喜多川 歌麿, 1753?~1806, 가쓰시카 호쿠사이葛飾北斎, 1760~1849, 도슈사이 샤라쿠東洲斎写楽, 생몰년 불명, 교쿠테이 바킨曲亭馬琴, 1767~1848 등을 들 수 있습니다. 그렇기에 츠타야는 단순히 책만 편집하여 만든 것이 아니라, 재능을 편집하여 최고의 콘텐츠와 시대를 창조해냈다고 할 수 있습니다.

마쓰다이라 사다노부松平定信, 1759~1829가 막부의 실권을 쥔 시기 1787~1793에는 소위 간세개혁寬政改革이 이루어집니다. 1783년 흉년으로 인한 대기근으로 30만 명이 사망할 정도로 큰 위기에 빠지자, 막부의 실권을 장악한 마쓰다이라 사다노부는 일련의 개혁 정책을 시행합니다. 그는 검약한 생활을 중시하며 오락이나 사치를 금지했으며, 이런 영향으로 예능업계는 물론이고 출판업계도 큰 타격을 받게 됩니다. 1791년에는 출판통제령을 위반

했다는 이유로 츠타쥬의 전속작가이던 산토 교덴[1761~1816]이 50일 동안 수갑을 차고 지내는 처벌을, 츠타쥬는 재산의 절반을 몰수당하는 처벌을 받기도 합니다. 이런 상황으로 인해, 이후에는 기뵤시에 교훈성이 점차 강조됩니다. 대표적으로 츠타쥬가 제작한 산토 교덴의 『신가쿠하야조메구사心学早染草』는 선과 악의 개념을 의인화하여 표현했으며, 이는 커다란 인기를 끌었습니다. 츠타쥬는 교훈마저 엔터테인먼트화하여 독자층을 확대하는 데 성공했다고 볼 수도 있겠네요.

1791년에는 우키요에浮世絵, 일본 에도시대 중기에서 후기에 유행한 판화 출판에 본격적으로 나섭니다. 츠타쥬는 기타가와 우타마로喜多川歌麿, 1753~1806 등의 화가를 통해 이전과는 다른 우키요에를 제작해 큰 반향을 불러일으킵니다. 이전의 우키요에가 인물들의 전신상이었던 것과 달리, 상반신만을 클로즈업으로 표현하여 실제감을 자아냈으며, 작품의 모델을 찻집이나 과자집과 같은 에도의 일반 여성들로 삼아 사람들의 호기심을 극대화하기도 하였습니다. 1794년에는 일본 예술사의 최대 미스터리인 도슈사이 샤라쿠의 야쿠샤에役者絵, 배우들의 그림를 출판했는데요. 샤라쿠는 이전의 야쿠샤에가 배우들을 미화만 한 것과 달리, 배우들의 특징적인 부분을 강조하는 혁신적인 모습을 보여주었습니다. 츠타쥬는 샤라쿠의 그림 28점을 한꺼번에 내놓는 새로운 판매기법까지 시도했지만, 샤라쿠의 파격성에 사람들의 반응은 미미하였고 결국 샤라쿠는 10개월 후에 에도에서 자취를 감추고 맙니다.

그러나 그로부터 120여 년이 지난 1910년에 독일의 미술 평론가 율리우스 쿠르트는 『SHARAKU』를 발표하여 잊혀진 샤라쿠의 우키요에를 전세계에 널리 알립니다. 츠타쥬는 일본의 우키요에를 대표하는 가쓰시카 호쿠사이와 함께 일한 적도 있습니다. 츠타쥬가 커다란 기여를 한 일본의 우키요에는 서양에까지 알려져 자포니즘Japonisme을 불러 일으키고, 고흐, 르노와르, 드가 등에게 직접적인 영향을 준 것은 널리 알려진 사실입니다.

츠타쥬는 대중이 의식하지 못하는 욕망을 먼저 포착하여, 그것을 콘텐츠로 만들어 낸 천재적인 인물입니다. 그는 새로운 예술가들을 발굴하여 그들의 창조적 재능을 장려하고, 그들의 후원자 및 멘토 역할을 하였습니다. 미인화의 대가 기타가와 우타마로, 일본 역사에 남는 인기작인 『난소사토미핫켄덴南総里見八犬伝』을 남긴 교쿠테이 바킨, 골계본이라는 장르를 낳은 『도카이도츄히자쿠리게東海道中膝栗毛』의 짓펜샤 잇쿠十返舎一九, 1765~1831처럼 무명의 재능을 발견하여 일본 문화의 상징으로 우뚝 일으켜 세웠던 것입니다. 츠타쥬는 그들에게 의식주를 보장해주었고, 창작에 전념할 수 있는 환경을 만들어 주었습니다. 감사의 표시로 선물과 접대 정도가 전부였던 시대에, 원고료를 지불한 것도 츠타쥬가 처음이라고 합니다. 수많은 명작은 물론이고 새로운 장르와 미디어를 낳은 츠타쥬는 새로운 유행을 창출하고 시대와 문화를 선도해나갔습니다. 이러한 츠타쥬의 활약이 오늘날 세계에서 인정받는 일본 망가나 출판의 기본적인 밑거름이 되었음은 분명해 보입니다.

츠타야 쥬자부로는 채 오십이 되지 않은 1797년 5월 6일 저녁에 파란만장한 삶을 마감합니다. 한 인간의 본질은 삶의 마지막 순간이나 유언에 압축되어 나타나는 경우가 많은데요. 츠타쥬는 연극이 끝났음을 알리는 박자목拍子木 소리를 기다리며 죽었다고 합니다. 이 대목에서 그가 자신의 인생을 하나의 연기로 보며 살았음을 알 수 있습니다. 니체는 『비극의 탄생』1872에서 자신을 활발하게 창조하고 또 창조하는 사람들은 진정으로 자유로운 정신의 소유자이며, 자기 삶을 대상으로 한 예술가라고 주장하였습니다. 츠타쥬는 수많은 명작과 예술가들을 낳았지만, 그가 창조한 최고의 콘텐츠는 아마도 츠타야 쥬자부로 자기 자신이었는지도 모르겠습니다.

2025.4.30

츠타야 쥬자부로를 낳고 기른
요시와라 유곽

지난 번에는 에도^{도쿄의 옛날 이름}의 출판왕이었던 츠타야 쥬자부
로에 대해 살펴봤습니다. 여기서 한 가지 의문이 드는데요. 고
아같은 처지로 요시와라 유곽^{吉原遊廓}에서 나고 자란 츠타쥬가 어
떻게 당대 최고의 지성인과 예술가들을 거느리고 그토록 대단
한 업적을 남길 수 있었느냐는 것입니다. 아이러니하게도 츠타
쥬는 다름 아닌 요시와라에서 나고 자랐기에 '에도의 출판왕'이
될 수 있었습니다.

요시와라는 분명 유흥가이지만 그 이상의 의미를 지닌 공간
이었습니다. 아사쿠사 북쪽의 밭 가운데에 흙을 쌓아 건설된 요
시와라는 가로 약 360미터, 세로 약 270미터인 사각형의 인공도
시였습니다. 요시와라 유곽 앞에는 新자가 붙기도 하는데요. 이
유는 1617년 닌교초 부근에 처음 생겼던 요시와라 유곽이 화재
로 인해 1657년 아사쿠사 북쪽으로 옮겨왔기 때문입니다. 대로
에서 S자로 휘어 있는 90미터 길이의 고짓켄미치를 지나면 요

요시와라 유곽의 정문. 현재는 두 개의 기둥만 남아 있다

시와라 정문이 나타났는데요. 요시와라에는 수천 명의 유녀遊女를 포함해 1만 명에 가까운 사람들이 살았으며, 유녀와 남성들을 연결하는 찻집과 유녀들이 머무는 기루 이외에도 각종 장신구나 화장품 등을 파는 가게가 있었습니다.

　요시와라는 에도에서 불야성을 이루던 유일한 곳으로서, 일종의 별천지였습니다. 이곳에서는 각종 퍼레이드나 공연 등의 이벤트가 벌어졌고, 거리나 시설도 최고로 화려하게 꾸며졌습니다. 이 곳의 번성함은 당시 막부무신 정권의 통치기구 또는 그 체제가 에도에서 걷는 세수의 8%가 요시와라에서 나온 것에서도 확인할 수 있습니다. 요시와라에는 문학, 음악, 예능, 다도, 춤 등 에도 문화 거의 전부가 집결되어 있었으며, 그렇기에 호세이대학 총장을 지낸 다나카 유코田中優子, 1952~는 『유곽과 일본인』고단샤, 2021에서 "요시와라 유곽의 소멸은 역시, 에도 문화의 소멸이라고 할 수 있다"고 말했을 정도입니다. 또한 요시와라는 살롱이 없던 에도에서 살롱의 역할을 떠맡기도 했습니다. 이곳에는 다이묘, 무사, 상인과 같은 다양한 사람들이 모여들었고, 에도 시대의 신분 질서도 엄격하게 작동하지 않았다고 합니다. 요시와라말이 따로 있을 정도의 독특한 문화적 별천지였던 것입니다. 유녀들도 단순한 창부와는 차원이 다른 문화인의 성격을 지니고 있었습니다. 그렇기에 전설적인 오이란^{최상위 지위의 유녀}이였던 다카오를 모신 다카오이나리 신사가 지금도 도쿄에 남아 있을 정도입니다.

바로 이 요시와라에서 나고 자라며, 츠타쥬는 에도의 첨단적인 유행과 감각 등을 익혔던 것입니다. 문화의 첨단지 요시와라가 츠타쥬를 기른 것처럼, 츠타쥬 역시 수많은 콘텐츠를 통해 요시와라의 이미지를 풍요롭게 창조했는데요. 츠타쥬는 1773년에 요시와라 정문 앞에 서점을 내고 처음에는 책 대여를 했지만, 곧 본격적인 출판에 나섭니다.

츠타쥬가 출판업에 처음 뛰어들어 만든 것은 요시와라 가이드북으로서, 츠타쥬는 이때부터 천재성을 발휘하기 시작합니다. 이전의 안내서가 정보의 전달에만 치중했던 것과 달리, 츠타쥬는 요시와라 안내서에 약도 등을 집어넣어 현장감을 극대화하였으며, 첫번째 출판하는 책에서부터 다재다능한 유명인 히라가 겐나이^{平賀源内, 1728~1780, 에도 시대의 레오나르도 다빈치로 불림}의 서문을 수록해 장안의 화제를 모았던 것입니다. 이어지는 책에서는 최고의 화가를 고용하여 유녀들을 꽃으로 표현해 사람들의 관심을 끌기도 했습니다. 이외에도 츠타쥬가 출판한 책으로 샤레본

洒落本이 있는데, 샤레본은 요시와라에서의 놀이와 익살을 묘사한 풍속책이었습니다. 또한 에도 시대를 대표하는 문화 콘텐츠인 우키요에가 가장 많이 제재로 삼은 것도 역시나 요시와라였습니다.

그러나 결코 요시와라가 이상적이거나 바람직한 공간일 수는 없습니다. 요시와라는 고계苦界, 괴로움이 끊임없는 세계로 불렸으며, 그곳에서 살아가는 유녀들의 삶은 화려한 만큼이나 비참한 것이었기 때문입니다. 이것은 유녀들의 기본적인 고용조건에서부터 확연히 드러나는데요. 유녀들은 일단 업주들에게 거금의 빚을 진 상태에서 일을 시작했습니다. 그렇기에 유녀들은 자신의 가족들에게 선지급된 빚을 모두 갚을 때까지 유녀의 삶에서 벗어날 수 없었습니다. 경제적으로도 이들은 요시와라를 벗어나기 어려웠을 뿐만 아니라, 물리적으로도 요시와라를 벗어나기 어려웠습니다. 요시와라에는 출입문으로 '요시와라 정문' 하나가 있었을 뿐이며, 유곽 주변에는 높은 담과 해자까지 설치되어 있었던 것입니다. 또한 처우도 열악하여 영양실조나 성병으로 요절하는 유녀들도 많았습니다. 유녀들 사이에는 엄격한 계급이 있었으며, 화대의 차이도 아주 컸습니다. 그렇기에 유녀들은 자주 목숨을 건 방화사건을 일으켜 자신들의 억울함을 호소했다고 합니다.

츠타주는 요시와라의 이러한 어둠까지 깊이 알고 있었으며, 그렇기에 그가 만들어낸 콘텐츠에는 사회를 향한 불만과 풍자도 적지 않게 남아 있습니다. 요시와라와 츠타쥬의 관계는 "야만의 흔적이 없는 문화의 기록이란 결코 없다"는 발터 벤야민의 명제를 곱씹어 보게 합니다.

2025.5.14

인생은 짧고
예술은 길다

　어느 나라에나 국민들이 애독하는 첫사랑 소설이 있기 마련입니다. 알퐁스 도데^{Alphonse Daudet, 1840~1897}의 「별」¹⁸⁶⁶, 이반 투르게네프^{Ivan Turgenev, 1818~1883}의 「첫사랑」¹⁸⁶⁰, 앙드레 지드^{André Gide, 1869~1951}의 「좁은 문」¹⁹⁰⁹ 등을 대표적으로 들 수 있을 텐데요. 한국인에게 가장 익숙하고 정감 가는 한 편의 첫사랑 소설을 꼽으라면, 그것은 아마도 황순원^{1915~2000}의 「소나기」¹⁹⁵³일 겁니다. 일본에도 국민 첫사랑 소설이 있는데요. 그것은 일본 최초의 근대 여성작가로 꼽히는 히구치 이치요^{樋口一葉, 1872~1896}의 「타케쿠라베 키재기^{『文学界』, 1895~1896}입니다.

　놀랍게도 일본판 「소나기」에 해당하는 「타케쿠라베」는 요시와라 유곽과 그 주변 동네를 배경으로 하고 있습니다. 히구치 이치요만큼 평생을 가난과 고통 속에서 살다간 문인도 드물 겁니다. 소설가가 된 계기부터가 소설 발표를 통해 원고료를 받는 친구에게 자극받았기 때문이라고 하네요. 본래 하급 무사의 딸

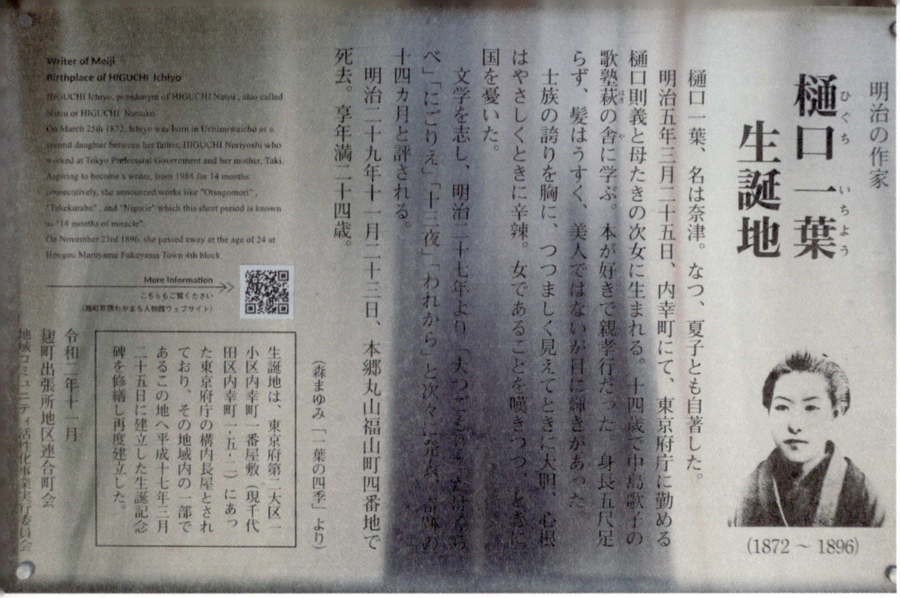

明治の作家

樋口一葉生誕地

(ひぐち)(いちよう)

(1872 ～ 1896)

Writer of Meiji
Birthplace of HIGUCHI Ichiyo

HIGUCHI Ichiyo, pseudonym of HIGUCHI Natsu, also called Natsu or HIGUCHI Natsuko.
On March 25th 1872, Ichiyo was born in Uchisaiwaicho as a second daughter between her father, HIGUCHI Noriyoshi who worked at Tokyo Prefectural Government and her mother, Taki. Aspiring to become a writer, from 1894 for 14 months consecutively, she announced works like "Otsugomori", "Takekurabe", and "Nigorie" which this short period is known as "14 months of miracle".
On November 23rd 1896, she passed away at the age of 24 at Hongo Maruyama Fukuyama Town 4th block.

More Information
(こちらもご覧ください)
(町)村まちかどかまち物語ウェブサイト

樋口一葉、名は奈津。なつ、夏子とも自著した。

明治五年三月二十五日、内幸町にて、東京府庁に勤める樋口則義と母たきの次女に生まれる。十四歳で中島歌子の歌塾萩の舎に学ぶ。本が好きで縄孝行だったが、身長五尺足らず、髪はうすく、美人ではないが目に輝きがあった。士族の誇りを胸に、つつましく見えてときに大胆、心根はやさしくときに辛辣。女であることを嘆きつつ、ときに国を憂いた。

明治二十七年より、大つごもり「全財産」を述べ」「にごりえ」「十三夜」「われから」と次々に発表、「奇跡の十四カ月」と評される。

明治二十九年十一月二十三日、本郷丸山福山町四番地で死去。享年満二十四歳。

（森まゆみ「一葉の四季」より）

生誕地は、東京府第一大区小区内幸町一番屋敷（現千代田区内幸町一丁目五の二）にあった東京府庁の構内長屋とされており、その地域内の一部であるこの地に平成十七年三月二十五日に建立した生誕記念碑を修補し再度建立した。

令和二年十一月
麹町出張所地区連合町会
地域コミュニティ活性化委員会

히구치 이치요의 출생지에 세워진 안내판. 히비야 공원 근처에 있다

히구치 이치요가 살았던
혼고기카사카초의 집
사진 하단에 보이는
우물은 과거에도 있던 것

로 태어나 비교적 유복한 유년 시절을 보냈던 이치요는, 오빠와 아버지가 연이어 병사하면서 집안의 가장이 되어 어머니와 여동생의 생계를 책임지게 됩니다.

그녀는 24년의 짧은 생을 사는 동안 늘 빈곤에 시달렸으며, 흡족한 연애도 해볼 수 없었습니다. 정혼까지 했으나 경제적인 이유로 파혼에 이른 시부야 사부로渋谷三郎, ?~?, 마음속 짝사랑에 머물렀던 문학선생 나카라이 도스이와半井桃水, 1861~1926의 관계만을 남겼을 뿐이니까요. 이치요는 그 모든 현실적 불우를 오직 붓 한 자루에 의지해 헤쳐 나간 여성입니다.

1890년 9월 이치요는 혼고기쿠사카초本郷菊坂町로 이사하여 빨래나 바느질을 하며 간신히 생계를 꾸려나갑니다. 1892년부터 본격적인 작가의 길에 들어섰지만 가난에서 벗어날 수 없었던 이치요는 1893년 7월에는 지금의 이치요기념관이 있는 시타야 류센지쵸下谷龍泉寺町로 이사하여 완구나 과자를 파는 잡화점을 여는데요. 이 곳은 유곽 요시와라의 뒷골목에 해당하는 동네로서, 이 곳을 배경으로 한 소설이 바로 「타케쿠라베」입니다. 잡화점에서 별다른 수익을 얻지 못한 이치요는, 문학에 전념할 생각으로 1894년 5월 최후의 거처인 혼고마루야마후쿠야마초本郷丸山福山町로 이사를 하는데요, 이 곳 역시 겉으로는 술과 요리를 팔고, 속으로는 매춘 행위를 하는 사창가가 있는 곳이었습니다. 이곳에서의 체험을 바탕으로 쓴 소설이 바로 「니고리에」[1895]입니다.

"주위를 둘러보면 임 그리워 돌아본다는 오몬大門 옆에 서 있는 버드나무에 이르는 길은 멀지만 오하구로 도랑에 등불이 비

히구치 이치요가
시타야류센지초에서
잡화점을 하며 지냈던
곳에 세워진 기념비

요시와라 입구, 돌아보면
유녀가 이별을 아쉬워하며
손 흔드는 것처럼 보인다는
미카에리야나기(見返り柳)

치는 유곽 삼 층에서 벌어지는 소란은 손에 잡힐 듯 들리고 밤 낮없이 오가는 인력거는 이루 말할 수 없는 번영을 상기시킨 다"는 문장으로 시작되는 「타케쿠라베」는 요시와라 유곽과 주 변 동네의 풍경과 분위기를 매우 섬세하고 아름답게 표현한 명 작입니다. 요시와라의 잘 나가는 유녀를 언니로 둔 미도리는 승 려의 아들 신뇨를 좋아하는데요. 동네 아이들이 골목파와 큰길 파로 나뉘어 대립을 하는 가운데, 센조쿠 신사의 여름 축제가 열리는 저녁 무렵, 골목파 패거리가 들이닥쳐 미도리의 이마에 진흙이 묻은 짚신을 내던집니다. 배후에 신뇨가 있다고 오해한 미도리는 다음 날 아침부터 학교에도 가지 않을 정도로 큰 충격 을 받는데요.

미도리는 신뇨에게 배신감을 느껴, "정말로 저렇게 싫은 녀석 은 없을거야"라고 침이 마르도록 욕을 해대면서도, 신뇨의 뒷모 습을 "언제까지고 언제까지고 바라보는" 애틋한 마음만은 변함 이 없습니다. 「타케쿠라베」에서 미도리와 신뇨의 여린 마음이 가장 문학적으로 표현된 것은 심부름을 가다가 미도리의 집 앞 을 지나던 신뇨의 나막신 코 끈이 끊어지는 장면에서입니다. 고 생을 모르고 곱게만 자란 도련님인 신뇨는 코 끈이 끊어져 허둥 대기만 하는데요. 이 모습을 안타깝게 바라보던 미도리는 격자 문 사이로 손에 든 빨간색 천조각을 가만히 신뇨에게 던집니다. 그러나 천성이 소심하기만 한 신뇨는 고마운 생각이 들면서도, 천조각을 줍지도 못하고 멍하니 바라보다 간신히 그 자리를 벗 어나고 마네요.

이치요 기념관 입구

　드디어 둘 사이에도 이별의 순간이 다가옵니다. 존경받는 승
려의 아들인 신뇨와, 유녀의 운명이 예정된 미도리의 해피엔딩
이란 애당초 불가능한 것이었나 봅니다. 미도리는 언니를 따라
요시와라 유곽의 유녀가 되고, 그 이후로는 거리에서 아이들과
전혀 어울리지 않습니다. 절을 이어받아야 하는 신뇨 역시 승려
학교에 입학하기 위해 동네를 떠나는데요. 신뇨는 승려학교로
떠나는 날 아침에 미도리 방의 격자문에 조화 수선화를 꽂아 놓
습니다. 미도리와 신뇨의 사랑 이야기는 요시와라 유곽이라는
환락가를 배경으로 하고 있기에, 더욱 애잔하고 순수하게 느껴
지는지도 모르겠습니다.

　「다케쿠라베」로 이치요는 일본 문단의 최고 권위였던 모리
오가이森鷗外, 1862~1922의 격찬을 받으며, 일약 문단의 스타로 떠오
르는데요. 안타깝게도 그로부터 1년도 지나지 않은 차가운 가

을날 폐결핵으로 요절하고 맙니다. 다행스럽게도, 불운했던 이치요의 사후는 참으로 화려한데요. 수많은 문인들의 기념관이 있는 도쿄지만, 이치요기념관 만큼 큰 규모를 자랑하는 곳은 거의 없습니다. 2004년부터는 국가적 영웅들에게만 허락되는 지폐의 주인공이 되기도 했는데요. 여성이 일본 지폐에 등장한 것은 무려 123년 만이라고 합니다. 평생 가난에 시달리다 세상을 떠난 히구치 이치요가 100년이 훨씬 지난 후에 고액권의 주인공이 됐다는 사실은 조금 얄궂게 느껴지는데요. 히구치 이치요의 불우했던 삶과 사후의 영광을 떠올릴 때면, "인생은 짧고 예술은 길다"는 아주 오래된 말이, 새로운 울림으로 다가오고는 합니다.

2025.5.28

한반도와 일본 사이를 가로지르는
두 갈래 길

2025년은 한일기본조약이 체결된 지 60년이 되는 해입니다. 이를 기념하여 일한문화교류기금이 주최한 '한일국교정상화 60주년 기념 심포지엄'이 2025년 5월 31일 도쿄 치요다구의 도시센터호텔에서 열렸습니다. 이 날 행사의 취지는 일한문화교류기금 이사장의 인사말에 잘 드러나 있었는데요. 가토리 이사장은 포퓰리즘과 민족주의로 세계의 긴장이 높아지는 지금, 수백 년 동안 조일朝日간의 무탈한 관계를 유지하는 원동력이 되었던 조선통신사를 통해 평화의 교훈을 배우자고 말했습니다. 이러한 취지에 걸맞게 심포지엄의 주제도 「조선통신사라는 '지혜'」였는데요. 이날 심포지엄에서는 이 분야의 최고 전문가인 요시다 마쓰오도쿄대 명예교수, 다시로 가즈이게이오대 명예교수, 이시다 도루시마네현립대 교수, 기무라 타쿠주오대 교수가 순서대로 「조선왕조 정치시스템과 통신사」, 「조선통신사와 쓰시마번의 역할」, 「조선통신사와 訳官使」, 「조선통신사라는 명칭에 담긴 의미」를 발표했습니다.

조선통신사 관련 심포지엄이 열린 도시센터호텔 5층의 행사장

통신사의 시작은 왜구의 금입禁入을 요청하기 위해 일본을 방문했던 1375년으로까지 거슬러 올라가지만, 일반적으로 말하는 조선통신사는 임진왜란 이후에 12회1607~1811에 걸쳐 일본에 파견됐던 사절단을 말합니다. 3회까지 사절단의 공식 명칭은 '회답겸쇄환사回答兼刷還使'였고, 4회부터 '통신사通信使'라는 명칭을 사용했는데요. '회답겸쇄환사'라는 명칭은 쇼군의 국서에 '회답回答'한다는 의미와 임진왜란 때 '일본에 끌려간 조선인을 데려온다刷還使'는 의미를 지니고 있었습니다. 통신사가 200년 넘게 유지된 이유는, 막부의 위상을 높이려는 일본의 요구와 일본의 국정을 시찰하고 문화를 전파하려는 조선의 요구가 맞아떨어졌기 때문입니다.

한양에서 에도에 이르는 약 1,800킬로미터의 여정은 실로 엄청난 노력이 필요한 국가적 이벤트였습니다. 바다를 건너느라고 목숨까지 걸어야 했던 통신사행에 참여한 인원만 5백여명에 이르렀으며, 사행 기간도 10개월에서 1년이 걸렸습니다. 더군다나 잔인한 전쟁까지 겪은 후이기에, 조선과 일본의 교류는 더욱 어려울 수밖에 없었는데요. 통신사로 일본을 다녀온 이들이 남긴 사행록^{현재 40여 종이 남아 있음}에 따르면, 도요토미 히데요시를 배향한 교토의 절에서 연회를 받지 않으려고 실랑이를 벌이는 모습이나 쓰시마번의 번주에게 절을 하라는 요구에 분연히 맞서는 모습 등이 나오기도 합니다.

일본 전문가들에 따르면, 조선과 일본은 외교에 대한 기본 의식조차 달랐다고 하는데요. 실용적인 관점에서 외교를 생각한 일본과 달리, 조선은 외교를 도덕적 규범인 예禮의 문제로 다루었다는 것입니다. 그렇기에 '통신사'의 의미조차 달랐다고 하는데요. 일본에서 통신사의 '신信'이 기본적으로 국서國書를 의미했다면, 조선에서 '신信'은 예의와 직결된 '신의信義'를 의미했다는 것입니다. 그럼에도 조선과 일본은 교류를 이어가기 위해 적지 않은 노력을 기울였는데요. 특히 조선과 일본과의 중계무역을 통해서만 생존할 수 있었던 쓰시마번^{대마도}의 역할에 주목한 논의가 많았습니다. 쓰시마번은 문서를 위조할 정도로 조선과 일본의 교류를 위해 아낌없는 노력을 기울였다고 합니다.

이러한 '지혜'를 통해 당시 일본에서는 일종의 조선붐이 일었다고 하는데요. 대표적으로 당시 조선 인삼의 인기는 대단해서, 1709년 한 해 동안 에도에 992kg의 인삼이 수입되었으며, 하루 매출액이 현재 시가로 수천만원에 이르렀다고 합니다. 다시

대한제국의 마지막 황태자가 살았던 아카사카 프린스 클래식 하우스의 모습

로 가즈이 교수에 의하면, 이처럼 조선 인삼이 유행한 이유 중의 하나는, 인삼의 약효를 높이 평가한 허균의 『동의보감』이 널리 읽힌 결과라고 하네요.

이 날 3시간 넘게 진행된 심포지엄에서 말한 '지혜'의 핵심은 상대방의 문화를 이해하려는 지극한 마음이라고 정리해 볼 수 있을 거 같습니다. 그 열린 마음만이 공통으로 사용하는 핵심단어通信使의 의미조차 다른 상황에서도 수백 년이 넘는 교류를 가능케 한 원동력이 되었던 것입니다. 질의응답 시간에는 한 방청객이 오늘날 쓰시마번의 역할을 누가 해야겠냐고 질문했는데요. 이에 대해 한 발표자는 이제 '일본인 전부'가 쓰시마번의 역할을 해야 한다고 답변했습니다. 한국인인 저로서는 일본인 뿐만 아니라 한국인도 한일간의 건설적인 관계를 위해 노력해야 한다는 생각이 들었습니다.

　공교롭게도 행사가 열린 도시센터호텔 맞은편에는 튜더 양식Tudor style의 아름다운 아카사카 프린스 클래식 하우스가 있었는데요. 조선통신사가 한반도와 일본의 우호 관계를 상징한다면, 아카사카 프린스 클래식 하우스는 일본의 강압적인 한반도 지배를 상징하는 건물입니다. 이 건물은 대한제국의 황태자였던 이은1897~1970이 1930년부터 해방이 될 때까지 살던 곳인데요. 1907년 11세의 나이로 이토 히로부미를 따라 일본에 간 이은은 일제에 의해 유린당합니다. 육군 중앙유년학교에서 공부한 후 일본군이 되었으며, 결혼도 일본 황족 여성인 마사코와 해야 했으니까요. 그럴듯한 어떤 명목을 갖다 붙인다 해도 이은은 일제의 볼모이자 인질이였던 것입니다. 이것은 이은의 부인인 이방자李方子, 1901~1989 여사가 스페인풍이 가미된 이 아름다운 영국식 건물을 "관청처럼 감시받는 듯해 숨막히는 곳"이었다고 증언한 것에서도 드러납니다. 심포지엄을 듣고 돌아오는 저의 앞에는, 도시센터호텔과 아카사카 프린스 클래식 하우스 사이로 한반도와 일본 사이를 가로지르는 두 갈래 길이 환영처럼 펼쳐져 있었습니다.

2025.6.25

도쿄 한복판에서 맞이한
8·15

8·15광복절은 뜻깊은 날입니다. 특히 광복 80주년과 한일국교정상화 60주년을 맞이하는 2025년은 더욱 특별할 수밖에 없는데요. 그런 2025년의 광복절을 저는 도쿄 한복판에서 맞이했습니다. 8월 15일만 되면 늘 동아시아를 뜨겁게 달구는 야스쿠니 신사靖国神社에 가보기로 했는데요. 야스쿠니 신사는 일본, 정확히 말하자면 천황을 위해 목숨을 바친 자들을 합사合祀, 명부에 신으로 이름을 올리는 것하여 기리는 곳입니다. 매년 8월 15일일본에서는 종전일(終戦の日)이면, 야스쿠니 신사에서는 전몰자들의 영령을 추모하는 의식이 진행되고, 여러 단체들의 집회나 행사가 펼쳐지는데요. 모두들 아시다시피, 야스쿠니 신사는 A급 전범 합사 문제, 일본 총리 및 고위 정치인들의 참배 문제, 전쟁 박물관 '유슈칸'의 역사 인식 문제, 2만 명이 넘는 조선인 희생자들의 합사 문제 등으로 동아시아 역사 갈등의 상징과도 같은 공간입니다.

먼저 숙소를 나와 고마바도다이마에역에서 이노카시라게이

8월 15일 발행된 일본의 5대 신문

오선을 타고 시부야역에 간 저는 수많은 인파로 유명한 스크램블 횡단보도 옆에 자리한 신문 가판대에서 일본의 5대 일간지를 모두 샀습니다. 종전 80주년과 한일국교정상화 60주년을 맞이하는 일본의 여론을 알고 싶었기 때문입니다. 시부야역에서 한조몬선을 타고 야스쿠니 신사가 있는 구단시타역으로 가는 지하철에서, 신문의 1면만 급하게 훑어봤는데요.

『요미우리신문』은 '80년 기억 계승의 무게'라는 제목으로, 8월 15일 일본에서 열리는 여러 행사를 건조한 목소리로 전달하고 있었습니다. 『아사히 신문』은 '80년 마음에 새기는 부전不戰, 전쟁을 하지 않음'이라는 제목으로 8월 15일의 행사를 알리면서도, 8월 15일을 "사망자를 추모하고 부전不戰에 대한 맹세를 새롭게 하는 날"이라고 규정했습니다. 『마이니치 신문』은 '미래에 전하는 종전 80년'이라는 제목 아래 자국 이기주의가 심해지는 세계정세와 기억의 계승이 어려워지고 있는 일본의 현실을 우려하면서도, 전쟁의 기억을 미래에 계속 전하겠다는 의지를 다지고 있는 점이 인상적이었습니다.

『니혼게이자이신문』에는 '슌쥬春秋'라는 고정칼럼난에서 만주국 신경에서 패전을 맞이한 일본인의 비극을 그린 기야마 게이헤이木山捷平, 1904~1968의 소설 「대륙의 오솔길大陸の細道」만을 소개하고 있었습니다. 『산케이신문』은 그야말로 충격적이었는데요 논설위원장 사카키바라 사토시榊原智가 쓴 사설은 한국인인 제가 받아들일 수 없는 내용들로 가득했습니다. "일본단죄로부터 결별하고 싶다. 야스쿠니신사 참배로 위령慰靈과 표창表彰을"이라는 중간제목이 달린 이 사설에는 "전례 없는 대전을 이어간, 전사자를 위로하고 표창하고 싶다. 그것이 후손으로서의 임무"라는 말도 있었고, 아베 신조安倍晋三, 1954~2022 이후 중단된 총리나 각료의 야스쿠니 참배가 이루어져야 한다는 주장도 있었습니다. 『산케이신문』을 읽자, 이해할 수도 없고 다가갈 수도 없는 일본의 타자성과 마주칠 때면 느끼곤 하던 극심한 피로가 다시 한번 몰려왔습니다.

지하철에서 내려 구단시타역 1번 출구로 나섰을 때는 10시 30분이었는데요. 이전에는 볼 수 없는 수많은 사람들로 길을 걷기 어려울 정도였습니다. 많은 사람들이 다양한 유인물을 나눠주고 있었는데요. 나중에 숙소에 돌아와 살펴보니 종교단체 홍보물, 중국내 위구르족의 참상을 알리는 유인물, 법륜공法輪功 선전물, 중국 공산당 비판 유인물, 일본 국기와 국가의 유래와 의미를 알리는 유인물, 대지진·감염병·안보위기에 맞서 헌법개정

8월 15일 야스쿠니 신사에 모인 수많은 사람들

을 주장하는 유인물, 현행 헌법의 무효화와 '대일본제국 헌법의
복원·개정'을 주장하는 유인물, 패전 무렵 소련에 의한 시베리
아 억류 등을 알리는 유인물 등이었습니다.

　인파 속을 헤치며 야스쿠니 신사로 들어갔습니다. 간혹 헌
법개정을 반대하는 푯말이나 가슴에 'No Hate, No War'라고 쓰
인 티셔츠를 입은 사람들도 보였지만, 군복을 입거나 욱일승천
기를 든 사람들이 훨씬 많이 보였습니다. 야스쿠니 신사는 크
게 제1도리이, 동상, 제2도리이, 신문, 배전, 본전, 그리고 산문 오
른쪽의 유슈칸으로 이루어져 있는데요. 검은색 제1도리이는 높
이가 약 46m로 야스쿠니 신사의 첫인상을 위압적으로 만들기
에 충분했습니다. 높이 3.3m의 동상은 일본 최초의 서양식 동상
으로서, 야스쿠니 신사의 전신이었던 초혼사를 처음 발의한 인

쇼와관 입구

도쿄국립근대미술관

물이자 '일본 육군의 아버지'라 불리는 오무라 마스지로大村益次郎, 1824-1869를 조각한 것입니다. 1934년 대만에서 가져온 회나무로 만든 산문과 이어지는 배전을 지나자, 약 246만 명이 합사된 본전이 나타났습니다. 이 날은 본전에 참배를 하기 위해 제2도리이 앞까지 사람들이 길게 줄지어 있었습니다.

야스쿠니 신사에서의 복잡한 마음을 안고, 저는 길 건너편의 쇼와관으로 향했습니다. 쇼와관은 일본의 근현대사를 조명하는 역사박물관으로, 특히 제2차 세계대전 당시 일본인들의 생활에 초점을 맞춘 전시로 유명합니다. 이 날 쇼와관에서는 <사회를 비추다 움직이다-포스터에 나타난 국책선전의 모습> 특별기획전이 열리고 있었는데요, 이 기획전의 전시물은 2차 세계대전 당시의 포스터로서, 전쟁을 독려하는 내용의 전투적인 것들이었습니다.

쇼와관을 나와서는 간단하게 점심을 먹고, 20여 분 정도를 걸어 도쿄국립근대미술관에 갔습니다. 이곳에서는 '쇼와 100년'과 '종전 80주년'을 맞이하여, <기록을 열다 기억을 쌓다> 특별전시가 열렸습니다. 이번 전시는 1930년대부터 1970년대까지의 일본 근대미술을 통해 전쟁 기록과 기억의 관계를 되짚어 보는 대규모 기획이었습니다. 전쟁 기록화를 포함한 미술관 소장품과 외부 기관에서 대여한 작품 등 총 280점의 회화, 포스터, 잡지, 영상 등을 전시했는데요. 미술이 시대를 기록하는 도구로서 어떤 역할을 했는지, 그리고 그 기록이 어떻게 후대의 기억으로 재구성되는지를 탐구하고 있었습니다. 오족협화론이나 대동아

공영론을 표현한 회화 작품들과 더불어, 풍문으로만 듣던 후지타 쓰구하루藤田嗣治, 1886~1968의 『싱가포르의 마지막 날』1942, 마츠모토 슌스케松本俊介, 1912~1948의 『가로수길』1943, 아이미쓰靉光, 1907~1946의 『자화상』1944을 직접 볼 수 있어 좋았습니다. 예술가들마저 정부의 나팔수로 앗아가 버린 총력전으로서의 근대전쟁이 지닌 비극적 힘을 확인할 수 있는 전시이기도 했습니다.

어둠이 내린 길을 걸어 숙소로 돌아가는 제 머리는 80년 전 끝난 전쟁의 기억으로 가득했는데요. 가만히 생각해보니, 전쟁이란 결코 과거 완료형이 아니라 지금도 세계 곳곳에서 계속 되는 현재 진행형이었습니다. 어쩌면 인간 세상의 디폴트default, 기본값는 평화가 아니라 전쟁인지도 모른다는 암울한 생각마저 들었는데요. 인류가 '나우리'만을 존귀하고 위대하며 소중하다고 여기는 한, 전장에서의 허무한 죽음마저도 미화하여 정치적으로 이용하는 한, 전쟁은 결코 멈추지도 사라지지도 않으리라는 슬픈 예감에서 벗어날 수 없는 하루였습니다.

2025.9.30

일본민예관에서 만난
한민족의 미

베란다에서 훤히 보이던 일본민예관

해방 이후 한국정부로부터 문화훈장을 받은 첫 번째 일본인이 누군지 아십니까? 그 주인공은 바로 민예 운동의 창시자인 야나기 무네요시柳宗悦, 1889~1961입니다. 1984년 9월 야나기 무네요시의 맏아들 야나기 무네미치는 아버지를 대신하여 대한민국 정부로부터 보관 문화훈장을 받았습니다. 야나기 무네요시가 평생 주장한 '민예民芸'란 '민중적 공예민중의 생활에 필요한 공예품'의 줄임말로서, 귀족적 미술품에 대응되는 개념이라고 할 수 있습니다. 야나기는 평생 동안 일본과 해외를 넘나들며 민예품을 수집하였고, 민예의 가치를 전파하고자 헌신했습니다. 야나기가 72세로 세상을 떠날 때까지 민예운동의 본거지로 삼았으며, 필생의 과업으로 수집한 민예품을 소장해 놓은 것이 바로 일본민예관입니다.

연구년으로 일본에 머물기 전까지, 일본민예관은 그 존재만

이 어렴풋하여 저와는 거의 무관한 '공간'이었습니다. 그런데 도쿄대 숙소에서 첫 번째 밤을 보내고, 새소리에 잠이 깨어 창문을 열었을 때, 제 눈에 가장 먼저 들어온 것은 놀랍게도 일본민예관이었습니다. 직선 거리로 50미터 밖에 떨어져 있지 않아, 조금 과장하자면 일본민예관의 숨소리까지 들릴 지경이었는데요. 문을 열었는지 닫았는지, 관람객이 많은지 적은지, 관람객 중에 할머니가 많은지 할아버지가 많은지까지 훤히 알 수 있을 정도였습니다. 이후 1년간의 일본 생활에서 민예관은 하나의 특별한 '장소'가 되기에 모자람이 없었습니다. 한국에서 손님이 올 때마다 의례히 방문하는 것은 물론이고, 향수에 시달리는 날

이면 2층 제1전시실에 있는 조선 도자기들을 혼자 물끄러미 바라보고는 했습니다. 일본민예관에서는 한국과 고향, 때로는 두고 온 지인들의 마음까지 느낄 수 있었기 때문입니다.

일본민예관은 야나기가 평생 수집한 민예품을 전시한 본관과 야나기 무네요시의 사택을 확장한 서관으로 이루어져 있는데요. 두 건물은 좁은 길 하나를 사이에 두고 자리해 있습니다. 1935년에 완공된 서관은 도치기현에서 이축된 돌지붕 나가야몬長屋門과 야나기가 기본설계를 한 모옥母屋으로, 1936년에 개관한 본관 역시 서관과 비슷한 돌지붕의 나가야몬으로 이루어져 있습니다.

일본민예관은 일본을 비롯한 동서고금의 도자기, 염색물, 목칠공예, 회화, 금속공예, 석공예 목죽공예 등 약 17,000점의 작품을 소장하고 있는데요. 본관은 2층 구조로, 1층에는 도자실陶磁室, 외방공예실外邦工芸室, 염직실染織室이, 2층에는 조선공예실朝鮮工芸室, 공예작가실工芸作家室, 회화실絵画室, 목칠공예실木漆工芸室, 대전시실大展示室이 있습니다. 1층의 '도자실'에서는 일본에서 생산된 실용품으로서의 도자기를 주로 전시하며, 민예의 이념에 충실하여 귀족적인 도자기나 이름난 작가의 작품은 전시하지 않습니다. '외방공예실'은 세계 각지의 공예품을, '염직실'은 일본 각지의 염직물을 전시해 놓았습니다.

2층의 '공예작가실'은 민예미를 이상으로 내걸고 활동하는 공예 작가들의 작품을, '회화실'은 야나기가 '민화' 혹은 '공예적 회화'로 불렀던 회화들을, '목칠공예'는 일본의 옷칠공예나 목공

일본민예관의 본관 모습

일본민예관의 서관 모습

예 등을 전시하는 곳입니다. 마지막으로 '대전시실'은 연간 약 5회의 기획전시 회장으로 사용됩니다. 2층 제1전시실인 '조선공예실'은 일본민예관이 소장한 1,600여 점의 조선공예품 중에서 50점을 상시로 전시하는 곳입니다. 전시의 주축은 분청사기나 백자 항아리와 같은 도자기이며, 이외에도 회화, 목공품, 석공품 등을 함께 전시합니다. 야나기 무네요시는 1916년부터 1940년에 걸쳐 21회 조선을 방문했으며, 그때마다 수많은 조선 민예품을 수집했던 것입니다.

땅값 비싸기로 소문난 도쿄의 한복판에 '조선공예실'이 따로 자리잡고 있는 것이 쉽게 이해되지 않는데요. 야나기 무네요시의 삶을 조금만 들여다보면, 이는 당연한 일이라는 것을 알 수 있습니다. 해군 제독의 아들로 태어나 엘리트 교육을 받은 일본인 야나기가 민중적 공예에 눈을 뜬 계기 자체가 바로 조선이었던 것입니다.

야나기 무네요시는 귀족 자제들이 다니는 가쿠슈인을 졸업하고, 귀족의 자제들로 이루어진 『시라카바』의 중심 동인으로 활동했습니다. 도쿄제대에서 종교철학과 서양미술을 공부한 야나기 무네요시는 1914년 아사카와 노리타카浅川伯教, 1884~1964가 가져온 조선의 백자를 보게 됩니다. 이 때 큰 감명을 받은 야나기 무네요시는 1916년 8월에 처음으로 조선 땅을 밟습니다. 이후 야나기는 문화와 예술을 통해 한일 민족간의 상호 이해를 위해 노력했습니다. 1921년에는 도쿄 간다에서 일본 최초의 <조선민족미술전람회>5.7~15를 개최하였으며, 1924년에는 아사카와 노

리타카의 동생인 아사카와 다쿠미浅川巧, 1891~1931와 함께 경복궁 향원정 앞 집경당에 조선민족미술관을 개관합니다.

　이런 과정을 거치며, 야나기 무네요시는 1925년부터 '민예'라는 단어를 제창하고, 민예운동에 적극적으로 나서게 된 것입니다. 이처럼 민예와 민예의 생활화를 주장한 민예운동은 결국 조선 도자기와의 만남에서부터 시작된 것이라고 할 수 있습니다.

고구려 '수렵도' 앞에서 다시 묻다

　야나기 무네요시는 한국의 예술과 민예에만 관심을 기울인 것이 아니라, 실제로 구체적인 실천을 하기도 했습니다. 야나기는 3·1운동이 발발하고 수많은 조선인이 생명을 잃자, 「조선인을 생각한다」[1922] 등의 여러 글을 통해 조선인을 옹호하고 일본을 비판했습니다. 광화문의 철거가 논의될 때는, 광화문을 "사랑하는 벗이여"라고 부르며, "우방을 위해서, 예술을 위해서, 역사를 위해서, 도시를 위해서, 특히 그 민족을 위해서 경복궁을 건져야 한다"[「사라지려는 조선의 건축을 위하여」, 1922.9]라고 주장하였으며, 다른 글에서도 광화문의 보존을 주장합니다. 이에 영향을 받은 조선총독부는 결국 광화문을 철거하는 대신 위치를 옮기는 것으로 방침을 바꾸게 됩니다.

일본민예관에 갈 때마다, 가장 강렬하게 저의 관심을 끈 것은 서관 입구의 왼편에 걸려 있는 「수렵도狩獵圖」였습니다. 주지하다시피 고구려의 「수렵도」는 말을 타고 사냥하는 장면을 묘사한 벽화로, 고구려인의 무예와 활달한 기상을 생생하게 보여주는 우리 민족의 대표적인 회화입니다. 특히 한민족이 남긴 작품 중에서 가장 박력 있고 활달한 것으로 이야기되는데요.

「수렵도」는 서관 입구의 벽에 붙박이처럼 걸려 있어서, 일본민예관을 방문하는 이라면 지나칠 수 없는 그림이었습니다. 이 그림이 저의 관심을 끈 이유는 야나기 무네요시의 그 유명한 조선미에 대한 논의 때문입니다. 야나기 무네요시는 한국의 미와 민예에 대한 여러 편의 글을 남겼는데요. 그 핵심은 조선의 미가 눈물에 충만한 애상哀傷의 미라는 것입니다. "조선의 역사가 걸어온 운명은 슬픈 것"[「조선인을 생각한다」, 1919]이었으며, 그렇기에 애상미를 갖는다는 것입니다. 애상미는 '곡선의 미'와도 통하는

일본민예관에서 판매하는 서적들

데, 그 선에는 "온갖 원한과 슬픔과 동경"「조선의 벗에게 보내는 글」, 1920이
은은하게 흘러내린다고 보았습니다.

야나기가 주장한 애상미는 식민지 지배를 받는 조선의 현실
을 과거에까지 투사하여, 한민족의 본질적인 속성으로 파악한
측면이 강해 보입니다. "조선인은 역사상의 이 무한한 비애를
영원하고 유구한 선에 의탁하여 표현했던 것이다"「조선민족과 예술」,
1921라거나 "자연과 역사의 운명이 이 민족에게 계속 고통과 슬
픔을 주어 왔기 때문이 아닌가 한다"「고려자기와 조선자기」, 1942라고 말
하는 부분에서 이를 확인할 수 있습니다. 야나기의 미학은 조선
을 고통받는 타자로 고정시키는 오리엔탈리즘적 시선과 무관
해 보이지 않는데요. 그렇기에 야나기의 '비애悲哀의 미'론이 지
닌 오리엔탈리즘적 성격에 대한 비판은, 1960년대부터 김달수
1919~1997, 최하림1939~2010, 김윤식1936~2018 등의 지성들에 의해 날카

롭게 이루어지기도 했습니다.

"말수가 적고 내성적이지만 무언가 인정에 굶주린 듯한 분위기"「고려자기와 조선자기」, 1942나 "왠지 눈물을 머금고 있는 듯한 면"「고려자기와 조선자기」, 1942으로 표현되는 애상미는 중국이나 일본과의 비교를 통해 더욱 분명하게 드러나는데요. 야나기 무네요시는 "중국의 예술은 의지의 예술이고 일본의 그것은 정취의 예술이었다. 그런데 이 사이에 서서 혼자 비애의 운명을 져야만 했던 것이 조선의 예술이다"「조선의 미술」, 1922라고 강조합니다. 조선의 예술은 "일본의 즐거움과 중국의 강함"에 비교해 "쓸쓸함"「고려자기와 조선자기」, 1942의 그림자가 있다고 주장하기도 했는데요. 심지어 야나기는 조선인이 흰옷을 입음으로써 "영원히 상을 치르고 있다"「조선의 미술」, 1922는 상상력을 발휘하기도 했네요.

야나기의 주장에는 오류나 한계가 수없이 많습니다. "조선처럼 역사의 걸음이 느린 나라도 없다"「지금의 조선」, 1947와 같은 주장에서는 정체성론이 연상되기도 하고, 조선 찻잔의 아름다움은 "인지가 발달되지 않았기 때문에 그토록 솔직할 수 있었다고도 할 수 있다"「조선의 찻잔」, 1954와 같은 주장에서는 분노가 일기도 합니다. 그러나 아예 조선의 문화나 예술을 중국의 모방 내지는 아류에 불과한 것으로 치부하여 철저히 무시하던 당대 일본의 분위기를 생각한다면, 조선 독자의 미학을 주장한 것 자체에 평가해 줄 여지도 있어 보입니다. 야나기는 "조선인과 같이 과거에 위대한 아름다움을 가졌던 사람을 교화하다니 천박하기 이를데 없는 언사입니다"「조선에 온 감상」, 1920라며 일본의 동화정책을

일본민예관 뜰에 피어 있는 무궁화

비판한 인물이기도 합니다.

또한 여러 글에서 조선의 문화재가 사라진 주요한 이유가, "일본인의 소행에 있다는 것을 누가 부인할 수 있을 것인가"「조선미술 연구가에게 바란다」, 1926와 같은 자기성찰적 태도를 보이기도 했습니다. 야나기가 「그의 조선행」1920이라는 글에 남긴 것처럼, 전차에 탄 일본인이 점잖은 조선 노인의 갓을 손으로 움켜쥐고 태연하게 품평을 하는 모습이 일상이던 시절에, 조선인을 위해 눈물을 흘리고, 조선의 문화재를 보존하기 위해 노력한 일들은 결코 가볍게 볼 수 없는 일입니다.

제가 진귀한 전시물 사이에서도 유독 고구려 「수렵도」에 시선을 빼앗길 수밖에 없었던 것은 바로 이러한 맥락에서입니다. 야나기는 조선의 미를 '비애의 미'라 규정지었으며, 그 미의 이

2024년 9월부터 1년간 일본민예관에서 열린 특별전시회 포스터

면에는 수많은 외침을 당하며 고통과 인내 속에서 살아온 조선
인의 비극적 역사와 삶이 녹아들어 있다고 반복해서 주장했습
니다. 이와 관련해 건축학자 김정동[1948~]은 야나기는 "고구려, 신
라, 백제의 힘차고 활달한 작품을 보고도 못 본 체 그런 말을 한
것이다. 가진 자는 못 가진 자의 근원부터 무시해도 되는 것인
가"「조선을 사랑한다고 말한 어느 일본인의 궤적」, 『일본을 걷는다』, 한양출판, 1997, 87면라며, 강
렬한 비판을 제기하기도 했습니다.

사정이 이러한데, 일본민예관에는 우리 민족의 가장 역동적
이고 진취적인 작품인 고구려의 「수렵도」가 걸려 있었던 것입
니다. 이는 야나기가 주장한 '비애의 미'와는 상반된 성격을 지
니는데요. 이 그림이 일본민예관에 걸려 있다는 사실은 그의 조
선미론을 다시 생각하게 만들고는 했던 것입니다. 서관의 「수

렵도」를 볼 때마다, 관계자들에게 이 그림에 대한 여러 가지 질문을 던져 보았지만, 고구려 「수렵도」라는 것만 확인할 수 있었을 뿐 그 이상의 이야기는 들을 수 없었습니다. 특히 야나기가 직접 걸은 것인지, 그 이후에 다른 이가 걸은 것인지에 대한 정보를 얻을 수 없어 너무나 아쉬웠습니다. 혹 「수렵도」가 야나기에 의해 걸린 것이라면, 야나기의 조선예술론은 우리가 생각하는 것과는 다른 의미를 지닌 것일지도 모른다는 생각을 해보고는 했습니다.

민예와 종교의 일치

무척이나 다채로운 사상적 여정을 거친 야나기 무네요시가 최종적으로 도달한 귀착점은 '불교미학'입니다. 제가 도쿄에 머무는 동안 일본민예관에서는 <세리자와 게이스케의 세계芹沢銈介の世界>, <불교미학仏教美学>, <민예 무작위의 미民藝 無作為の美>, <무나카타 시코전Ⅰ棟方志功 展Ⅰ>, <무나카타 시코전Ⅱ棟方志功 展Ⅱ>라는 다섯 번의 특별전시가 열렸는데요. 이 중에서 <불교미학>은 말할 것도 없고, 두 번의 <무나카타 시코전>도 야나기의 불교미학과 깊은 관계를 맺고 있는 것이었습니다. 무나카타 시코棟方志功, 1903~1975는 야나기의 불교미학에 깊이 공감하며 이를 시각적으로 구현한 일본의 대표적 목판화 예술가입니다.

주목할 것은 이러한 '불교미학'의 구축에도 조선의 예술이 커다란 역할을 했다는 점입니다. 야나기는 "종교와 아름다움의 법문을 따로 생각할 필요는 없을 것이다"「조선 도자기의 아름다움과 그 성질」,

일본민예관 뜰에 있는 작은 석조들

1959라며 종교와 예술의 일치를 주장했습니다. 그는 "조선의 여러 공예품에서 무량無量의 설법을 들을 수 있다"「조선 도자기의 아름다움과 그 성질」, 1959며, 신미일치信美一致의 대표적 사례로 조선의 예술을 들고는 했습니다. 조선의 예술은 자연의 힘을 있는 그대로 받아들인 데서 탄생한 것이며, 종교의 경지에 이른 것이라는 주장인데요. 야나기에게 조선의 예술로 대표되는 민예란 분명 창조된 예술이지만, 그것은 동시에 진리를 설파하는 '미의 법문'이기도 했던 것입니다.

　야나기는 말년에 발표한 불교미학 4부작『미의 법문』(1949), 『무유호추(無有好醜)의 원』(1957), 『미의 정토』(1960), 『법과 미』(1961)에서 '개인에 대비되는 중생', '천재天才에 대비되는 범인凡人', '자력自力에 대비되는 타력他力', '유

동백꽃이 활짝 핀 일본민예관의 모습

명有銘에 대비되는 무명無銘', '호추분리好醜分離에 대비되는 호추합
일好醜合一' 등의 개념을 주장합니다. 이 4부작에서 야나기는 본래
'누구나 아름다운 것민예'을 만들 수 있으며, 이러한 사실은 '누구
나 성불할 수 있다는 것'과 동일한 진리라고 설파합니다. 범인
이 범인인 채로 아름다운 민예품을 만들 수 있다는 것은, "일체
가 제도되어 성불해 있는 것"『무유호추의 원』, 1957의 분명한 증거라는
것입니다.

　참된 미는 '구정垢淨', '미추美醜', '현우賢愚', '교졸巧拙', '귀천貴賤'과
같은 온갖 이분법에서 벗어나 있으며, 대신 불이미不二美, 무사미
無私美, 자재미自在美, 자유미自由美, 무애미無碍美, 무위미無爲美를 가지고
있다는 입장인데요. 참된 미는 인간의 참된 불성과도 그대로 통
하는 것입니다. 야나기는 이러한 참된 미가 최고의 경지로 구현

된 것이 바로 조선인이 만든 '이도井戶 찻잔'이라고 보았습니다.

　이러한 야나기의 불교미학은 자신의 힘이 아닌 외부의 힘에 의존하여 구원이나 깨달음을 얻는다는 타력신앙에까지 이어지는데요. 범부들이 천재들보다 더욱 아름다운 민예품을 만들 수 있는 근본적인 이유는, 자신을 온전히 비우고 거대한 힘에 의존하는 순수한 마음에 있기 때문이라는 것입니다. 조선의 도공들은 "미추가 구별되기 이전의 마음"『법과 미』과 "순수한 그대로의 마음"『법과 미』에서 찻잔을 만들었다는 것인데요. 그 마음은 자기를 버리고, 신비로운 타력의 힘에 자신을 온전히 맡기는 것에 해당하는 것이기도 합니다. 야나기는 조선의 찻잔은 모두 비개인적인 타력의 길에서 이룩된 것이며, 찻잔 중의 찻잔이라 불리는 최고의 찻잔일수록 타력적인 입장은 더욱 강하게 드러난다고 주장합니다.

　이러한 타력의 이치는 인간을 구제하는 종교의 영역에도 그대로 적용됩니다. 야나기 무네요시는 조선의 민예를 통하여 자신의 독보적인 불교미학의 구축에까지 이른 것입니다. 여기에까지 이르는 과정을 살펴보면, 야나기 무네요시가 조선을 향해 쏟은 마음 역시 대단한 것이지만, 야나기 무네요시가 그의 미학을 완성시키는 과정에서 조선예술로부터 받은 영향도 결정적인 것이었다는 생각이 절로 듭니다.

2025.10.8

제2부

홋카이도
오키나와
마쓰야마
니가타
히로시마
효고
나라
시모다
가와사키
오사카
교토
치바
가마쿠라

낭만과 현실의 무대
홋카이도

홋카이도北海道가 떠오른 것은, 2024년을 맞이한 연초에 연일 영하 15도를 넘나드는 강추위가 계속되어서일까요? 어린 애들도 알다시피 일본은 네 개의 큰 섬으로 이루어진 나라인데요. 가장 북쪽에 위치한 홋카이도는 남한 면적의 80%에 이르는 아주 큰 섬입니다. 특히 우리에게는 설원의 롱테이크 영상으로 유명한 영화 「러브레터」1995의 배경으로 널리 알려져 있지요. 생사를 뛰어넘는 순백의 사랑 이야기가 펼쳐지는 주무대가 바로 홋카이도였던 것입니다. 지금이라도 여주인공 나카야마 미호의 "오겡끼데스까잘 지내시나요"라는 외침이 울려퍼질 듯한, 홋카이도는 눈과 벌판과 추위와 이국적인 정서로 가득한 낭만과 꿈의 무대임에는 분명합니다.

동시에 홋카이도는 근대 일본의 역사적 상흔이 그 어느 곳보다 강렬하게 남겨진 곳이기도 합니다. 전국시대를 통일하고 에도 막부를 연 도쿠가와 이에야스德川家康, 1542~1616가 즐겨 보던 세

홋카이도의 활화산

도쿠가와 이에야스가 즐겨 보았다는 萬国絵図屏風, 홋카이도가 표시되어 있지 않다.

계지도에는 아메리카나 아프리카 대륙까지 표시돼 있지만, 오늘날의 홋카이도는 표시되어 있지 않다고 합니다.

그 정도로 메이지 시대 이전까지 홋카이도는 일본과는 무관한 아이누의 땅이었던 것인데요. 메이지 유신을 기점으로 근대 국민국가의 길을 걷기 시작한 일본은, 홋카이도를 일본의 지방으로 편입시켜 버립니다. 이후 제국 일본은 오키나와를, 타이완을, 조선을, 만주를 자신의 일부로 먹어치우는 침략적 야욕을 유감없이 발휘했는데요. 그렇기에 홋카이도는 근대 일본제국주의가 시작된 곳이라는 역사적 의미를 지니다고도 볼 수 있겠네요.

또한 홋카이도는 자본주의 사회의 가혹한 노동 착취의 현장이기도 했습니다. 그것은 일본 프롤레타리아문학의 대표작인 고바야시 다키지小林多喜二, 1903~1933의 「게공선」1929의 배경이 홋카이도인 것에서도 잘 드러나는 사실이지요. 고바야시 다키지는 홋카이도에서 성장하였으며, 그가 사회생활을 시작한 것도 다쿠쇼쿠은행 오타루 지점에서입니다. 그가 노동운동과 프롤레타리아문학 운동에 적극적으로 참여한 것도 홋카이도에서였고, 이런 상황에서 탄생한 것이 그 유명한 「게공선」인 것입니다.

게공선 하쿠코마루호는 홋카이도 북쪽의 거친 바다에서 게를 잡아 통조림으로 가공하는 일종의 공장선입니다. 게공선에 승선한 이들은 가난과 자본의 핍박에 몰리고 몰려 마지막 선택지로 일종의 감옥이나 마찬가지인 배에 오른 처지입니다. 이 게공선은 당시 자본주의 일본의 온갖 문제를 통조림처럼 꽉꽉 눌

고바야시 다키지

러 담은 공간이기도 한데요. 게공선은 일반 선박이 아닌 공장선이기에 항해법의 적용도 받지 않고, 순수한 공장이 아니기 때문에 공장법의 적용도 받지 않습니다. 일종의 무법지대인 이곳에서는 오직 성과만을 절대시하는 자본의 논리만이 힘을 발휘하는군요. 감독인 아사카와는 자본가를 대리하며, 온갖 폭력을 행사합니다. 폭언이나 폭행은 차라리 애교에 가깝고, 생산량을 늘리기 위해서라면 고문도 서슴치 않을 정도입니다. 아사카와는 근처에 있는 게공선 자치부마루호가 침몰하는 상황에서도, 이익을 위해 400여 명의 생명을 외면하는 모습까지 보여줍니다. 젊은이 야마다가 죽었을 때는, 돈을 절약하기 위해 바다에 던져질 야마다를 새 마대 자루가 아닌 헌 마대 자루에 싸서 버리게 지시할 정도입니다.

흥미로운 것은 이러한 자본의 폭력은 일본이라는 국가의 도움이 있기에 가능하다는 점입니다. 자본가를 대리하여 게공선에서 노동자들을 쥐어 짜는 아사카와 감독은 게를 잡아 통조림을 만드는 일이 "국가적인 일"이라고 강조합니다. "대일본제국의 대장부"가 되기를 강요받는 노동자들도 처음에는 일본군 구축함을 볼 때마다 눈물을 흘릴 정도로 감격하며, "일본제국을 위해서 일한다"는 자부심을 느끼기도 합니다. 그러나 게공선의 노동자들이 처음으로 파업에 나섰을 때, 게공선에 오른 일본군들은 노동자들을 도와주기는커녕 그들을 폭행하고 파업의 지도부를 끌고 갈 뿐입니다. 이를 통해 게공선의 노동자들은 '일본제국의 해군도 결국 자본가들과 한통속'이었음을 깨닫습니

홋카이도의 도야호수

다. 본래 자본주의와 국민국가는 동전의 앞뒷면처럼 분리 불가
능한 근대의 핵심적인 두 기둥이기도 합니다.

「게공선」은 경향소설의 일반적인 문법에 걸맞게 낙관적인 전
망으로 끝납니다. 한번 실패를 맛본 게공선의 노동자들은 더욱
강한 단결력과 투쟁력으로 기어이 파업에 성공하는 것입니다.
이러한 낙관적 전망은 특별고등경찰의 고문에도 굴하지 않고
자신의 신념을 지키다 요절한 고바야시 다키지의 강렬한 사회
의식이 반영된 결과겠지요. 지금도 '시립오타루문학관'에 가면
이념과 문학을 위해 자신의 생명을 바친 고바야시 다키지의 삶
과 문학의 향훈을 느낄 수 있습니다. 놀라운 사실은 2008년 신

초사에서 문고본으로 재발행한 「게공선」이 무려 50만 부 이상 팔리고 2009년에는 영화로까지 만들어지는 등 21세기 일본 사회에 큰 반향을 불러일으키고 있다는 점입니다. 이것은 아마도 현재의 일본이 100여 년 전의 홋카이도 바다를 다시 떠올리게 할 만큼 만만치 않은 것과 관련된 것이겠지요. 일본인조차 최고의 관광지로 꼽는 눈과 낭만의 홋카이도에서 한번쯤 근대 일본의 역사적 상흔을 떠올리는 것도 분명 의미 있는 일본체험이 될 것입니다.

2024.1.9

오키나와에서 만난
아리랑

평소 오키나와의 역사와 문화에 관심이 많던 저희 일행이 오랜 준비 끝에 인천공항을 출발한 것은 2024년 1월 15일 오전이었습니다. 그날 서울의 아침 기온은 영하 7도였는데요. 2시간여의 비행을 끝내고 나하 공항에 착륙했을 때, 활주로의 곳곳에는 이름 모를 들꽃이 활짝 피어 우리를 반겨주었습니다. 서울에서 남쪽으로 1,200km가 떨어진 섬에 왔다는 걸 고려하더라도, 놀라지 않을 수 없는 풍경이었습니다.

비지니스 호텔에 여장을 푼 일행은 오키나와의 역사를 상징하는 슈리성首里城으로 향했는데요. 슈리성은 1429년 오키나와 전체를 지배하는 류쿠 왕국이 탄생한 이후, 류쿠 왕국을 대표하는 최대의 성이자 왕궁이었습니다. 나하 시내 언덕 위에 위치해 전망도 빼어난 슈리성은 2019년 거의 전소된 이후, 지금도 복원 공사가 한창이었습니다. 슈리성은 매우 빼어난 경관을 자랑하는 유네스코 문화유산인데요. 하루 빨리 복원되어 한때 조선과 중

슈리성을 대표하는 문 중의 하나인 슈레이몬

산신을 연주하는
오키나와의 악사

국과 일본을 연결해주던 류큐 왕국의 위용이 세상에 제대로 알려졌으면 좋겠다는 생각이 들었습니다.

저녁에 우리 일행은 오키나와 전통 요리점으로 이동했는데요. 그곳에서는 우미부도^{바다포도}나 고야참푸르^{여주, 두부, 햄 등을 함께 볶은 요리}와 같은 오키나와의 전통 요리를 맘껏 맛보았습니다. 한창 식사 자리가 무르익어 갈 무렵 오키나와 전통 의상을 입은 한 남성이 뱀가죽으로 몸통을 두른 오키나와 전통악기 산신^{三線}을 들고 나타났습니다. 참고로 오늘날 일본의 전통 현악기로 첫손에 꼽히는 샤미센^{三味線}은 산신^{三線}이 일본 본토에 전해져 토착화한 것입니다. 처음 그 악사는 시마우타^{島唄}와 같은 오키나와 전통 음악을 들려주며 분위기를 띄웠는데요.

정작 놀라운 일은 마지막에 일어났습니다. 그 악사는 갑자기 아리랑 가락을 너무나도 구슬프게 연주하기 시작한 것입니다. 아리랑 가락이 반갑고도 신기했던 우리 일행은 오키나와 악사에게 그 노래를 어디서 배웠느냐고 꼬치꼬치 깨물었습니다. 그러자 그는 아리랑을 자신의 할머니에게서 배웠고, 할머니는 그것을 이웃의 조선인에게서 배웠다는 얘기를 해주었습니다.

악사의 할머니에게 아리랑을 가르쳐 준 조선인을 이해하기 위해서는 오키나와 역사를 알 필요가 있습니다. 아라사키 모리테루^{新崎盛暉, 1936~2018}의 『오키나와를 안다, 일본을 안다^{沖縄を知る 日本を知る}』¹⁹⁷⁷는 오키나와 입문서로 유명한데요. 역사학자 김정자는 2016년 이 책을 『오키나와 이야기』라는 제목으로 번역하면서, 부제로 '일본이면서 일본이 아닌'이라는 말을 덧붙이기도 했습

니다. 저는 늘 이 부제보다 오키나와의 특징을 정확하게 압축해놓은 말은 아마도 없을 거라는 생각을 하곤 합니다.

본래 오키나와는 류큐라는 이름으로 중개무역 등을 통해 독자적인 문화를 발전시켜온 독립 왕국이었죠. 그래서 류큐의 전통문화에는 중국과 조선의 흔적도 강하게 남아 있습니다. 그랬던 것인데, 일본은 일찍부터 루큐 왕국에 손길을 뻗쳐, 1609년에는 사쓰마번이 무력으로 침략하고, 1872년에는 류큐국을 류큐번으로 격하했으며, 1879년에는 아예 오키나와현을 설치하여 일본에 편입시켜 버립니다. 그러다 1945년에는 2차 세계대전 중 일본에서는 유일하게 지상전이 벌어진 지옥의 땅이 되어버리기까지 합니다.

오키나와전은 참으로 끔찍한 전쟁이었는데요. 널리 알려져 있듯이, 일본 군부는 오키나와(인)를 바둑판의 사석처럼 여겼습니다. '본토 결전'을 위해 최대한 시간을 벌고, 천황제를 지키기 위한 평화교섭의 길을 모색하는 기회로 삼고자 했던 것입니다. 그렇기에 결사항전을 하고자 했고, 온갖 흉악한 일들을 벌여 미군으로 하여금 본토에 상륙할 엄두도 내지 못하도록 만들고자 했죠. 이런 일본군의 눈에 오키나와인의 생명이나 존엄 따위가 들어올 리는 없었습니다. 이런 광기 속에서 수많은 민간인이 일본군의 (반)강제에 의해 집단자결하는 일이 속출했습니다. 어찌 보면 침략자일 수도 있는 일본 제국을 위해 수많은 오키나와인들이 '천황폐하만세'를 외치며 죽어 갔던 것입니다.

그 결과 오키나와전에서는 본토 출신 군인 약 6만 5천 명과 오키나와 출신 군인 약 3만 명이 희생되었으며, 무려 10만 여 명의 민간인도 함께 희생되었습니다. 10만이라는 희생자 수는 당시 오키나와 인구의 3분의 1에 해당하는 어마어마한 숫자입니다. 이 때 잊어서는 안 될 사실은, 오키나와전에서 징용 또는 종군위안부로 한반도에서 강제연행된 만여 명의 조선인 또한 희생되었다는 것입니다. 아마도 식당에서 만난 악사의 아리랑은 일제 시대 오키나와에 끌려온 수많은 조선인들로부터 비롯되었을 것입니다. 그 어떤 아리랑보다도 그 악사의 아리랑이 슬프게 느껴졌던 이유는, 거기에 지난 시기 동아시아의 비극이 녹아들어있었기 때문이라는 생각이 듭니다.

2024.2.6

마타요시 에이키의 소설을
경건한 마음으로 읽는 이유

오키나와는 제주도 면적의 3분의 2에 해당하며, 인구는 150만 명 정도이고, 기후는 아열대에 속합니다. 오키나와는 17세기 초부터 일본_{정확히는 사쓰마번}의 침략을 받았고, 19세기에는 일본에 편입되었으며, 1945년에는 지옥과도 같았던 오키나와전을 겪었고,

평화공원에 위치한 한국인위령탑

이후에는 미국의 군사적 지배를 받다가, 1972년 일본에 반환된 이후에는 섬의 상당 부분을 군사기지로 내주어야 했습니다. 이러한 역사를 지닌 오키나와에 대한 서사는 대부분 오키나와인의 '피해자 의식'을 강조하고는 했는데요. 마타요시 에이키又吉栄喜, 1947~는 이러한 '피해자 의식'을 넘어 오키나와인 역시 욕망과 의지가 있는 '인간'이며, 가해자들 역시 양심과 선의지가 있는 '인간'일 수 있음을 형상화하는 문제적 작가입니다. 특히 「긴네무 집ギンネム屋敷」1980은 오키나와에 사는 조선인 남자를 통해, 오키나와인의 '피해자 의식'을 성찰하는 문제적 작품으로 유명한데요.

마을에는 긴네무열대 아메리카 원산의 상록수로 높이는 10미터에 이름로 둘러싸인 집이 하나 있습니다. 유령이 나온다는 소문이 있어 사람들이 가기를 꺼려하는 그곳에는, 서른 전후의 조선인 남성이 혼자 살고 있는데요. 두 명의 일본군이 오키나와인에 의해 갈기갈기 찢겨진 채 마루 아래에 묻혀 있다는 소문으로 인해, 오키나와인들은 이 집에 유령이 나온다고 믿습니다. 마을의 부랑아에 가까운 유키치는 '나'와 요시코의 할아버지를 꼬드겨서, 조선인 남자에게서 돈을 뜯어내려고 하는데요. 실제로는 자신이 요시코를 겁탈했으면서도, 조선인 남자가 이 마을의 유일한 매춘부인 요시코를 겁탈했다고 거짓말을 하여 협박하려는 것입니다.

정도의 차이만 있을 뿐, 할아버지나 '나'도 조선인을 경멸하고 무시하기는 마찬가지입니다. 할아버지는 "그놈은 원한이 있는 게야. 내 동료들이 작살로 찔렀으니까. 집요한 성격이라 하니……"라거나 "그놈들은 인간이 아니야. 돈을 아무리 뜯어낸들 괜찮아"라고 자기변명을 하기도 합니다. '나'는 조선인 남자

2022년에 출판된 『마타요시 에이키 소설 콜렉션』 전4권

가 요시코를 겁탈했는지 확신하지 못하면서도, 막상 돈을 뜯어내기 위해 조선인을 만나자 "요시코의 이런저런 어릴 적 그리운 추억을 떠올려서 조선인을 경멸하려고 노력"합니다. 나아가 '나'는 "유령 주택에서 혼자 사는 조선인을 죽여도 누구도 눈치채지 못할 것"이라고 생각하는군요.

그런데 미군의 엔지니어라는 직업은 조선인 남자의 위상을 애매하게 만듭니다. 조선인 남자가 미군의 엔지니어로 일하기에 '나'를 비롯한 유키치나 할아버지가 조선인 남자를 두려워하기 때문입니다. 처음 조선인 남자의 집에 찾아갈 때, "우리들은 조선인이 카빈총이나 피스톨을 소지하고 있어서 밤에 찾아가는 자를 미군의 습관에 따라 발포한다는 소문"에 신경을 쓰고,

'나'는 "경찰은 아무것도 할 수 없어. 만천하에 까발리면 오히려 그 자가 군대를 데리고 와서 습격하지 말란 법도 없어"라고 말하기도 하는군요. 조선인의 집에 있는 것들은 모두 외국계 고급품이고, 조선인은 콜라와 미국 과자 그리고 호두를 대접합니다.

그러나 조선인 남자는 결코 미군 편에 서서 존재의 안정감을 얻지도 못합니다. 그는 어디에도 소속되지 못한 이방인일 뿐이니까요. 그렇기에 남자는 다른 미군 엔지니어들이 사는 "철망 안 미군 하우징"도 자신과 어울리지 않는다고 생각하며, 현재 살고 있는 긴네무집에 대해서도 "제 것이란 느낌"은 갖지 못합니다. 유키치가 조선인에게 받아내는 돈은 "친형제를 학살당한 변상금"이기도 하다며 자신의 행위를 변명하자, '나'는 "조선인이 죽인 게 아니잖아. 오히려 같은 편이었지"라고 대답합니다. 이에 유키치는 다시 "같은 편? 지금은 미국 편이잖아?"라고 반문하는데요. 유키치와 '내'가 나누는 이러한 대화도 조선인 남자가 처한 애매한 상황을 잘 드러냅니다.

「긴네무집」에서는 조선인 남자와 그의 연인이었던 조선 여인 고샤리コシャリ를 통해 오키나와에 살았던 조선인의 기구한 처지가 잘 드러납니다. 본래 조선에서 남자는 고샤리와 결혼을 약속했지만, 곧 징용에 끌려갑니다. 요미탄에서 오키나와인이나 대만인과 함께 비행장 건설 강제 노동을 하던 남자는, 일본군 대장隊長과 함께 있는 고샤리를 발견하는데요. 이후 오키나와전에서 죽을 고비를 넘긴 남자는 미군의 포로가 되어, 연안을 따라 숨어 있는 일본군에게 항복을 권유하는 방송을 하기도 합니다.

미군은 남자에게 돈과 지위를 부여하고, 남자는 오키나와에 고샤리가 살아 있다는 확신 하나로 살아가는데요. 종전 이후 8년이 더 지난 후에야 남자는 "야바위꾼 아이에게 끌려서 간 어두운 방"에서 고샤리와 만나게 됩니다. 성병에 걸려 미군에게도 버려진 고샤리는 거지꼴을 한 오키나와 사람들이나 찾아오는 매춘소에서 꿈틀대고 있었던 겁니다. 실로 고샤리는 "일본 병사, 미군 병사, 오키나와인"에게 능욕당한 존재였던 거네요.

남자는 고샤리를 낙적시켜 긴네무집에 데려오지만, 고샤리는 한마디 말도 하지 않으며 눈조차 마주치려 하지 않습니다. 남자는 고샤리에게 "한마디라도 해봐!"라고 애원하지만, 고샤리는 비명을 지르며 남자의 얼굴에 침을 뱉을 뿐입니다. 결국 남자는 고샤리를 목졸라 살해합니다. 남자는 언제고 죽을 기회가 있었던 전쟁 중에는 고샤리를 떠올리며 살아남았지만, 전쟁이 끝나고 죽을 염려가 없어지자 고샤리를 간단히 죽여버린 것입니다. 그렇다면 고샤리는 일본 병사, 미군 병사, 오키나와인에게 능욕당한 것은 물론이고, 조선인 남자에게도 능욕당했다고 볼 수도 있지 않을까요?

오키나와에서 나고 자라 오키나와에서 평생을 살아온 마타요시 에이키는 '오키나와인'과 '외지인'을 결코 '선인 / 악인, 약자 / 강자. 피해자 / 가해자'라는 구도에 가두지 않습니다. 그 곡절 많은 역사가 만들어낸 수많은 맥락 속에서 다양하게 펼쳐진 인간군상의 천변만화를 담담히 그려낼 뿐입니다. 오키나와인인 '나'는 오키나와전 당시 학살당하던 조선인의 모습을 떠올리기도 합니다. 매일 밤 모여서 조선쪽 방향을 바라보며 서로를 위로하던 조선인 동료들은 "동굴 안에 갇힌 채 학살"당한 것입니다.

그렇기에 오키나와인 마타요시 에이키는 조선인 남자의, "당신들은 뼈는 오키나와 주민 것이거나, 미군 것이거나, 일본 병사의 것이라고밖에 생각하지 않지요. 그럼 수백 수천 명에 이르는 조선인은 뼈마저도 썩어 버린 것일까요"나 "경찰은 한 번도 오지 않더군요. 아마, 피해자가 조선인 매춘부라서 일겁니다. 아니면, 가해자가 미군 엔지니어 조선인이라서 일까요?"와 같은 말을 들려줄 수 있는 거겠죠. 나아가 다음과 같은 조선인 남자의 절규에서는 어떠한 정치적·윤리도 판단도 초월한 종교적 영혼의 심연이 느껴지기도 합니다.

오키나와인은 전쟁이 없는 곳으로 소개하고 조선인은 격전지에 가야 한다니, 어딘가 이상하다고 생각하지 않습니까? 아니, 이건 그쪽 책임은 아니지요. 기분 상하시지 않길 바랍니다 (…중략…) 한때는 여러분들이 옥쇄하지 않은 것이 분했습니다. 삼십만 명이나 살아남은 것은 비겁하다, 한 사람도 남김없이 전부 스파이라서 그랬다고 생각했습니다. 그렇지만 저는 오키나와인을 원망하지 않습니다. 미군도 원망하지 않습니다. 우리를 끌고 간 인간을 원망합니다. 그것도 아니라면 심장과 뇌에 탄환이 맞지 않은 것을 원망합니다. 아니, 저는 죽는 것이 무서웠던 것임이 틀림없습니다. 저는 겨우 며칠 만에 샤리의 모습을 보고도 대장이 옆에 있으면 작은 신호 하나 보내지 못했습니다.

　결국 조선인 남자는 자살하고, 그는 모든 재산을 "친구"라는 이유로 오키나와인인 '나'에게 남깁니다. 아마도 작가는 오키나와인에게는 갚아야 할 조선인의 유산이 남아 있다고 여기는 것 같습니다. 원래 인간은 자신의 피해자성과 타인의 가해자성에 민감하게 반응하고는 합니다. 그러한 경향은 개인이 아닌 국가나 민족과 같은 공동체의 경우는 더욱 강해지는데요. 만약 자신의 피해자성만 기억하게 되면, 우리는 폭력과 복수를 정당화할 수도 있으며 나아가 스스로를 영원한 타자로 전락시킬 수도 있습니다. 그렇기에 우리는 자신이 인간, 즉 피해자이기도 하면서 가해자일 수도 있다는 점을 잊어서는 안 됩니다. 그런데 이것은 결코 쉬운 일이 아닙니다. 그렇기에 수많은 역사의 상흔을 온몸으로 받아낸 오키나와인이면서도, 자신의 (비)인간성을 함께 성찰하는 마타요시 에이키의 소설은 늘 집이 아닌 절이나 교회, 혹은 성당에서 읽고 싶습니다.

2024.2.20

조용히
대화할 수 있는 세상

2024년 1월 16일 비즈니스 호텔에서 눈을 뜬 저는 호텔 주변을 산책했습니다. 이른 아침이었음에도, 공기가 어찌나 맑고 투명한지 눈이 부실 정도였는데요. 이 날은 작가 오시로 사다토시 선생님이 우리를 안내해 주셨습니다. 오시로 사다토시大城貞俊, 1949-는 오키나와에서 태어나 시창작으로 시작해, 이후에는 소설로 장르를 확대하며 지금까지도 맹렬하게 활동하는 오키나와의 대표적인 문인입니다. 「저승의 목소리」, 「게라마는 보이지만」, 「1945년 비통한 오키나와」 등의 소설은 환상적인 기법을 통해 오키나와전의 비극을 표현한 것으로 정평이 나있지요. 그의 소설에는 늘 전쟁의 비극을 외면하지 않는 정신, 억울한 망자들의 못다한 말을 담아내는 마음, 사라져가는 오키나와 말시마고토바을 쓰려는 의지가 새겨져 있습니다. 오키나와 소바를 파는 식당에서, 오키나와전을 생각하면 너무나 가슴이 아프다는 말씀을 드리자, 선생님은 바로 제 손을 잡으며, 우리는 '친구'라고 뜨겁게 말씀해주기도 했습니다. 선생님의 말씀을 들으며, 진정한 문학에는 국경이 있을 수 없다는 생각이 들었습니다.

오시로 선생은 우리 일행을 오키나와의 대표 언론사인 '오키나와 타임즈'로 안내했는데요. 오키나와는 인구 150만 정도의 섬이지만, '오키나와 타임즈'의 규모는 한국의 그 어떤 언론사와 비교해도 모자라지 않을 정도로 규모가 컸습니다. 이런 언론사가 나하시에 하나 더 있다는 말을 들으며, 오키나와가 차지하는 사회·역사적 위상을 다시 한번 생각하게 되었습니다. '오키나와 타임즈'에서는 시로마 아리 기자가 안내를 해주었는데요, 시로마 기자는 류쿠 대학 시절 오시로 선생님의 제자였으며, 현재는 '오키나와 타임즈'의 출판콘텐츠부를 담당하고 있었습니다. 그녀는 저희에게 '일본 복귀' 50주년을 기념하여 2022년에 출판한 『반복귀론을 다시 읽다'反復帰論'を再び読む』를 선물로 주었습니다. 이 책은 '오키나와 타임즈'가 발행했던 잡지 『新沖縄文学』 18호1970.12와 19호1971.3에 수록된 '반복귀론反復帰論' 관련 논문 8편을 수록한 것인데요. 그 중에는 노벨문학상 수상자인 오에 겐자부로가 쓴 「오키나와 친구에게 보내는 편지沖縄の友人への手紙」도 있었습니다.

미국의 직접 통치 아래서 여러 가지 고통을 겪던 오키나와인들은 미국의 군사지배보다 일본의 일원이 되어 살아가는 것이 낫지 않겠냐는 생각을 갖게 되었습니다. 그 결과 1972년에 '복귀'를 쟁취하였으나, 몇몇 사람들의 우려처럼 '복귀'의 실제 모습은 기대와는 다른 것이었습니다. 미국과 일본이 약속한 복귀의 대전제는 오키나와에 존재하는 미군기지가 조금의 손상도 입어서는 안 된다는 것이었고, 그 결과 미국의 군사기지가 그대로 남은 것은 물론이고 신기지가 건설되기까지 한 것입니다. 그 결과 일본 국토의 0.6%에 불과한 오키나와에는 재일미군기지 전용시설의 74%가 있다고 합니다. 놀랍게도 오키나와에 있는 미군 기지는 섬 전체 면적의 20%를 차지하고 있다는 것인데요. 지금도 오키나와 경제를 지탱하는 두 개의 기둥은 관광과 기지 관련 수입이라고 합니다.

'오키나와 타임즈'를 나온 우리 일행은, 오시로 선생님의 안내로 1959년에 설립되어 지금까지 이어지고 있는 '오키나와시사출판사'를 방문했습니다. 오키나와의 사정을 일본 본토의 사람들에게 전하려는 취지로 만들어진 이 출판사는, 오늘날 아동용 도서 출판으로 유명한데요. '오키나와시사출판사' 견학에서 가장 흥미로웠던 것은 소학교^{우리의 초등학교} 3, 4학년용 교재였습니다. 그것은 자신들이 살고 있는 도시의 역사와 문화에 대해 소개한 것들인데요. 오키나와 어린이들은 자기 마을에 대한 이야기를 학교에서 정식으로 배운다는 것이었습니다. 그러니까 오키나와 아이들은 자신이 직접 발딛고 사는 마을의 역사와 문화를 교과서로 배우며, 일본인으로 성장한다는 것인데요. 어쩌면 막바로 국가의 역사와 문화부터 배우는 것이 아니라 자신의 향토에 대해서부터 배우는 것도, 올바른 세계시민이 되는 하나의 방법이 될 수도 있겠다는 생각이 들었습니다.

2024년 1월 17일에는 후텐마 기지, 헤노코 기지와 함께 오키나

오키나와의 초등학생용 교재

가데나 기지의 창공을 가르는 미군기

와의 대표 미군기지인 카데나 미 공군기지를 방문했는데요. 카데나 미 공군기지는 베트남전 당시 전략폭격기 B-52가 수시로 뜨고 내렸던 곳으로도 유명하죠. 기지 건너편에는 4층 건물의 카데나 휴게소가 있었는데요. 그 곳의 전망대에서는 드넓은 기지와 3,700m에 이르는 쭉 뻗은 활주로가 한눈에 들어왔습니다.

잠시 머무는 사이에도 미군기가 뜨고 내리기를 반복했습니다, 전망대에 설치된 소음측정기에 나타난 숫자는 무려 100데시벨을 넘어서고는 하여 우리를 놀라게 했습니다. 자동차의 경적 소리가 보통 110데시벨 정도라고 하니, 근처에 사는 오키나와인들은 경적 소리와 함께 일상을 살아간다고 해도 과언이 아니었습니다. 어쩌면 평화란 대단하고 거창한 것이 아니라, 주변 사람들과 소곤소곤 대화를 나눌 수 있는 거라는 소박한 생각이 드는 순간이었습니다.

2024.3.5

일본의 성터에서 발견한
러시아 금화

일본이 외국인 관광객들로 북적인다는 소식은 익히 들어 알고 있던 사실이었습니다. 실제로 2024년 1월 일본을 찾은 외국인 관광객268만 8,100명 가운데 한국인은 가장 많은 85만 7,000명을 기록했다고 하는데요. 이런 추세로 가면, 2024년에는 일본 방문 한국인 관광객 수가 역대 최대인 1,000만 명을 넘길지도 모른다고 합니다. 최근에 유명 관광지인 오사카의 도톤보리나 도쿄의 센소지 등에서는 한국어가 일본어만큼이나 많이 들린다는 이야기도 있는데요. 제가 실제로 한국인의 뜨거운 일본 관광열을 확인한 것은, 2024년 1월 28일 한국과 일본의 고전문학을 전공한 C·Y교수와 마쓰야마松山 공항을 나왔을 때입니다. 공항을 나선 저희 일행 앞에는, 무려 세 대의 대형버스가 한국인 관광객을 마쓰야마 각지로 실어 나르기 위해 대기하고 있었습니다.

에히메현愛媛縣의 대표도시인 마쓰야마 시내로 들어서자, 가쓰산勝山 산정에 자리잡은 마쓰야마성의 혼마루本丸, 성의 중심부가 가장 먼저 눈에 들어왔습니다. 숙소인 비즈니스 호텔의 욕탕에서도 보이던 마쓰야마성은, 마쓰야마 시내 어디를 가든 보였는데요. 3박 4일 내내 마쓰야마성을 보며, 철학자 제레미 벤담^{Jeremy Bentham, 1748~1832}이 제안한 판옵티콘^{panopticon, 일망감시체제}이 떠올랐습니다. 판옵티콘은 죄수를 효과적으로 감시하기 위해 고안된 원형 감옥을 말합니다. 이곳에서 모든 죄수들은 감사자가 머무는 중앙을 바라보지만, 감시자가 머무는 곳은 늘 어둡게 처리하여 죄수들은 감시자의 존재 여부를 확인할 수 없습니다. 이렇게 되면 죄수들은 자신들이 늘 감시받는다고 느끼게 되며, 그 결과 나중에는 감시자들이 원하는 규율을 자연스럽게 내면화하게 된다는 것인데요. 어쩌면 일본에서 성은 외적을 방어하는 목적보다도 영지에 사는 평민들에게 웅장한 모습을 보여줌으로써, 영주의 권력을 각인시키는 목적이 더 크지 않았을까 하는 생각이 들었습니다. 그런 목적에서라면 세토나이해^{瀬戸內海}까지 한눈에 내려다 보이는 마쓰야마성은 참으로 빼어난 성임에 분명합니다.

이름난 무장이었던 가토 요시아키^{加藤嘉明, 1563~1631}가 1602년에 축성을 시작한 이후, 수십년에 걸쳐 완성된 마쓰야마성은 일본의 3대 연립식 평산성^{산성과 평지성의 중간쯤으로 구릉지와 평지를 각각 일부씩 포함한 성곽} 중의 하나입니다. 마쓰야마성은 매우 큰 규모를 자랑하는데요, 해발 132m의 가쓰산 정상에는 혼마루가, 산기슭에는 니노마루^{二の丸, 영주의 거주공간}와 산노마루^{三の丸, 가신들의 저택}가 짜임새 있게 펼쳐져 있었습니다.

우리 일행은 에도 시대에 건축된 천수각으로 유명한 혼마루

마쓰야마성의 천수각에서 바라본 풍경

를 구경한 후에, 과거의 니노마루를 복원한 니노마루사적공원
을 산책했습니다. 일본 특유의 정원미가 가득한 공원을 거닐던
저는 흥미로운 안내판 하나를 발견했습니다. 그 안내판은 거대
한 우물 옆에 놓여 있었는데요. 그 내용을 요약하자면, 매립되
었던 우물을 복원하는 과정에서 제정 러시아 시대의 10루블짜
리 금화가 발견되었다는 것입니다. 더욱 흥미로운 것은 그 금화
에 러시아인과 일본인의 이름이 새겨져 있었다는 것인데요. 일
본의 전통 정원에서 러시아 금화가 나온 것이나, 거기에 러시아
인과 일본인의 이름이 새겨져 있는 것 등이 모두 이해되지 않아
저를 혼란스럽게 했습니다.

　제 의문은 한국에 돌아와 박삼현 교수가 쓴 「마쓰야마, 언덕
위의 구름」『동아시아 도시 이야기』, 서해문집, 2022이라는 글을 만나면서 비로
소 해소되었는데요. 박삼현 교수에 따르면, 러일전쟁 당시 마쓰

大井戸とロシア金貨

　江戸時代二之丸には藩主とその家族の邸宅がありましたが、明治5年(1872年)に火災により焼失しました。その後、明治17年(1884年)に陸軍病院が建設され、太平洋戦争後には国立病院となり、その後、松山市立城東中学校が設けられました。

　大井戸がいつ埋められたのかは定かでありませんが、堀之内に駐屯していた歩兵22連隊関連の遺物や焼夷弾が大井戸から出土していますので、戦後に埋められたと考えてよさそうです。

　さて、調査の際には、江戸時代から昭和までの多くの遺物が出土しましたが、特に注目されるものとして帝政ロシア時代の10ルーブル金貨が挙げられます。

　日露戦争時、松山には捕虜収容所が設けられ、多数のロシア人捕虜が陸軍病院に入院しました。この金貨には、ロシア人の男性捕虜と日本人女性看護師とみられる2人の名前が刻まれており、ペンダントとして利用したのか、加工した跡がみられます。明治37年(1904年)の海南新聞(現愛媛新聞)には、同名のロシア人捕虜や看護師に関する記事が記載されており、二人の友好的な関係をうかがわせる資料です。

우물에서 발견된 러시아 금화에 대한 안내판

야마에는 일본에서 처음으로 러시아군 포로수용소가 설치되었고, 당시 마쓰야마 인구의 10분의 1에 해당하는 4,000여 명의 러시아군 포로가 수용되었다고 합니다. 자연스럽게 마쓰야마 사람들과 러시아군 포로들의 일상적 교류도 이루어졌고, 그 결과로 마쓰야마성의 니노마루를 복원한 공원의 우물에서 러시아 금화가 발견될 수 있었다는 것입니다. 여러 조사를 통해, 금화에 이름을 새긴 러시아인과 일본인은 각각 당시 포로가 되어 병원에서 치료를 받던 러시아군 장교와 그를 간호하던 일본인 여자 간호사였다는 사실이 밝혀졌다고 합니다.

　금화가 발견된 이후 마쓰야마의 니노마루공원은 연인들이 프로포즈를 하는 성지가 되었고, 2019년에는 금화를 모티브로 한 영화 <소로킨이 본 사쿠라>까지 제작되었다고 하는데요. 이 영화는 일본과 러시아가 공동으로 제작했기에 더욱 의미가 깊다는 생각이 듭니다. 니노마루공원의 바로 옆에 있는 반스이소萬翠莊의 곳곳에도, 반스이소에서 <소로킨이 본 사쿠라>가 촬영되었음을 알리는 사진이나 문구가 전시돼 있었습니다. 프랑스풍 르네상스식 건물인 반스이소는 마쓰야마 영주의 자손인 히사마쓰 사다코토久松定謨, 1867~1943가 1922년에 지은 이후, 사교장으로서 그 명성을 떨쳐온 아름다운 건축물입니다. 일본 중요문화재로도 지정된 반스이소를 각계의 명사들은 물론이고 천황이 방문하기도 했다는데요. 일본의 성터 우물에서 발견한 러시아 금화를 보며, 어쩌면 인류는 늘 깊이 연결된 채 살아갈 수밖에 없는 존재들인지도 모르겠다는 생각이 들었습니다.

2024.3.19

(비)일상의 공간
온천

2024년 1월 29일 저희 일행이 향한 곳은 마쓰야마를 대표하는 또 하나의 명소인 도고온천입니다. 도고온천은 미야자키 하야오 감독의 「센과 치히로의 행방불명」[2001]에 등장하는 유바바 온천장의 실제 모델로도 널리 알려져있지요. 일본 최초의 역사서인 『일본서기』[720]에도 등장하는 도고온천은 무려 3,000년의 역사를 자랑하는 일본 최고의 온천입니다. 이토록 유서 깊은 도고 온천이 오늘날의 모습을 갖춘 것은 1894년 서구식과 일본식을 절충한 양식의 도고온천본관이 건설된 이후인데요. 이 건물은 2차 세계대전 당시 미군의 공습으로 마쓰야마시 전체 가옥의 55%가 파괴되는 상황에서도 살아남아 오늘날까지 이어지고 있습니다. 저희 일행이 방문했을 때는 도고온천본관이 내부공사중이어서 근처의 별관인 아스카오유에서 온천을 즐길 수 있었는데요. 다리를 다친 백로가 도고온천에서 상처를 치유했다는 전설에서 비롯된 것인지는 몰라도, 두 건물의 꼭대기에는 모두 백로 조형물이 있었습니다.

흥미로운 것은 도고 온천가에 일본의 문호인 나쓰메 소세키夏目漱石, 1864~1916의 흔적이 곳곳에 남아있다는 것입니다. 복원된 도고온천역에는 나쓰메 소세키의 소설 『도련님坊っちゃん, 봇짱』1906에도 등장하는 봇짱 열차 실물이 전시돼 있었으며, 근처에는 8시부터 22시까지 한시간 간격으로 『도련님』의 등장인물이 나와 움직이는 '봇짱가라쿠리시계탑'이 있었고, 도고온천 상점가에서는 『도련님』과 관련된 각종 미니어처와 봇짱 당고를 팔기도 했습니다. 이것은 마쓰야마와 나쓰메 소세키가 맺은 인연의 결과입니다. 나쓰메 소세키는 28세이던 1895년 마쓰야마의 보통중학교에 교사로 부임하여, 이곳에서 1년간 생활했는데요. 이때 고교 동창이자 하이쿠 시인 마사오카 시키와 교류를 나누었으며, 무엇보다도 소세키의 명작 『도련님』을 낳는 여러 가지 경험을 했던 것입니다.

「도련님」은 에돗코江戸っ子, 도쿄에서 나고 자란 사람인 봇짱도련님이 마쓰야마의 학교에 부임해 장난이 심한 학생들과 도덕성이 결여된 선생님들 사이에서 갈등을 겪다가 다시 도쿄로 돌아가는 이야기입니다. 그런데 마쓰야마 지역의 학생들과 선생님들이 짓궂고 음험한 면도 있지만, 봇짱 역시 무조건 자기만 옳다고 여기기에 마쓰야마 사람들이 더욱 부정적으로 보인 것인지도 모릅니다. 이 작품의 첫 번째 문장은 "부모에게서 물려받은 앞뒤 가리지 않는 성격 때문에 어렸을 때부터 나는 손해만 봐왔다親讓りの無鉄砲で子供の時から損ばかりしている"는 것인데요. 봇짱의 무모하고 저돌적

도고온천의 별관인 아스카노유

도고온천역과 봇짱 열차

인 성격을 표현하기 위해 사용된 단어가 바로, 그 유명한 '무대포無鉄砲, むてっぽう'입니다. 결국 봇짱은 자신이 가장 싫어하던 교감에게 복수를 하고 도쿄로 돌아갑니다. 어쩌면 무대포인 봇짱이 살 수 있는 곳은 언제나 "도련님은 올곧고 고운 성품을 지녔어요"라고 칭찬만 해주며, 자신을 "끔찍이 귀여워해" 주는 하녀 기요가 사는 도쿄 뿐인지도 모르겠습니다.

『도련님』의 봇짱을 생각할 때면, 늘 나쓰메 소세키의 강연 「나의 개인주의」1914가 떠오릅니다. 이 강연에서 소세키는 남의 흉내나 내는 '타인본위'에 대응하는 개념으로 개인주의를 주장했는데요. 이 때의 개인주의는 "당파심이 없고 옳고 그름만 있는 주의"로서, 국가주의가 대세이던 당시의 시대 분위기와는 다른 것이었습니다. 주목할 것은 소세키가 개인주의는 필연적으로 남들이 모르는 외로움을 낳는다고 경고한 점입니다. 실제로 『도련님』의 봇짱은 불평불만으로 가득했던 마쓰야마를 떠나 도쿄로 돌아오지만, 곧 자신의 유일한 하인이자 친구이며 부모이기도 한 기요가 죽어 진정한 혼자가 되어 버립니다. 철저히 '자기본위'로만 생활했던 봇짱에게는 안타깝지만 당연한 결말이라는 생각도 드는군요.

『도련님』에서도 도고 온천가는 매우 중요한 공간으로 등장합니다. 봇짱은 "다른 곳은 뭘 보나 도쿄의 발뒤꿈치에도 따라가지 못하지만, 온천만은 근사하다"고 생각합니다. 어찌나 온천이 맘에 들었는지, 봇짱은 하루라도 온천에 가지 않으면 "왠지 마음이 개운치가 않다"고 느낄 정도입니다. 그런데 이곳은 곧 그토록 혐오하는 집과 학교와는 구분되는 비일상적인 장소가 아니었음이 밝혀집니다. 사실 이곳에도 수많은 눈들이 있어, 봇짱이 경단이나 메밀국수를 먹거나, 욕탕에서 헤엄을 쳤다는 등의 사소한 사실까지도 낱낱이 감시당하고 있었으니까요. 그렇기에 『도련님』에 등장하는 도고온천은 일상의 괴로움과 모자람에서 벗어날 수 있는 비일상의 공간이기도 하지만, 동시에 비일상의 자유로움과 홀가분함과는 거리가 먼 일상의 공간이기도 했던 것입니다.

하긴 일본에는 활화산만 70여 개에 이르며, 공식적으로 지정된 온천만 3,000개가 넘는다고 합니다. 또한 고온다습한 기후의 특성상 일본인에게 목욕은 선택이 아닌 필수적인 일과일 수밖에 없는데요. 그렇기에 『도련님』이 잘 보여주듯이, 일본인에게 온천은 극락과도 같은 별세계이면서, 동시에 가장 친숙한 삶의 공간일 수밖에 없는지도 모르겠습니다.

2024.4.2

1시간에 한 번씩 도련님의 등장인물이 나오는 봇짱가라쿠리시계탑

목숨 걸고 쓰다
그리고 죽다

마쓰야마에는 나쓰메 소세끼의 흔적도 곳곳에 있지만, 마쓰야마에 가장 큰 발자취를 남긴 문인은 단연 마쓰야마에서 나고 자란 마사오카 시키正岡子規, 1867~1902입니다. 마쓰야마시립시키기념박물관에는 마사오카 시키의 생애와 문학에 관한 온갖 자료들이 알뜰하게 모아져 있었는데요. 대충 훑어보는 데만 한나절이 걸릴 정도였습니다. 마사오카 시키는 언론인, 수필가, 평론가 등으로 활약했지만, 그의 가장 큰 활약은 단연 일본의 전통 시가인 하이쿠俳句를 혁신한 겁니다. 심지어 시키의 하이쿠 혁신 운동이 없었다면, 일본이 자랑하는 하이쿠는 이미 사라졌을 거라고 말하는 이들도 있을 정도니까요.

시키는 당시 유행하던 하이쿠가 발상이 신선하지 않고, 사용하는 언어가 상투적인 것 등을 비판하며, 새로운 하이쿠를 주장했는데요. 새로운 하이쿠가 갖춰야 할 요소로 시키는 당시 일본에 들어온 서양화에서 비롯된 '사생寫生'이라는 개념을 내세웠습

강렬한 인상을 남긴 시키기념박물관의 모형

니다. 사생이란 "실제로 있는 그대로를 그린다"는 의미인데요,
시키는 자연과 사물을 있는 그대로 묘사함으로써 자신의 감정
을 표현하는 하이쿠야말로 새로운 세상에도 사람들에게 받아
들여질 것이라 믿었던 겁니다. 그러한 시키의 생각은 그대로 적
중하여 하이쿠는 오늘날에도 일본을 대표하는 전통 시가로서
의 위치를 굳건히 차지하고 있습니다.

시키기념박물관을 둘러볼 때, 저의 시선을 잡아끄는 강렬한
모형이 하나 있었습니다. 그것은 죽음을 앞둔 듯 초췌해 보이는
시키가, 한 여성이 들고 있는 화판에다 붓으로 무언가를 쓰고
있는 모형이었습니다. 주변 사람들은 시키의 죽음을 기다리는
듯 조용히 시키의 창작을 지켜보고 있었는데요. 모형 옆에 놓여

있는 안내판에는, 시키가 죽기 하루 전날 가족과 지인이 지켜보는 앞에서 「절필삼구絶筆三句」를 쓰는 장면이라는 설명이 붙어 있었습니다. 「절필삼구」는 시키가 병상에서 보이는 수세미외를 읊은 세 편의 시가인데요. 시키는 목숨이 경각에 걸린 마지막 순간까지, 붓을 놓지 않았던 것입니다. 시키기념관을 나온 후에도, 기괴하게까지 느껴지던 이 모형은 오랫동안 머릿속을 떠나지 않았습니다.

도대체 무엇이 한 인간으로 하여금 생의 마지막 순간까지 붓을 놓지 않게 만들 수 있는 것인지 너무나 궁금했습니다. 오랜 고민 끝에 저는 시키가 보여준 '목숨을 건 글쓰기'가 일본의 무사도와 관련되어 있다는 생각이 들었습니다. 모든 나라에는 그 나라를 대표하는 인간상과 정신이 있는데요. 일본인이 내세우는 이상적인 인간형과 정신은 말할 것도 없이 무사사무라이와 무사도입니다.

그런데 놀랍게도 무사도의 핵심에는 '죽음'이 자리하고 있습니다. 무사도의 고전으로 꼽히는 『하가쿠레葉隱』1716에서 야마모토 쓰네토모山本常朝, 1659~1719는 반복해서 무사란 항상 죽음을 생각하고 있어야 한다고 주장합니다. 이 책은 "무사도란 '죽음'을 깨닫는 것이다. 생과 사 둘 중 하나를 선택해야 한다면 죽음을 선택하면 된다."로 시작합니다. 또 하나의 무사도에 대한 고전인 다이도지 유잔大道寺友山, 1639~1730의 『부도쇼신슈武道初心集』1720도 "무사는 항상 죽음을 각오하고 생활해야 하는 것이 숙명"임을 반복해서 강조하는데요. 오늘날 세계인들에게 일본의 무사도를

알린 니토베 이나조新渡戸稲造, 1862~1933의 『무사도Bushido』1899 역시 사무라이의 제1계율을 "죽음을 각오하며 살아가는 것"이라 말합니다. '죽음을 각오하고 살아가는 것'이야말로 무사의 가장 중요한 덕목이었던 것이죠.

문인과 무인을 구분하는 문화에 익숙한 우리는 일본의 사무라이를 '칼을 찬 무인'으로만 생각하기 쉬운데요. 우리와 달리 일본의 사무라이는 기본적으로 '칼을 찬 무인'이지만, 동시에 '붓을 든 문인'이기도 했습니다. 사무라이는 전쟁만 담당하는 것이 아니라 통치에 필요한 일체의 활동을 담당했으니까요. 일본 문화에서는 애당초 문인과 무인은 일체화된 존재였던 것입니다. 그렇기에 '붓을 든 자' 역시 '칼을 찬 자'와 마찬가지로 '목숨을 걸고 최선을 다하는 자세'를 내면화했던 것이 아닌가 싶습니다. 삶의 마지막 순간까지 붓을 놓지 않는, 조금은 기괴하게까지 느껴지는 시키의 최후 모습은 아마도 이러한 전통 속에서 가능했던 것은 아닌지 모르겠습니다.

마쓰야마시에는 시키기념박물관 이에에도 시 중심부에는 마쓰오카가 살던 집을 본떠 지은 시키도子規堂가 있고, 도고 온천역 근처에는 야구 배트를 든 시키상이 있습니다. 일본을 대표하는 문인이 야구 배트를 들고 있다는 것에 의아해 할 분도 있으실 텐데요. 시키가 오늘날 우리가 사용하는 야구용어, 일테면 1루수, 2루수, 우익수, 포수와 같은 말들을 만들어냈다는 사실을 안다면, 붓 대신 야구 배트를 든 시키도 그렇게 어색하지만은 않을 겁니다.

2024.4.16

시코쿠헨로를
아시나요?

2024년 1월 28일부터 1월 31일까지 진행된 이번 마쓰야마 학술기행은, 일본고전문학을 전공한 Y교수가 자신의 전공과 밀접하게 관련된 시코쿠헨로四国遍路 학술답사를 계획했기에 가능했던 일입니다. 흔히 오헨로お遍路라 불리기도 하는 시코쿠헨로는 시코쿠섬에 위치한 88개 사찰을 참배하는 순례길을 말하는데요, 전체 거리는 1,450킬로미터에 이르며, 보통 걸어서는 40일 정도가 걸리는 그야말로 길고 긴 순례길입니다.

88개의 사찰은 모두 일본의 고승인 고보다이시弘法大師, 774~835와 관련돼 있는데요. 고보다이시는 시코쿠에 있는 지금의 가가와현에서 태어나 장래가 보장된 엘리트 코스를 밟아 나가다가, 문득 깨달은 바가 있어 출가를 결심합니다. 그는 이후 당나라에 유학하여 2년간 불교를 깊이 있게 공부하고 돌아와 전설적인 고승이 되는데요. 진언종을 창시한 고보다이시는 수많은 사람들을 제도하다 고야산에서 입적합니다.

저와 C교수는 미리 시코쿠에 도착하여 88개 사찰을 답사하던 Y교수와 1월 28일에 마쓰야마 공항에서 만났습니다. 우리 일행은 마쓰야마의 여러 곳을 돌아보던 중, 시코쿠헨로에서 빼놓을 수 없는 의미를 지닌 이시테지石水寺를 함께 방문하기로 했는데요. 이시테지는 728년에 쇼무 천황聖武天皇, 701~756의 요청에 따라 창건되었으며, 오랜 역사를 가진 진언종의 대표 사찰입니다. 1318년에 지어진 니오몬仁王門은 국보로 지정되었으며, 이외에도 본당, 삼층탑, 종루 등의 국가중요문화재가 산재한 명찰입니다. 시코쿠 88개 사찰 중에서는 51번째에 해당하는 사찰이기도 합니다.

시코쿠헨로의 기원과 관련해서는 여러 가지 설이 있는데요, 그 중의 하나는 헤이안 시대 오늘날 에히메현의 호족이었던 에몬 사부로가 순례길을 떠난 것에서 시작했다는 설도 있습니다. 이 전설은 저희 일행이 방문했던 이시테지石水寺와 직접적으로 관련된 것이기도 합니다. 에몬 사부로는 부자이며 권세도 있었지만, 탐욕스럽고 포악했다고 합니다. 어느 날 자신의 집을 찾아온 승려에게 자선을 베풀기는커녕, 그만 대나무 빗자루로 승려의 발우를 여덟 조각으로 부숴 버렸다고 하는데요. 그날 이후로 사부로가 애지중지하던 여덟 명의 자식들은 차례로 죽어 나갔고, 뒤늦게 사부로는 자신이 박대했던 승려가 바로 고보다이시였다는 것을 알게 됩니다.

큰 충격을 받은 사부로는 대사에게 사죄하고자 시코쿠헨로를 시작합니다. 다행히도 사부로는 순례길에서 대사를 만나지

절 입구의 에몬 사부로 석상

이시테이지 뒷산에 있는 고보다이시 석상

만, 이미 중병에 걸린 사부로는 "다음 생애에는 고노 가문에 태어나 사람들을 돕고 싶다"는 뜻을 대사에게 밝히고 죽습니다. 이에 대사는 돌을 주워 거기에 '에몬 사부로'라 새겨 사부로의 손에 쥐어주었다고 하는데요. 이듬해 그 지역의 부유한 집안인 고노 가문에 한 남자아이가 태어나고, 신기하게도 그 아이는 꽉 쥔 오른손을 펴지 않았습니다. 당황한 아이의 부모는 안요지^{安養}를 찾아가 기도를 올린 후에야 아이의 손을 펼 수 있었는데요. 거기에는 '에몬 사부로'가 선명하게 새겨진 돌이 있었다고 합니다. 이후 인요지라는 절은 에몬 사부로 이야기에 따라 '돌의 손'이라는 뜻을 가진 이시테지로 이름이 바뀌었다고 합니다. 이시테지에는 이 전설을 증명이라도 하겠다는 듯이, 절 입구에서부터 에몬 사부로의 석상이 세워져 있고, 절의 박물관에는 설화 속의 돌이 전시돼 있었습니다.

시코쿠헨로를 대표하는 슬로건은 '동행이인^{同行二人}'입니다. 1,450킬로미터의 길을 누군가와 함께 걷는다는 의미인데요, 이때 누군가는 말할 것도 없이 고보다이시입니다. 이와 관련해 이시테지에서는 멀리서부터 사람들의 눈을 한번에 사로잡는 거대한 조형물이 하나 있었습니다. 절이 자리한 뒷산 정상에 있는 고보다이시의 석상이 바로 그 주인공입니다. 놀랍게도 이 조형물은 전체 높이가 16m이며, 얼굴 길이만 2.4m, 붓 길이는 3m에 이릅니다. 더군다나 이것은 산의 정상에 있기에 더욱 웅장하게 보이는데요. 고보다이시의 몸은 그가 유학했던 중국의 시안^{西安}을, 얼굴은 불교의 발상지인 인도를 향해 있다고 합니다. 이 거대한 고보다이시 석상은 이시테지로부터 3킬로미터 떨어진 마쓰야마성에서도 선명하게 보였습니다.

　요즘 전세계적으로 순례가 유행이라고 합니다. 오늘 소개한 시코쿠헨로 이외에도 일본의 구마노고도, 포르투갈의 파티마, 스페인의 산티아고, 미국의 세도나 등에 순례객의 발길이 끊이지 않는다고 하는데요. 이러한 현상은 아마도 사람들이 영혼의 갈증에 시달린다는 증거겠지요. 본래 여행이란 익숙한 곳을 떠나 낯선 곳으로 갔다가, 그 곳에서 새로운 힘을 얻어 다시 익숙한 곳으로 돌아오는 인간의 오래된 행위입니다. 그렇다면 일상의 질서와는 확연히 다른 신성과 신비로 가득한 성지를 다녀오는 것이야말로 인간에게는 궁극의 여행인지도 모르겠다는 생각이 듭니다.

2024.4.30

탐미와 감각
그리고 허무

2024년 2월 23일에는 니가타현립대학에서 '한국근대문학 연구의 새로운 지평:언어·이동·미디어'라는 주제로 국제심포지엄이 열렸습니다. 이 행사에는 한국근대문학을 공부하는 연구자들이 동아시아 각지에서 모였는데요. 학계의 말석에 있는 저도 발표자의 한 명으로 참여하게 되었습니다. 이 심포지엄에 참석하기 위해, 들뜬 마음으로 2월 22일 아침 인천공항으로 향했지만, 예상치 못한 난관에 부딪쳤습니다. 전날 밤부터 폭설이 내리는 바람에, 인천공항에도 많은 눈이 쌓여 있었던 것입니다. 당연히 비행기는 날아 오르지 못했고, 제가 타기로 했던 니가타행 비행기도 활주로에 우두커니 서 있다가, 예정된 시간보다 무려 5시간이 지나서야 인천을 떠날 수 있었습니다. 이미 니가타에서는 사전행사가 진행중이었기에, 공항에서나 비행기에서나 제 마음은 불안하기 그지 없었습니다.

늦은 오후가 되어서야 니가타 공항에 도착한 저는 요금이 비

끝없이 펼쳐진 니가타의 논

야히코 신사 주변 풍경

싸기로 소문난 일본 택시를 잡아타고 숙소로 향했는데요. 공항에서 오랫동안 기다림의 시간을 보내야 했고, 중요한 일정에도 참여할 수 없었기에 제 마음은 소금밭 같았습니다. 그러나 그 괴로움이 새로운 즐거움으로 바뀌기까지는 그리 오랜 시간이 걸리지 않았습니다. 이유는 택시를 타고 가면서 니가타현의 맨살을 제대로 느낄 수 있었기 때문입니다.

니가타현은 쌀로 유명한 곳이죠. 생산량이 많은 것은 물론이고, 우리나라에도 널리 알려진 고시히카리처럼 맛이 좋은 것으로도 유명한데요. 시내를 벗어나자부터 나타난 넓은 논은 숙소에 도착할 때까지 끊어지지 않고 이어졌습니다. 택시를 타고 가던 1시간 남짓한 시간은, 단 하나의 표지판도 없이 왜 니가타가 쌀 생산량 일본 1위인지를 생생하게 보여주었습니다. 맛있는 쌀과 깨끗한 물이 풍부한 니가타현의 자연조건은 일본의 전통주인 사케를 만들기에도 적합해서, 니가타현에는 일본에서 가장 많은 양조장이 존재한다고 합니다. 니가타의 번화가에는 폰슈칸이라는 주류판매점까지 있어, 사케 자판기에 동전만 넣으면 100여 종류가 넘는 사케들을 맛볼 수 있었습니다.

해가 다 져서야 도착한 숙소는 야히코 신사 옆에 있는 오래된 료칸이었는데요. 삼나무가 가득한 신사와 눈에 쌓인 주변 풍경은 저를 가와바타 야스나리川端康成, 1899~1972의 『설국』속 세계로 안내해 주었습니다. 그 유명한 "국경의 긴 터널을 빠져나오자, 눈의 나라였다. 밤의 밑바닥이 하얘졌다国境の長いトンネルを抜けると雪国であった. 夜の底が白くなった"는 문장으로 시작되는 『설국』의 배경인 '눈

의 나라雪國'가 바로 니가타현인 것입니다.

　제가 머물던 미노야 료칸과 그 주변의 풍경은 소설『설국』의 실사판 같았는데요. 물론『설국』의 무대는 니가타현의 에치고 유자와 온천이지만, 제 마음 속에는『설국』에 나오는 "산골짜기 는 어두워지는 것도 빨라서 벌써 으스스하게 황혼이 드리워져 있었다. 그 흐릿한 어둠으로 아직도 서쪽 해가 눈에 반사되면서 먼 산들이 소리 없이 다가오는 듯했다"나 "마을의 강기슭, 스키 장, 신사 할 것 없이 곳곳에 흩어진 삼나무 그루들이 거뭇거뭇 하게 눈에 띄기 시작했다"와 같은 문장들이 울려 퍼지고 있었 습니다. 눈 덮인 산을 배경으로 펼쳐진 야히코 신사와 그 주변 을 둘러싼 커다란 삼나무, 그리고 2024년의 마을이라고는 느껴 지지 않는 너무나도 조용하여 쓸쓸하기까지 한 마을의 풍경이 저를『설국』의 세계로 데려간 것입니다.

　『설국』에서 부모가 물려준 재산으로 글이나 끄적이며 사는 시마무라는 눈의 나라에서 게이샤 고마코와 소녀 요코를 만납 니다. '국경의 긴 터널'을 통과하여 만난 사람들인 만큼, 두 여인 은 이승에는 있을 것같지 않은 신성과 모성과 여성을 체현한 신 비스러운 존재인데요. 시마무라는 이들 여인과 조용하지만 농 밀한 감정의 드라마를 펼쳐 나가지만, 결국에는 원인을 알 수 없는 화재로 인해 그 모든 것은 무로 돌아가 버리고 맙니다. 하 얀 순백의 공간에 펼쳐진 새빨간 불의 이미지로 가득한 마지막 장면은 가와바타 야스나리가 펼쳐 보인 탐미의 절정을 보여주 기에 모자람이 없는데요. 그 섬세한 감각의 아름다움 속에서는 죽음마저도 새로운 느낌으로 마주하게 됩니다.

저는 『설국』을 읽을 때마다, 이 작품의 진짜 주인공은 시마무라도 고마코도 요코도 아닌 '눈雪'이라는 생각이 들고는 합니다. 유년기에 부모, 누나, 조부모의 죽음을 겪으며 천애고아로 성장한 가와바타 야스나리에게 이 세계란, 그리고 그 안에서 펼쳐지는 천변만화하는 인간의 삶이란 결국 무라는 허무에 불과하지 않았을까요? 그렇기에 가와바타가 그려내는 세계의 주인공은 언젠가는 '녹아 없어질 눈'일 수밖에 없었던 것은 아닌지 모르겠습니다. 마지막으로 『설국』이 창작되던 시기^{1935년 연재를 시작하여} ^{1948년 완성}가 일본의 무한확장을 추구하던 천황제 파시즘이 맹위를 떨치던 때라는 것을 고려한다면, 니가타현을 배경으로 펼쳐진 탐미와 감각의 세계는 시대를 향한 가와바타 야스나리식의 절규는 아니었을까는 생각을 조심스럽게 해봅니다.

2024.5.14

니가타의
손창섭

　니가타현립대학에서 열린 국제심포지엄에 참석하기 위해 모인 연구자들이, 본행사를 앞두고 제일 먼저 찾은 곳은 손창섭의 묘입니다. 손창섭[1922~2010]은 장용학[1921~1999]과 더불어 대표적인 전후문학 작가로 평가받는 인물입니다. 1950년대는 불구적 인물을 통해 전후의 암울한 시대적 분위기를 탁월하게 형상화했다면, 1960년대에는 당대 사회의 부조리를 드러내는 세태소설로 큰 주목을 받았습니다. 그랬던 손창섭은 1973년 돌연 일본인 아내와 일본으로 떠난 뒤, 공식적으로는 한국사회에 한번도 모습을 드러내지 않았습니다. 거의 알려지지 않았던 손창섭의 일본 내 행적은 최근에 이르러서야 몇몇 연구자들에 의해 조금씩 알려지고 있는 형편입니다.

　도쿄 인근에 살았던 손창섭의 묘가 니가타현에 있는 이유는, 유일한 혈육인 딸이 이곳에 살기 때문이라고 하는데요. 손창섭의 묘는 니가타현의 가쿠타산角田山 묘코지妙光寺에 있는 묘원에

손창섭이 영면하고 있는 니가타의 묘코지 묘원

위치해 있었습니다. 손창섭의 묘비에는 '손창섭'이라는 한국 이름도, '우에노 마사루上野昌涉'라는 일본 이름도 쓰여 있지 않았습니다. 다만 그곳에는 한자로 '道'라는 한 글자만이 새겨져 있었을 뿐인데요. 인기 작가의 온갖 명예를 거부하고, 타국에 가서 은둔자로 살다 죽은 손창섭의 수수께끼 같은 삶과 더불어, '道'라는 묘비명은 하나의 화두처럼 다가왔습니다.

묘비에 한국 이름도 일본 이름도 아닌 '道'라는 글자만을 남긴, 손창섭의 내면 풍경은 과연 어떤 것이었을까요? 이를 살펴볼 수 있는 자료로, 우리에게는 다행히 손창섭의 『유맹』『한국일보』, 1976.1.1~10.28이라는 작품이 있습니다. 이 작품의 초점화자인 '나'는 손창섭이 실제로 그랬던 것처럼 해방 이후 북한 생활까지 경험하였으며, 현재는 남한에 본사를 둔 회사의 일본 연락사무소 소장으로 지냅니다. '나'의 관찰을 통해 보여지는 1970년대『유맹』의 재일한인들은 하나같이 불행한 삶을 살고 있는데요. 겉으로 보기에 물질적 풍족함을 누리는 다카무라 고이치고광일조차도 정신적으로는 불행한 삶을 살고 있습니다. 이것은 충분한 역사적 개연성을 가진 설정인데요. 식민지 시절 불평등한 다민족 국가였던 일본은 패전 후 새로운 국가를 만들 때, 단일민족 국가로 방향을 바꾸었습니다. 이 때 과거에는 같은 '국민'이었던 다른 민족은 배제의 대상으로 규정되었으며, 이러한 일본의 태도로 인해 재일한인은 "일본 사회에서 오랫동안 비가시적인invisible 소수자로 존재하기를 강요받아"권숙인,「일본의 '다민족·다문화화'와 일본 연구」,『다문화사회 일본과 정체성 정치』, 권숙인 편, 서울대학교출판문화원, 2010, 23면왔다고 합니다.

『유맹』에서 손창섭의 내면풍경을 보여주는 인물은『유맹』의 초점화자인 '나'입니다. '나'는 심층심리 차원에서는 한국을 무조건적으로 지향하지만, 표층심리 차원에서 한국을 비판적으로 생각합니다. 반대로 일본문화는 이성적인 차원에서는 긍정적으로 여기지만, 심층 심리나 본능적인 차원에서는 거부의 대상으로 여길 뿐입니다. 그렇기에 '나'는 한국과 일본 그 어디에도 정착하지 못한 채, 정신적으로 주변화된 상태에 머물러 있습니다. 저는 이러한 '나'의 모습에 자꾸만 손창섭이 어른거립니다. 실제로 일본에 건너간 손창섭은 별다른 사회적 활동 없이 그야말로 은둔자로 생을 마감했으니까요. 손창섭 역시 본능 차원에서는 '한민족적인 것'에 대한 열렬한 지향을 가졌으나 의식적인 차원에서는 '한국적인 것'에 비판적이었으며, 그 사이에서의 분

道라는 글자 하나만 새겨진 손창섭의 묘

열은 끝까지 해소되지 않았던 것은 아닐까요?

이러한 제 생각의 타당성 여부는 손창섭이 말년에 남긴 시조를 통해 어느 정도 확인해볼 수 있습니다. 「얼」1995.3이라는 시조에서 손창섭은 "나라꼴 어찌됐던 그 世情 어떠하든 / 내 비록 故國山川 등지고 살더라도 / 韓나라 얼이야말로 가실줄이 있으랴"라고 하여, 세태와 인정을 떠난 무조건적인 '韓나라 얼'에 대한 지향을 보여줍니다. 이에 반해 「은둔隱遁」1993.10에서는 "이몸은 약삭빠른 재간군이 아니어서 / 名利에 새고지는 俗世間이 지겨워서 / 사람과 因緣을 끊고 숨어서만 사옵네"라고 하여, 한국이라고 특정하지는 않았지만 '약삭빠른 재간군'과 '명리'를 앞세우는 세상에 대한 염오의 마음을 드러내고 있습니다. 이러한 시조들은 손창섭이 한국을 대표하는 작가이면서도 끝내, "사람과 因

緣을 끊고 숨어서만" 살았던 이유를 알려주는 것으로 보입니다.

『유맹』의 '나'에게서도 확인되는 것처럼, 손창섭에게는 평생 '한민족적인 것'에 대한 본원적인 지향과 '한국적인 것'에 대한 조건적인 거부가 공존했습니다. 그렇기에 작가 손창섭은 끝내 어디에도 귀속될 수 없는 영원한 이방인으로 만리타국의 조용한 묘원에 묻힐 수밖에 없었던 것은 아닐까요. 그렇다면 '길'을 의미하기도 하는 '道'라는 묘비명은, 끝내 '손창섭'도 '우에노 마사루上野昌涉'도 되지 못한 채 끊임없이 걷기만 해야 했던 손창섭의 '인생길'을 의미하는 것인지도 모르겠다는 생각이 듭니다.

2024.5.28

니가타항을
떠난 사람들

2024년 2월 23일 니가타현립대학에서 한국근대문학에 대한 여러 가지 발표와 토론으로 녹초가 되다시피 한 저희 일행은, 저녁에 니가타 시내로 이동하여 만찬에 참석했습니다. 이 날의 만찬은 이광수 연구의 권위자인 하타노 세츠코 선생님이 주최하신 것인데요. 니가타 전통 요리를 파는 그 곳의 음식은 하나같이 정성스럽고 맛있는 것들이었습니다. 한밤중까지 이어진 심포지엄 뒷담화로 2월 23일의 밤은 그렇게 조용히 저물어 갔습니다.

24일은 오전 11시에 비즈니스 호텔 로비에서 만나 해산하는 것이 유일한 일정일 정도로, 여유로운 날이었는데요. 아침 일찍 조식을 먹은 저는 니가타 시내와 바닷가를 산책하기로 했습니다. 마침 연구년을 맞아 도쿄의 센슈대학에 와 있는 K대학의 A교수가 저의 길동무가 되어 주었는데요. 저희는 일본에서 가장 긴 강인 시나노가와의 강변을 걷기도 하고, 그 강 위에 놓인 아

니가타의 명물 중 하나인 반다이바시

을씨년스러운 풍경의 조국왕래기념관

치 여섯 개의 아름다운 반다이바시를 건너기도 했습니다.

니가타가 한국문학 전공자에게 문제적으로 다가오는 대목 중의 하나는, 니가타가 북·일간의 교류에 있어 일본측 창구였다는 사실입니다. 재일교포 북송사업 당시 수많은 재일교포들이 '지상낙원의 부푼 꿈'을 안고 북송선을 탔던 곳이 바로 니가타입니다. 오늘날 북송사업은 사회주의 체제의 우월성을 선전하고 부족한 노동력을 보충하려던 북한의 이해와, 재일교포를 부담스러워하던 일본의 이해가 맞아떨어진 결과로 널리 알려져 있지요. 그러나 2006년 7월 북한의 장거리 로켓 시험 발사를 이유로 북한 선박의 일본 입항이 금지된 이후, 20여 년이 지난 지금까지도 니가타항과 북한을 오고 가는 배는 더 이상 볼 수 없게 되었습니다.

그래서일까요? 북송사업의 현장지휘소 역할을 하던 조총련 니가타현 본부 및 조국왕래기념관을 찾아갔을 때, 그곳은 셔터가 내려진 채 거의 폐건물이 되어 있었습니다. 을씨년스러운 그 풍경은 현재 북·일간의 삭막한 관계를 대변하는 듯 보였는데요. 1959년부터 시작된 북송사업은 1984년까지 총 186차례에 걸쳐 9만 3,340명이 이주한 그야말로 대사업이었습니다. 과연 '사회주의 조국 건설'에 이바지하겠다는 벅찬 꿈을 안고, 니가타항을 떠났던 그 수많은 사람들이 겪었던 북한에서의 삶은 어떤 것이었을지 궁금했는데요.

한국작가회의 이사장을 역임한 이경자^{1948~}의 장편 『세번째 집』^{문학동네, 2013}은 북송교포들의 후일담을 전해주는 귀한 작품입니다. 이 소설은 할아버지와 아버지, 그리고 김성옥으로 이어지는 김씨 3대의 이야기를 통해, 지난 100여 년에 걸친 한민족 디아스포라를 펼쳐낸 역작입니다. 할아버지정남, 아버지대건, 성옥의 삶을 대표하는 단어는 각각 '조센징', '귀국자', '탈북자'입니다. 정남은 징용을 당해 후쿠오카 탄광에 보내졌는데요. 해방 이후 일본에 남아 가정을 이뤄 대건을 낳습니다. 대건가네다 다이켄은 와세다대까지 졸업한 엘리트지만 일본 사회가 부과한 '조센징'이라는 굴레에서 벗어날 수가 없습니다. 결국 새로운 삶의 희망을 찾아 1967년 니가타항에서 북송선을 타는데요. 안타깝게도 김대건은 북한에서 '조센징'이라는 굴레를 벗는 대신 '귀국자'라는 새로운 굴레를 뒤집어 쓰고 맙니다. 대건의 딸로 북한에서 태어난 성옥은, 배고픔을 견디지 못하고 탈북하여 남한에서 '탈북자'로 살아 갑니다.

『세번째 집』에서는 성옥 가족이 "자본주의와 자유주의의 콧김을 쐰 경험"을 의미하는 '귀국자'라는 신분으로 인해, 북한 사회에서 받는 고통과 차별이 생생하게 펼쳐집니다. 실수로 동네에 불이 났을 때도, 성옥은 보위부에 끌려가 "토대가 나빠서, 성분이 안 좋아서 어린아이가 남의 소먹이를 다 태운 거"라는 얼토당토한 이야기를 들어야 할 정도입니다. 성옥은 "귀국자라는 말이 얼마나 지독한 덫인가를" 인민학교에 들어가면서부터 뼈저리게 느끼기 시작하고, 나중에는 '귀국자'라는 말만 들어도 지겨울 지경에 이릅니다.

대건은 평소에 "오리는 오리끼리 만나야 한다"며, 성옥에게 연애 상대로 "귀국자를 만나라"는 말을 습관처럼 해왔는데요. 실제로 보위부장의 아들인 철이와 성옥은 연애 감정을 느끼게 되지만, 결국 철이부모의 반대로 둘의 사랑은 결실을 맺지 못합니다. 이후에도 성옥은 도자기 공장 작업반에 다닐 때, 아버지가 비행군관학교 교수인 토대 좋은 남자의 청혼을 받기도 하는데요. 결혼을 허락해 달라고 찾아온 남자에게 대건은 "자네 아버지에게 허락받고 와. 그럼 내가 허락해주지"라고 냉소적으로 대답합니다. 대건의 예상대로 그 남자의 아버지는 "귀국자에 비당원의 자녀와는 혼인할 수 없다"며 성옥과의 결혼을 분명하게 반대하는군요.

결국 북한에 온 초기에는 '사회주의 조국 건설'을 위해 성실하게 생활하던 대건도, 귀국자에 대한 차별로 인하여 술만 찾는 냉소적인 인물로 변하고 맙니다. 물론 대건과 그 가족의 삶이 10만여 명에 이르는 모든 북송교포들의 삶을 대변하는 것은 아닐 겁니다. 그럼에도 오늘날 수많은 자료와 증언들은 북송교포들의 삶이 결코 만만치 않았음을 보여주고 있습니다. 1,000여 명의 동포를 싣고 북한의 청진항을 향해 니가타항을 떠났던 1959년 12월 14일의 바다는 무척이나 소란스러웠을 테지만, 그로부터 65년이 지난 이 날의 바다는 너무나 조용하여 쓸쓸하기까지 했습니다.

2024.6.11

떠난 자들과
남은 자들

지난 번에는 니가타항을 떠나 북한으로 간 재일교포들에 대해서 이야기했습니다. 10만여 명에 이르는 이들은 북한행 편도표만을 가지고 니가타항을 떠난 사람들인데요. 일본에는 왕복표를 가지고 니가타항과 북한을 오고 간 이들도 있습니다. 바로 '귀국 교포'의 가족이 그 주인공입니다. 양영희梁英姬, 1964~는 '귀국 교포'의 가족이라는 정체성을 창작 원천으로 삼아 활동해 온 영화감독입니다. 그녀의 부모는 모두 김일성주의자로서, 아버지 양공선은 조총련 오사카 본부의 부위원장과 오사카조선학원의 이사장까지 역임한 정치적 인물이었습니다. 어머니도 제주4·3의 처절한 비극을 피해 오사카로 밀항하여 조총련에서 활동해 왔습니다. 양영희의 부모는 세 명의 아들 모두를 '귀국 교포'로 북한에 보냈는데요. 이 때 오빠들의 나이는 각각 열네 살중학생, 열여섯 살고등학생, 열여덟 살대학생이었다고 합니다. 양영희도 '조선인 부락'으로 유명한 오사카 이카이노현 이쿠노구에서 태어나 치마

도키멧세 전망대에서 바라본 니가타항과 바다

저고리를 입고 자랐으며, 이후 도쿄에 있는 조선대학교를 졸업
했습니다.

　　양영희의 다큐멘터리 3부작(「디어 평양」(2005), 「굿바이, 평양」(2009), 「수프와 이데
올로기」(2021)), 극영화 「가족의 나라」(2012), 장편소설 『조선대학교 이야기』(2018), 산문집 『카메라를 끄
고 씁니다』(2022)은 모두 이러한 자신의 가족사를 배경으로 한 것입니
다. 그녀는 니가타항에서 북송선에 오른 오빠들을 배웅한 이후
에도, 여러 번 만경봉호를 타고 니가타항과 북한의 원산항을 오
고 가야만 했습니다. 그렇기에 '귀국 교포'와 그 가족의 삶에 대
한 재현에 있어, '당사자 서사'에 가장 가까운 서사를 보여줄 수
있는 사람이 바로 양영희입니다.

　　최근에 발표된 산문집 『카메라를 끄고 씁니다』에는 '귀국 교
포'의 북한 생활이나 일본에 남겨진 가족들의 삶이 매우 밀도

있게 표현되어 있습니다. 주지하다시피 '귀국 교포'의 삶은 결코 만만치 않았는데요. 이와 관련해 이 산문집에서 가장 인상적인 장면은 북한에 간 아들들의 사진을 처음 받아보고 어머니가 보이는 반응입니다. 오빠들은 처음 평양과 원산에 위치한 '총련 간부 자녀 합숙소'에서 공동 생활을 합니다. 오빠들은 처음부터 편지에 음식을 보내달라고 어머니에게 부탁하는데요, 정치적으로 신실한 어머니는 "되도록 현지인과 같은 생활을 하도록 노력하라"며 음식 대신 약품이나 학용품 정도만을 보냅니다. 그런데 집에 도착한 오빠들의 빼빼 마른 사진을 본 엄마는, 너무나 놀라 그 사진을 찢어 버리고는 소리 죽여 흐느낍니다. 이후에는 음식이 될만한 것은 뭐든지 가리지 않고 소포에 꾹꾹 눌러 담아서 보내기 시작하는군요.

무엇보다 '귀국 교포'들의 안타까운 삶은 큰오빠의 삶에 가장 선명하게 새겨져 있습니다. "김일성 주석님의 환갑에 바치는 청년 축하단"의 일원으로 북한에 간 큰오빠는 클래식 음악과 해외 명작들을 좋아한다는 이유만으로, "비판을 받고, 자기비판을 강요당하고, 감시당하고, 미행당"했으며, 결국에는 우울증과 조울증에 시달리다 50대 중반의 나이에 죽고 맙니다.

그런데 『카메라를 끄고 씁니다』에는 '귀국자'라는 신분이 북한 사회에서 반드시 핍박과 고통만을 의미하는 것은 아닐 수도 있다는 점이 드러나 흥미롭습니다. 둘째 오빠는 아들 둘을 낳은 첫 번째 아내와 이혼하고, 곧 새로운 아내 정순과 결혼하여 딸 선화를 낳습니다. 안타깝게도 아내는 선화가 다섯 살일 때 병으로 죽고 맙니다. 둘째 오빠는 "당분간 재혼하고 싶지 않다. 정순이 같은 멋진 여자는 다시 없을 거다"라고 공언하지만, 오빠의 바람(?)과는 달리 정순이 세상을 떠난 직후부터 혼담은 물밀 듯이 들어오는군요. 이러한 인기는 무엇보다도 "일본에서 정기적으로 생활비와 애정이 가득 담긴 소포가 온다는 사실"에서 비롯됩니다. 실제로 어머니의 평생 과업은 북한에 있는 세 아들과 그 가족들에게 온갖 방법으로 물건과 돈을 보내는 것이었습니다. 어머니는 알츠하이머에 걸려 정신이 온전치 않게 되어서야 비로소 "송금 걱정"에서 해방됩니다.

또한 『카메라를 끄고 씁니다』에는 재일교포들이 북한에 갈 수밖에 없었던 일본 사회의 분위기가 드러나 있기도 합니다. 어머니가 양영희에게 몇 번이나 해준 이야기에는 젊은 시절 당한 테러의 경험도 있습니다. 젊은 어머니는 외할머니와 하얀 치마저고리 차림으로 오사카 거리를 걷고 있었는데요. 이때 모르는 남자가 갑자기 다가와 잉크를 온몸에 뿌립니다. 외할머니가 분노에 몸을 떨며 호통을 치지만 그 범인은, 오히려 "조선인이 건방지게!"라는 말을 내뱉고는 사라져버리는군요. '조선인'을 차별하는 이러한 분위기는 양영희 세대에도 여전한 것으로 그려집니다. 양영희의 아버지는 멀쩡한 교사일을 그만두고 예술가가 되겠다는 딸을 향해, "일본에서 조선인이 어떻게 예술을 하니. 라디오나 TV에 나갈 수나 있다니? 꿈같은 소리 마라. 동네 사람들, 우리 딸이 미쳤어요!"라고 소리치기도 합니다. 이처럼 인간적인 대우도 받지 못하고, 사회적 성공도 기약하기 어려운 상황에서 수많은 재일교포들은 북송선을 탔던 것입니다.

영화감독 박찬욱[1963~]은 어디에선가 양영희는 가족 이야기를 "계속 우려먹고 우리는 계속 곱씹어야 합니다"라고 말한 바 있습니다. 양영희의 가족 이야기에 식민지와 분단 전쟁으로 이어진 한국의 현대사는 물론이고, 가족, 개인, 이데올로기, 국가 등의 핵심적인 문제의식이 모두 담겨있다는 것을 생각하면, 박찬욱의 '계속 우려먹고 계속 곱씹어야 한다'는 이야기에 고개를 끄덕이지 않을 수 없을 겁니다. 양영희는 지금 어떻게 지내는지, 무엇보다도 북에 남은 세 명의 오빠와 그 가족은 안녕한지, 그들의 후일담이 너무나 궁금합니다.

2024.6.25

기억의
나누어 갖기

　2024년 4월 25일부터 4월 28일까지 제가 근무하는 대학의 HK+사업단에서는, 근대 일본을 이해하고 동아시아의 평화를 추구하기 위한 기획의 일환으로 히로시마 답사를 진행하였습니다. 히로시마라는 단어는 아무래도 우리에게 가장 먼저 원자폭탄을 떠올리게 하는데요. 그럴 수밖에 없는 것이 1945년 8월 6일 오전 8시 15분 히로시마에 떨어진 원자탄 '리틀 보이little boy'는 무려 20만여 명의 목숨을 앗아간 전대미문의 비극이었습니다. 히로시마에 도착한 우리 일행이 가장 먼저 찾은 곳도, 그 날의 '원폭'을 기억하고 추모하는 히로시마 평화기념공원이었는데요, 평화기념자료관, 원폭돔, 추도기념관, 그리고 각종 위령비로 이루어진 평화공원은 무려 12만m²에 이르는 방대한 규모를 자랑하는 초대형 시설이었습니다.

　수많은 구미歐美 관광객들과 곳곳에 설치된 위령비로 가득한 평화공원을 조금만 걸어도, 누구나 핵의 비극과 평화의 소중함

을 절실하게 느낄 수 있을 텐데요. 그럼에도 저에게는 이 공간에서 뭔가 석연치 않은 점이 느껴졌습니다. 그것은 원폭으로 인한 피해와 고통이 민족과 국가를 뛰어넘어 충분히 공유되고 있지 못하다고 느꼈기 때문입니다. 이러한 찜찜함은 얼마 전 장혜령^{1984~}의 「당신의 히로시마」『문학과사회』, 2021년 겨울호를 읽으며 느꼈던 것이기도 합니다.

「당신의 히로시마」는 히로시마를 방문한 아흔 살의 김정순_{金貞順, 일본명 가네모토 테이준}이 자신의 첫사랑인 하라 다미키에게 쓰는 편지 형식으로 되어 있는 서간체 소설인데요. 하라 다미키는 히로시마에서 나고 자랐으며, 원폭으로 인해 가족을 잃고 도쿄로 건너온 소설가입니다. 정순은 하라 다미키와 "평생에 한 번뿐일 사랑"을 나누었는데요. 그러나 그 사랑은 오래 지속되지 못했으며, 존재의 벽을 뛰어넘지도 못했습니다. 이유는 "히로시마에서 살아남았다는 사실" 때문에, "당신은 이제 죽어도 되잖아요. 뭘 더 머뭇거리는 거죠"라는 냉소의 말을 스스로에게 던지고는 했던 하라 다미키가 원폭의 기억에 갇힌 수인囚人이기 때문입니다.

하라 다미키는 '나'와 대화를 나눌 때면, 늘 "당신은 이런 나를 이해하지 못할 거야"라는 말을 덧붙이곤 했죠. 결국 히로시마의 상처로 혼자 몸부림치며 괴로워하던 하라 다미키는 자살하고 맙니다. 일본인이 아닌 한국인이었던 정순은 비록 연인이기는 했지만, 하라 다미키를 괴롭힌 원폭의 기억으로부터는 영원한 이방인일 수밖에 없었던 것입니다. 결국 정순은 귀국하여 새로운 삶을 살게 됩니다.

원폭의 기억과 관련하여 정순과 소통하기를 거부하는 하라 다미키의 모습은, 히로시마의 원폭을 다루는 일본의 태도와 닮아있다는 생각이 듭니다. 많은 사람들이 지적하듯이, 일본은 원폭 피해를 '절대화'하는 경향이 있는데요. 한순간에 수만 명의 삶이 사라진 원폭 피해는 일본만이 경험했으며, 그 때의 끔찍함과 잔인함은 그 어떤 폭력과도 비교가 불가능하다는 입장인 거죠. 이처럼 '원폭의 피해'를 유일한 것으로 절대화하게 되면, 원폭을 둘러싼 수많은 맥락과 사람들이 배제될 수밖에 없습니다. 일테면 원폭 이전의 침략전쟁으로 수많은 인류가 사망했다는 사실이나, 일본인 이외에도 20개국에 이르는 사람들이 히로시마에서 피폭되었다는 점 등이 충분히 사유될 수 없는 것이죠.

히로시마에 세워진 한국인 원폭희생자 위령비

　이와 관련해 「당신의 히로시마」에 등장하는 "조선인 박화자"
의 존재는 참으로 의미 있게 다가옵니다. 박화자는 히로시마에
살다가 피폭되었으며, 이후 '원폭병'을 얻고 귀환하여 다른 피
폭자들과 함께 합천의 요양소에서 평생을 살았습니다. 삶의 끝
자락에 이른 박화자는 "히로시마를 한번은 다시 보고 싶다"며,
아픈 자기 대신 정순을 히로시마에 보낸 것입니다. 히로시마의
원폭은 하라 다미키와 같은 일본인만을 겨냥한 것이 아니라, 히

로시마에 살고 있던 조선인들도 향했던 것인데요. 그렇기에 히로시마는 결코 하라 다미키, '당신의 히로시마'일 수만은 없는 거겠죠.

그런데 '당신의 히로시마'는 또 하나의 의미를 지니고 있습니다. 첫 번째 의미가 원폭이 남긴 고통의 기억을 '일본인의 것'으로만 독점하는 것을 의미한다면, 두 번째 의미는 원폭에 담긴 응보의 의미를 '일본인의 것'으로만 되돌리는 것을 의미합니다. 이러한 모습은 평생 일본을 미워했던 정순의 아버지가, 히로시마 원폭 소식을 듣고서는 "몹쓸 인간들이 천벌을 받은 게야"라고 말하는 장면에서 드러나죠. 그러나 이 말은 "그 몹쓸 인간들 속에 우리와 같은 조선인들이 있었음"을 충분히 생각하지 못했을 때만 가능한 것입니다. 실제로 히로시마 전체 희생자 중 10%가 재일조선인이었으며, 그들의 후손이 여전히 고통받으며 살고 있습니다. 그렇기에 히로시마는 결코, '당신의 히로시마'일 수는 없으며 히로시마에 살았던 '모든 이들의 히로시마'일 수밖에 없는 것입니다. '당신의 히로시마'를 넘어 '우리의 히로시마'가 될 때, '히로시마의 기억'은 망각의 어둠 속에 사라지지 않고, 모두의 가슴에 남아 세계평화의 등불이 될 것이라 믿습니다.

이런 맥락에서 평화기념공원 안에 있는 한국인원폭희생자위령비는 남다른 의미로 다가오는데요. 높이 5미터에 이르는 이 한국식 위령비는 1970년에 만들어졌습니다. 처음에는 평화공원 바깥에 놓여 있다가 1999년에 이르러서야 재일한인과 여러 시민단체의 노력으로 평화공원 안에 들어올 수 있었다고 하는데요. 그럼에도 여전히 공원의 중심에서는 조금 벗어난 곳에 자리한 이 위령비는 역사적 기억을 나누어 갖는 일이 얼마나 어려운지를 말없이 웅변하는 듯 보였습니다.

2024.7.9

일본의 대표적 군사도시였던
히로시마

2024년 4월 26일 아침, 이 날의 일정을 시작하기 위해 호텔 로비에 내려갔을 때 그곳은 수많은 외국인들로 북적였습니다. 특히 백인들이 무척이나 많았는데요. 그래서일까요? 조식을 먹을 수 있는 식당마저 전통 일식 식당과 양식 위주의 식당으로 나뉘어져 있었습니다.

히로시마평화기념공원으로 상징되는 평화도시로서의 히로시마가 지닌 국제적 위상이 수많은 외국인들을 불러들이고 있는 걸로 보였습니다. 이렇듯 평화도시로 널리 알려진 히로시마지만, 한때 히로시마가 일본의 대표적인 육군도시였다는 사실을 아는 이는 그리 많지 않습니다. 이 날의 일정은 히로시마가 제국주의 시절 가졌던 군사도시로서의 성격을 알아보는데 초점이 맞추어져 있었습니다.

히로시마는 근대 일본의 군사화에 있어 핵심적인 역할을 담당하며 성장한 도시입니다. 메이지 유신이 일어난 지 3년 후인

히로시마 성내에 있는 군관구사령부 원폭위령비

1871년에는 진제이 진대 제1분영이 설치되었고, 1888년에는 제5
사단 사령부가 설치되었습니다. 특히 육군도시 히로시마의 역
할은 청일전쟁 시기에 가장 크게 발휘되었는데요. 당시 히로시
마는 거의 일본의 수도 역할을 할 정도로 중요한 위상을 차지했
습니다. 청일전쟁^{1894.7~1895.4}의 발발로부터 한 달여가 지난 9월 8
일에, 일본 군부는 도쿄에 있던 대본영<sup>육군과 해군을 모두 통솔하던 최고군통수기
관</sup>을 히로시마로 옮깁니다. 보급거점과 사령부는 전선에 가까이
있어야 한다는 당시의 전쟁상식에 비춰볼 때, 도쿄는 전쟁터로

부터 너무 멀리 떨어져 있었던 것입니다.

일본의 수많은 도시 중에 히로시마가 대본영 자리로 선정된 이유는 '전쟁터로부터 가까워야 한다', '병력을 전쟁터로 보내기 위한 항구가 있어야 한다', '병력을 이동할 수 있는 철도망이 갖춰져 있어야 한다'는 세 가지 조건에 모두 부합했기 때문입니다. 앞의 두 가지 조건을 갖춘 도시는 여러 곳이 있었지만, 마지막 조건까지 갖춘 곳은 당시 일본에서는 히로시마가 유일했습니다. 청일전쟁이 발발하기 두 달 전에, 히로시마에는 일본 혼슈의 최북단인 아오모리까지 연결된 산요山陽철도가 완성되어 있었던 것입니다.

1894년 9월 13일에는 대본영이 도쿄로부터 히로시마로 이전했으며, 그로부터 이틀 후에는 메이지 천황이 히로시마로 옮겨와 이듬해 4월 27일까지 머물렀습니다. 메이지 천황은 청일전쟁의 거의 전과정을 히로시마에 머물며 지켜보았던 것인데요. 제7회 제국의회도 히로시마에서 소집되었고, 총리대신을 비롯한 정부의 고위관료도 모두 히로시마에 모였다는 것을 생각한다면, 히로시마는 명실상부하게 청일전쟁 기간 내내 일본의 수도였던 것입니다. 청일전쟁 당시 히로시마를 거쳐 대륙과 한반도로 간 일본군은 무려 17만 1,098명에 이른다고 합니다.

청일전쟁은 일본 입장에서는 거의 횡재에 가까운 사건이었습니다. 경제적인 측면에서는 청으로부터 무려 은화 2억냥에 이르는 배상금을 받았는데, 이 액수는 당시 일본 국가 예산의 4년치에 해당하는 어마어마한 금액이었습니다. 이 돈으로 일본은

철도, 전화, 금융과 같은 인프라를 완비하고, 수많은 기업에 사업자금을 지원할 수 있었습니다. 정치적인 이익도 결코 경제적 이익에 모자라지 않았는데요. 천년 이상 패권을 쥐고 있던 중국을 무릎 꿇리며, 자신이 동아시아의 새로운 강자임을 만천하에 알릴 수 있었던 것입니다. 거기다가 일본은 요동 반도^{삼국간섭으로 곧 반납}와 타이완을 식민지로 만들었으니, 바야흐로 청일전쟁은 일본을 식민지까지 거느린 명실상부한 제국으로 만들어주었던 거네요.

그렇기에 청일전쟁의 침략적 성격에 대한 성찰이나 반성은 당시 히로시마를 비롯한 일본 어디에서도 활발하게 이루어지지 못했습니다. 이러한 사회적 분위기 속에서 1895년 4월 21일 청일전쟁의 종결에 따라 히로시마 대본영은 해산되었지만, 이후에도 히로시마는 제국주의를 뒷받침하는 군사도시로 계속 성장하게 됩니다.

1945년 8월 원폭의 비극을 겪게 되기까지 히로시마는 침략의 병참기지이자 파병기지로서의 역할을 충실하게 수행했던 것입니다. 그렇기에 지난 시절 히로시마가 체험한 군사도시로서의 놀라운 성장은, 동시에 전대미문의 비극을 향해 가던 거대한 아이러니였는지도 모르겠습니다.

저희 일행이 청일전쟁 당시 대본영을 비롯한 많은 군사시설이 설치되었던 히로시마 성을 방문했을 때는 오전 10시가 막 넘은 시간이었습니다. 본래 히로시마 대본영은 2층짜리 목조건물로 서양식의 웅장한 자태를 자랑했다고 하는데요.

지금은 원폭으로 인해 전소되고 앙상한 기초석과 초라한 안내비만이 우리를 맞이해 주었습니다. 평일의 이른 시간이어서일까요? 히로시마평화기념공원이 많은 사람들로 붐비던 것과 달리, 이 곳은 방문객도 거의 없어 더욱 쓸쓸하게 느껴졌습니다. 전쟁이 한때의 번영과 영광을 가져다줄 수는 있을지언정, 결코 영원한 번영과 영광을 가져다 줄 수는 없다는 진리를 말없이 웅변해주는 듯한 풍경이었습니다. 현재 히로시마시에는 어떠한 군사시설도 설치되어 있지 않습니다. 이러한 '평화의 히로시마'가 언제까지나 계속되길 바라며, 우리 일행은 무거운 발걸음을 옮겨 다음 행선지인 구레시로 향했습니다.

2024.7.23

야마토함, 스즈,
그리고 우장춘 박사

2024년 4월 26일 청일전쟁 당시 많은 군사시설이 설치되었던 히로시마 성을 떠난 우리 일행이, 히로시마의 명물 오코노미야 키로 점심을 해결하고 향한 곳은 구레시吳市였습니다. 히로시마가 근대 일본의 육군도시로 유명한 곳이라면, 구레는 해군도시로 유명한 곳인데요. 히로시마에서 남동쪽으로 20km 떨어져 있는 구레는, 히로시마에서 열차를 타고 한 시간이면 갈 수 있는 해안가 도시입니다. 히로시마에서 구레까지 가는 열차에서 바라본 세토나이카이의 풍경은 너무나 잔잔하여 마치 커다란 호수처럼 보였습니다.

구레가 일본을 대표하는 해군도시로 성장하게 된 첫 번째 계기는 1889년 해군 진수부해군 함대의 개장, 수리, 무장, 보급을 담당하는 후방사령부가 설치되면서부터인데요. 구레에 진수부가 설치된 이유는 파도가 잔잔하고, 수심이 깊으며 입구가 넓었기 때문입니다. 이후 구레는 일본 해군과 함께 성장하였고, 일본에서 첫째 가는 조선소가 건설되는 등 군사도시로서 발전하는데요. 특히 구레는 일본이 본격적인 군국주의로 나아가기 시작한 만주사변[1931] 이후부터 크게 발전합니다. 이후 수많은 함정, 항공기, 항공모함, 잠수함 등을 생산하였는데, 1937년부터 1941년 사이에는 매년 평균 일곱 척의 함정을 만들기까지 했다고 합니다.

이처럼 일본의 최첨단 기술이 모였던 구레를 상징하는 것은 말할 것도 없이 야마토함입니다. 당시 일본이 추구한 대함거포주의大艦巨砲主義의 상징이기도 한 야마토함은 실로 거대한 함포를 가진 큰 전함이었습니다. 야마토함의 길이는 263m이고 높이는 54m였으며, 사정거리는 무려 42km에 이르렀습니다. 1941년에 완성된 야마토함은 당시 일본은 물론이고 세계에서도 가장 큰 전함이었는데요. 일본이 국운을 걸다시피 하며 극비리에 만들었던 야마토함은 사실 그 존재 자체가 시대착오적인 것이었습니다. 당시 해전의 주역은 이미 전함에서 항공모함으로 옮겨가고 있었으니까요. 해전에서의 공격은 이전처럼 함포를 이용하는 것이 아니라, 항모를 떠난 비행기를 통해 이루어졌습니다. 그렇기에 야마토함의 군사적 효용은 그렇게 높을 수가 없었는데요, 더욱 허무한 것은 1945년 4월 7일 오키나와로 이동하던 도중 미군 비행기의 폭격을 받아 싸움다운 싸움도 못해보고 '불침함不沈艦 야마토'가 침몰해 버리고 말았다는 사실입니다.

그러나 야마토함에 대한 일본인들의 향수는 대단한 것이어서, 구레시가 2005년에 건설한 구레시해사역사과학관吳市海事歷史科学館의 이름은 아예 '야마토 뮤지엄'일 정도입니다. 이곳에서는

실제 야마토함의 10분의 1 축소모형

전망대에서 바라본 구레의 모습

군항으로서 발전해 온 구레의 역사, 구레가 보유했던 제강과 조선 등의 기술을 한눈에 볼 수 있지만, 이 곳의 주인공은 단연 야마토함이여서, 박물관의 현관에 해당하는 곳에는 야마토함을 10분의 1로 축소해 놓은 모형이 방문객을 맞이하고 있었습니다.

전쟁 당시 구레는 야마토함으로 대표되는 일본의 대표적인 해군도시이자 공업도시이기도 했지만, 그런 이유로 해서 미군의 엄청난 공습을 받기도 했습니다. 만화와 애니메이션으로 만들어진 「이 세상의 한 구석에서」_{만화는 2007~2009년, 애니메이션은 2016년}는 히로시마에서 구레로 시집간 스즈라는 어린 여성을 주인공으로 내세워 전쟁 당시 구레의 모습을 실감나게 보여줍니다. 이 작품에서 스즈가 주로 하는 일은 전망 좋은 곳에서 바다 위에 떠 있는 전함을 바라보는 것과 공습경보가 울리면 대피호에 숨는 일입니다. 이러한 작품의 상황은 구레의 실제 역사적 상황에 그대로 부합되는 것인데요. 안타깝게도 폭탄이 터지는 바람에 조카 하루미는 즉사하고, 스즈는 오른손을 잃고 맙니다. 선량하기 이를데 없는 스즈의 유일한 취미이자 특기가 그림 그리기였다는 것을 생각하면, 오른손의 상실은 스즈에게 견디기 어려운 고통이었을 겁니다. 이외에도 「이 세상의 한 구석에서」는 구레의 면모를 유감없이 보여주는데요. 스즈의 눈을 통해 바라본 구레 사람들은 대부분 해군과 관련된 일을 하며 살아가고, 구레 시내는 당시의 군수경기로 인해 흥청망청하기도 합니다. 너무나 착하고 순박한 스즈는 아무런 잘못도 없이 오른손을 잃고 수많은 가족을 잃습니다. 이런 스즈를 통해 바라본 2차 세계대전이란 죄없는 스즈^{일본인}가 누군가^{미군}에 의해 끊임없이 고통을 겪는 것으로 보이기까지 하는데요. 아무리 스즈에게 감정이입을 하더라도, 이 전쟁 당시 '이 세상의 다른 구석'에서 수많은 사람들이 일본군에 의해 죽어갔다는 사실도 잊어서는 안 될 겁니다.

야마토 뮤지엄을 관람한 우리 일행은, 근처의 다른 해군 관련 전시관도 둘러 보았는데요. 히로시마가 어떠한 군사시설도 없는 평화도시로 남은 것과 달리, 구레는 지금도 일본의 대표적인 군항도시로 남아 일본해상자위대의 중심지 역할을 하고 있었습니다.

구레 답사를 마치고, 히로시마로 돌아오며 저는 미처 들르지 못한 곳이 있다는 것을 깨달았습니다. 사실 구레는 '씨없는 수박'으로 유명한 우장춘 박사^{1898~1959}가 유년 시절을 보낸 곳으로서, 우장춘은 구레중학교의 5회 졸업생이기도 합니다. 여러분들도 알다시피 우장춘의 아버지 우범선^{1857~1903}은 명성황후 시해 사건에 가담했다가 일본으로 도피한 인물이지요. 그가 1903년 고영근에게 암살된 곳도 바로 이곳 구레였으며, 우범선의 묘는 지금도 구레에 남아 있습니다.

우장춘은 말년에 가족을 모두 일본에 두고 홀로 귀국하여 조국의 발전에 지대한 공헌을 합니다. 그런 공을 기려, 대한민국 정부는 우장춘이 죽기 3일 전에 문화포장을 수여하는데요, 우장춘은 그 훈장을 받고 "조국이 나를 인정했다"며 피눈물을 흘렸다고 합니다. 우장춘의 눈물 속에는 평생을 이방인으로 살았던 자신이 드디어 조국으로부터 인정받았다는 기쁨과 더불어,

아버지 우범선이 자신을 통해 조국으로부터 용서받았다는 감격도 담겼었는지 모르겠습니다.

2024.8.6

바다 위에 떠 있는
신사를 찾아

지금까지는 히로시마와 관련해 원폭이나 전쟁에 관련한 이야기에 집중한 것 같습니다. 그러나 히로시마는 아름다운 경치로도 유명한 곳인데요. 히로시마현을 일컬어 '일본의 축도縮圖'라고 부르는 것에서도 알 수 있듯이, 히로시마에는 일본 하면 사람들이 흔히 떠올리는 바다, 섬, 산, 평야 등이 모두 존재합니다. 일본 최초의 국립공원인 '세토나이카이국립공원'1934년 지정의 중심지도 바로 히로시마현이며, 히로시마현에는 두 개의 세계문화유산이 존재하기도 합니다. 두 개의 유산 중 하나가 바다 위에 지어진 이쓰쿠시마신사嚴島神社인데요. 4월 27일 우리 일행이 향한 곳은 바로 이 신사입니다.

이쓰쿠시마신사가 있는 히로시마현 남서부의 이쓰쿠시마에 가기 위해서는, 먼저 히로시마 시내에서 열차를 타고 35분 정도를 달려 미야지마구치역에서 내린 후에, 다시 페리로 갈아타고 10여 분 정도를 더 가야 합니다. 이 날은 미야지마구치역에서부

이쓰쿠시마신사를 상징하는 바다 위의 도리이

해상에 건설된 이쓰쿠시마신사 전경

터 수많은 일본인들로 발걸음을 떼어 놓기도 힘들 정도였는데요. 나중에 알고 보니 이 날은 골든위크^{황금연휴}로 불리는 긴 연휴의 첫 번째 날이었습니다. 보통 4월 29일인 '쇼와의 날'부터 5월 5일 '어린이날'까지 이어지는 일주일이 넘는 연휴 기간을 일본인들은 '골든위크'라 부르며, 국내외로 여행을 떠나고는 하는데요. 2024년에는 토·일요일과 대체 공휴일까지 겹치는 바람에 골든위크가 무려 4월 27일부터 5월 6일까지 이어졌던 것입니다. 저희는 미처 그 정보까지는 확인하지 못한 채, 일본인들이 모두 여행을 떠난다고 해도 과언이 아닌 골든위크의 첫 번째 날, 일본 3대 절경^{나머지 두 개는 교토의 아마노하시다테와 미야기현의 마쓰시마}의 하나로 꼽혀 평소에도 사람들로 붐비는 이쓰쿠시마에 간 것이었습니다.

우리가 일본에 가면 가장 이색적이면서도 가장 흔하게 접하는 것이 아마도 신사일 텐데요. 신사는 그야말로 일본인의 일상에 깊이 뿌리박고 있는 대상이라고 해도 과언이 아닙니다. 정초가 되면 유명 신사에는 수백만의 사람이 방문했다는 뉴스가 들려오기도 하고, 인생의 중요한 시기를 지날 때면 일본인들은 늘 신사에 가고는 하니까요. 이러한 신사를 이해하기 위해서는, 신사를 의미하는 옛날 단어가 '모리^{森,숲}'였다는 것에서 출발하는 것도 좋은 방법인 것 같습니다. 모든 고대인들이 그러했듯이, 먼 옛날의 일본인들도 장엄하거나 아름다운 자연에는 신(령)이 깃들어 있다고 믿었는데요. 그렇기에 사람들은 신성한 장소에 신전을 짓고 의례를 치르며 신앙의 대상으로 삼았으며, 그 과정에서 탄생한 것이 바로 신사라고 합니다. 지금도 신사는 신성한

멀리서 바라본 이쓰쿠시마의 모습. 신비로운 미센산의 능선과 빨간 도리이가 보인다

다이라노 기요모리 동상

느낌을 주는 자연을 배경으로 한 경우가 많습니다.

이쓰쿠시마의 자연은 아주 오래전부터 숭배의 대상이었는데요. 그 이유는 섬의 중앙에 자리한 해발 535m의 미센산弥山이 지닌 능선의 신비로움과 아름다움에서 찾아야 할 것 같습니다. 이쓰쿠시마는 섬 전체가 하나의 거대한 화강암으로 되어 있는데요, 수백만 년 동안 화강암이 풍화되며 연출된 장엄하고 신비로운 모습으로 인하여, 고대로부터 일본인들은 이 산을 신앙의 대상으로 삼아 왔다고 합니다. 그 결과 섬 전체가 '신의 섬'으로 신성시되었으며, 불교가 전래된 이후에는 미센산의 능선이 마치 관세음보살이 누워 있는 모습에 비유되기도 했다고 하는군요.

그랬던 이쓰쿠시마신사가 오늘날과 같은 모습으로 크게 개축된 것은 1168년 다이라노 기요모리平清盛, 1118~1181에 의해서입니다. 다이라노 기요모리는 자신의 구미에 맞춰 천황을 갈아치울 정도의 막강한 실력자였는데요. 그는 당시 송나라와의 무역 거점을 하카타후쿠오카의 일부에서 후쿠하라고베의 일부까지로 확장시켜 더욱 큰 부와 권력을 누리고자 했으며, 이때 세토나이카이에 자리한 이쓰쿠시마신사를 해상활동의 거점으로 삼고자했습니다. 그래서인지 이쓰쿠시마의 광장에는 자신을 잊지 말라는 듯, 지금도 다이라노 기요모리의 동상이 자리잡고 있었습니다.

페리에서 내려 이쓰쿠시마신사로 향할 때는, 수많은 관광객만큼이나 많은 사슴들이 우리를 반겨주었는데요. 이쓰쿠시마에는 현재 약 500마리의 사슴이 살고 있다고 합니다. 이 신사의 상징은 누가 뭐래도 바다 위에 떠 있는 붉은 색 도리이鳥居, 신사 입구에 세운 문인데요. 무게가 60톤이나 나가며, 높이 16미터 둘레 10미터에 이르는 이 거대한 도리이는 끊임없이 사람들의 발길을 잡아 끌었습니다. 이 도리이를 제대로 촬영할 수 있는 포토 스팟에 서기 위해서는 길게 줄을 서서 한참을 기다려야 할 정도였습니다. 이쓰쿠시마신사에는 일본의 신불습합神佛習合, 일본 고유의 신앙과 불교가 융합되어 하나의 종교 체계를 이룬 것이라는 종교적 전통을 반영하여, 수많은 불교 유산이 남아 있기도 했습니다.

이 날 우리는 점심으로 히로시마 특산의 장어덮밥을 먹었는데요. 독특하게도 이곳에서는 우나기민물장어가 아닌 아나고바닷장어를 사용하여 덮밥을 만들었습니다. 가격은 우나기보다 저렴하면서도 담백한 맛은 오히려 나은 아나고덮밥과 함께, 이번 히로시마 답사는 조용히 저물어 갔습니다.

2024.8.20

"동해 바다 건너서 야마토 땅은
거룩한 우리 조상 옛적 꿈자리"

2024년 8월 23일 교토국제고가 제106회 일본 전국고교야구선
수권대회일명 고시엔 대회에서 우승했습니다. 이 일은 엄청난 '사건'이
되어 며칠 동안 한국과 일본의 매스컴을 뜨겁게 달구었는데요.
한 고등학교가 고교야구대회에 나가 우승한 것이 뭐 그리 대단
하냐고 생각할 수도 있지만, '고시엔 대회'와 '교토국제고'에 대
해 알게 된다면, 한국과 일본이 뜨겁게 반응하는 것에 고개가
끄덕여질 수밖에 없을 겁니다.

효고현의 니시노미야에 있는 고시엔 구장은 갑자년甲子年에 완
공되어 '고시엔甲子園이라는 이름이 붙었습니다. 약 80개의 고교
야구팀이 있는 한국과 달리, 일본에는 약 4,000개의 고교야구팀
이 있다는데요. 그럼에도 전국대회는 고시엔에서 봄과 여름에
열리는 두 차례의 대회밖에 없다고 합니다. 역사나 위상 등에서
모두 '봄의 고시엔 대회'보다는 '여름의 고시엔 대회'를 더 쳐주
는데요. 이번에 교토국제고가 우승한 대회가 바로 '여름 고시엔

고시엔 구장의 모습

대회'입니다.

'여름 고시엔 대회'에 나가는 팀은 4,000여 개의 학교에서 선발된 49개 팀뿐이라고 합니다. 일본의 47개 도도부현都道府県에서 도쿄와 홋카이도만 두 팀이 출전하고, 나머지 지역에서는 한 팀만 출전하는데요. 도쿄국제고도 총 73개 팀이 참석한 교토 예선에서 다른 팀을 모두 이기고 출전한 것이라고 합니다. 고시엔에 나가는 거야말로 어린 선수들의 꿈이며, 그렇기에 메이저리그에서 활동하는 선수도 적지 않은 야구대국 일본이건만, 일본 야구 만화의 대부분은 여전히 고시엔을 배경으로 하고 있을 정도입니다.

사실 고시엔은 일본인에게 '야구 성지' 이상의 의미를 지닌 야구장입니다. 전문가들에 따르면, 처음 이 대회를 만들 당시 일본인들은 고시엔을 통해 무사도의 현대적 변용을 꿈꾸었다고 합니다. 과거 새파란 젊은이들이 자기 지역을 위해 칼 한자루에 목숨을 걸었듯이, 근대의 젊은이들은 배트와 글러브에 모든 것을 걸고 모교와 지역의 명예를 위해 싸우는 모습을 연출하고자 했다는 거지요. 그렇기에 고시엔에서는 매너나 스포츠맨십과 같은 태도를 무엇보다 중요시합니다. 평소의 생활태도에까지 엄격한 규율을 부여하는데요.

일례로 2006년에는 홋카이도를 대표하여 고시엔에 나가기로 되어 있던 선수들이 술집에서 담배를 피우고 술을 마셨다는 이유만으로 출전을 포기하기도 했을 정도입니다. 고시엔은 '감동 포르노'라는 별명이 붙을 정도로, 대회에 참여하는 모두가 감정을 노골적으로 드러냅니다. 멋진 경기를 하면 기뻐서 울고, 졸전을 펼치면 아쉬워서 울고, 이기면 이겨서 울고, 지면 져서 우는 고시엔은 그야말로 순심으로 가득한 청춘의 눈물바다라는 생각이 듭니다.

이런 무대에서 한국계 고교가 우승을 했으니, 그것은 '사건'이 될 수밖에 없을 테지요. 지금으로부터 30여 년 전에 고시엔에서 재일한인이 커다란 주목을 받은 일이 한번 있었습니다. 1981년 8월 21일 치러진 제63회 고시엔 대회의 결승에 나선 팀은 교토쇼교와 호토쿠가쿠엔이었는데요, 교토쇼교가 공격에 나섰을 때 전광판에는 '한유'와 '정소성'이라는 한국어 이름이 당당히 올라 있었던 겁니다, 이후 한 인터뷰에서 한유는 "본명으로 나와서 결승까지 살아남았다는 것만으로도 편지를 세 박스 정도나 받았어요"오시마 히로시, 『재일코리안 스포츠 영웅 열전』, 유임하 조은애 공역, 연립서가, 2023라고

신주쿠의 기노쿠니아 서점 스포츠 잡지 코너를 도배하다시피 한 교토국제고 우승 소식

증언할 정도로 큰 반향을 일으켰습니다.

그런데 이번에는 전신이 1947년 재일한인들이 만든 교토조선 중학교이며, 여전히 한국어 수업이 이루어지며 교가도 한국어 인 학교가 아예 우승을 했으니 그 충격은 대단할 수밖에 없었던 겁니다. 더군다나 고시엔 대회는 공영방송 NHK가 일본 전역에 모든 경기를 중계하는 전통이 있는데요. 이번에는 교토국제고 가 우승까지 하는 바람에 "동해 바다 건너서 야마토 땅은 거룩 한 우리 조상 옛적 꿈자리"로 시작되는 한국어 교가가 자막과 함께 일본 열도에 여러번 울려 퍼졌습니다. 수천명에 이르는 응 원단이 눈물 범벅인 채 일어나 교토국제교 교가를 부르는 마지 막 장면에서, 아마도 한국인으로서 감동을 받지 않기는 힘들었 을 겁니다.

2021년 교토국제고가 처음 고시엔에 진출하여 한국어 교가가

NHK를 통해 일본 전역에 방송되었을 때는 일본 극우단체들이 협박을 하기도 했다는데요. 이번에도 일본의 야구 전문 매체와의 인터뷰에서 교토국제고의 한 선수는 "교가를 부를 때 '우리 저격당하는 거 아니야'라며 모두 걱정했다"고 말하기도 하더군요. 그러나 전광판에 한국어 이름이 올랐다는 것만으로 화제를 불러모으던 시대로부터, 한국계 학교가 아예 우승을 차지하게 된 시대로의 변모는 일본 사회 역시 적지 않게 변했다는 증거의 하나겠죠. 1999년 야구부를 창단한 교토국제고는 야구 특성화 학교라 할만한데요. 고교생 수는 138명인 이 학교에서 야구 선수는 무려 61명이라고 하네요. 한국계 학교에서 재일한인과 일본인이 함께 야구팀의 일원이 되어 고시엔에서 뛰는 모습은, 다가올 미래의 한 가지 모습이라는 생각이 듭니다.

2024.9.3

품격 있는 사회를
위한 조건

    2025년은 고베와 오사카 지역을 강타한, 한신·아와지^{阪神·淡}_路 대지진이 발생한 지 30년이 되는 해입니다. 일본은 우리와 가까운 나라지만, 우리와는 달리 참으로 지진이 많은 나라인데요, 1995년 1월 17일 한신·아와지 지역에 발생한 진도 7.3의 강진으로 인해 무려 6,500명에 이르는 사망자가 발생했습니다. 오사카와 고베 지역이 일본 경제의 중심지인 만큼, 피해액도 당시까지로는 최대 규모인 약 10조엔에 이르렀습니다.

    한신·아와지 대지진 30주년을 맞는 일본에서는 여러 가지 행사가 펼쳐지고 있는데요. NHK의 장수 프로그램인 『100분 명저 100分de名著』에서는 2025년 1월 安克昌1960~2000의 『마음의 상처를 치유한다는 것心の傷を癒すということ』1996이라는 책을 다루었습니다. 이 프로그램은 요시모토 다카아키吉本隆明, 1924~2012의 『공동환상론』 1968이나 칸트Immanuel Kant, 1724~1804의 『순수이성비판』1781과 같은 일본과 동서양의 고전을, 두 명의 진행자와 해당 분야의 전문가

가 나와 한 달 동안 다루는 교양 프로그램입니다. 그 권위 있는 방송에 오사카에서 태어난 재일한인 安克昌의 저서가 다루어진 것인데요, 방송이 시작된 지 약 15년이 되어 가는 지금까지 한인의 저서가 다루어진 것은 『마음의 상처를 치유한다는 것』이 처음입니다.

　『마음의 상처를 치유한다는 것』은 한신·아와지 대지진이 사람들의 마음에 가져온 충격과 이후 安克昌안극창이 현장에서 펼친 치료 활동을 기록한 일종의 르포르타주입니다. 이 책은 대지진이 발생한 직후, '피해지의 의료기록'이라는 제목으로 신문에 31회 연재한 글들을 모은 책으로, 1996년에는 산토리 학예상을 수상하기도 했습니다. 『마음의 상처를 치유한다는 것』은 일본에서 고전의 지위를 확고히 한 것으로 보입니다. 1996년에 '고베 365일'이라는 부제를 달고 초판이 나온 이후, 2011년에는 '대재해 정신의료의 임상보고'라는 부제를 단 개정증보판이, 2019년에는 '대재해와 마음돌봄'이라는 부제를 단 신증보판이 계속해서 출판되고 있으니까요. 뿐만 아니라 2020년에는 같은 제목의 드라마가 만들어지고, 이후에는 영화로도 만들어져 일본인들의 많은 사랑을 받았습니다.

　『마음의 상처를 치유한다는 것』이라는 책뿐만 아니라, 安克昌이라는 사람 자체가 정신과 의사로서의 지위를 확고히 하고 있는데요. 일례로, 2022년에 일본의 대표적인 정신과 의사들을 다루는 '마음의 과학'이라는 학술 연구서 시리즈의 하나로, 『安克昌의 임상작법』이라는 책이 출판되기도 했습니다.

고베항에 위치한 지진 메모리얼 파크

　일본에서 트라우마심적 외상, PTSD외상후스트레스장애, 마음돌봄心のケア
등의 말이 널리 퍼지기 시작한 것은 한신·아와지 지진이 발생
한 1995년부터라고 합니다. 그러한 공론화의 한복판에 재일한
인 安克昌의 헌신적인 노력이 있었습니다. 安克昌은 근무하는
병원에서 환자를 진료하는 것은 물론이고, '상담의 방문판매'
라고 할 정도로 피난소 등을 열심히 찾아다니며 피해자들을 만
났고, 그것도 모자라 자신이 겪은 일들을 신문에 연재까지 했
던 겁니다. 그렇기에 그가 지진으로부터 5년밖에 지나지 않은
2000년에 젊은 나이로 세상을 떠난 것도, 이때의 과로가 원인이
되었을 거라고 짐작하는 이들도 많습니다.
　본래 트라우마 연구로 유명했던 安克昌은 『마음의 상처를 치
유한다는 것』에서 대지진을 겪은 사람들이 PTSD에 시달리는
모습을 생생하게 기술했는데요. 피해자들이 겪는 과도한 각성,

안창극에 관련된 책들

사건의 재체험, 회피^{의욕 부족}, 부정적 인지나 기분 등의 증상이 대표적입니다. 이외에도 생존자들이 느끼는 상실감과 자책감, 그리고 살아남았다는 이유만으로 겪는 죄의식에도 주목했습니다. 피해자들이 겪는 증상 중에는, 安克昌 본인도 겪은 일로서 지진 현장을 벗어나면 그곳을 현실이 아닌 환상처럼 느끼는 '리얼병'이라는 것도 있습니다.

安克昌은 마음의 상처를 극복하는 방법도 제시하고 있습니다. 그 핵심은 사람들 사이의 연결이며, 그것은 바로 '함께 있다는 것', 그리고 '함께 한다는 것'입니다. 심지어는 고통받고 있다는 것을 누군가가 알아준다는 것만으로도 피해자는 많은 힘을 얻는다고 합니다. 그 누구도 혼자 내버려 두지 않는 것이야말로 치료의 시작이었던 것입니다. 중요한 또 하나의 요소는 피해자가 외부의 공포와 위협으로부터 안정감을 얻을 수 있는 '심리적 거처'입니다. 그렇기에 진정한 마음돌봄은 진료실의 의사뿐만 아니라 사회 전체가 나설 수밖에 없는 일입니다. '혼자 내버려 두지 않는 것', '심리적 거처'를 마련하는 것은, 공동체 구성원의 참여로만 이루어질 수 있기 때문입니다. 安克昌은 누구도 혼자 방치되지 않고, 누구나 존중받는 사회야말로 품격 있는 사회라고 주장했습니다.

安克昌이 재난을 당한 사람들의 마음을 이토록 깊이 있게 이해하고, 그들을 위해 헌신할 수 있었던 근본적인 힘은 과연 어디에서 왔을까요? 그것은 아마도 그가 재일한인이라는 사실과 무관하지 않아 보입니다. 재난은 사람을 한순간에 사회의 약소자로 만들기에, 재일한인으로 살아온 安克昌은 그 누구보다 피해자들의 마음을 깊이 그리고 따뜻하게 바라볼 수 있었던 것은 아닐까요? 실제로 安克昌은 자신의 출신을 숨기기 위해 '안安'이라는 본래의 성 대신 '安田'라는 일본 성을 대학에 입학할 때까지 사용했다고 합니다. 安克昌의 품격 있는 사회를 만들기 위한 헌신 뒤에는, 재일한인으로 살아온 그의 만만치 않은 삶이 놓여 있다는 생각을 해봅니다.

2025.4.2

고대의 하늘을
훨훨 날아다녔던 날

나라奈良현 천리시에 위치한 텐리대학에서는 2024년 10월 5일부터 6일에 걸쳐 이틀간, 조선학회가 열렸습니다. 조선학회는 무려 75년의 역사를 자랑하는 전통 있는 학회인데요. 저는 고도古都인 나라를 조금이라도 더 보기 위해서, 학회가 열리기 하루 전에 나라로 향했습니다. 아침도 굶고 7시에 시나가와역에서 교토행 신칸센을 탔습니다, 10시 30분쯤 나라에 도착한 제가 처음 향한 곳은 스케일이 큰 궁터와 오래된 사원으로 유명한 나라의 니시노쿄 지역이었습니다.

그 중에서도 가장 먼저 향한 곳은 나라 시대 왕궁이 있던 헤이죠平城 궁터였는데요, 예전의 건축물 중에서는 정전에 해당하는 대극전이나 정문에 해당하는 주작문 정도만이 복원되어 있었습니다. 궁터에서 가장 볼만한 것은 1967년 유적이 발굴되어 1998년에 복원이 완료된 도인東院정원이었는데요. 제가 이 곳을 둘러볼 때는 관람객이 아무도 없어 아주 호젓했습니다.

혼자 정원을 둘러보고 있을 때, 그 곳의 관리자가 와서 자신이 한국을 여섯 번이나 방문했으며, 자신의 아내는 한국어를 배운다며 친근감을 표시했습니다. 한국의 역사에 관심이 많다던 그분은, 스마트폰을 꺼내 익산에서 찍은 미륵사지석탑 사진을 보여주기도 했는데요. 이 분은 도인정원이 일본식 정원의 원형이 되었으며, 한국으로 치자면 경주의 안압지와 비슷한 역할을 했던 곳이라고 설명해 주었습니다. 아주 핵심만 정확하게 짚어낸 좋은 설명이었습니다. 일본정원의 원형이 되어서인지, 도인정원이 일본 지폐에도 나올 정도로 유명한 우지시의 뵤도인과 비슷하다는 느낌이 들었습니다.

이후에는 버스를 타고 세계문화유산인 야쿠시지藥師寺로 이동했습니다. 야쿠시지는 국보인 동탑과 1981년에 재건된 서탑, 그리고 금당에 모셔진 약사삼존상으로 유명한데요. 처음 금당 양옆에 있는 동탑과 서탑을 보았을 때, 나도 모르게 탄성이 터져 나왔습니다. 한국에서는 보기 어려운 목탑의 웅장함과 정교함이 정말 대단했던 것입니다. 또한 금당에 모셔진 일광보살과 월광보살은 너무나 요염하여, 불경스럽게까지 느껴질 정도였습니다.

가시지 않는 감흥을 안고 야쿠시지를 나와, 나라 관광의 거점이라 할 수 있는 나라공원으로 향했는데요. 버스정류장으로 향하는 길 옆에 도쇼다이지唐招提寺라는 사찰이 나타났습니다. 나라와 관련한 어떤 홍보물에서도 본 적이 없는 사찰이기에 저는 그냥 지나쳤습니다.

그런데 얼마를 더 가자 믿을 수 없는 광경이 펼쳐졌습니다.

도인정원의 모습

야쿠시지를 상징하는 금당과 좌우의 동탑과 서탑

글쎄 고대사를 다룬 빛바랜 책갈피 속에서나 보았던 전방후원분前方後圓墳이 눈앞에 나타난 것입니다. 전방후원분은 전면이 네모꼴이고 후면이 원형인 형태의 무덤으로서, 주위에는 해자를 두른 거대한 고분입니다. 예기치도 않게 실물로 전방후원분을 보게 되니, 저는 저 먼 고대사의 하늘 속으로 날아오르는 기분이 들었습니다. 흥미로운 것은 이런 전방후원분이 한반도의 서남부 지역에서도 집중적으로 발견된다는 사실입니다. 이런 특이한 형태의 무덤이 바다를 사이에 두고 똑같이 나타난다는 사실이, 고대 한반도와 일본 열도의 긴밀한 관계를 떠올리게 했습니다.

저는 마치 대단한 발견이라도 한 것처럼 흥분하여, 그 넓은 무덤 주위를 몇 번이나 둘러보았는데요. 그 고분의 주인공은 2,000년 전에 일본에 살다 간 스이닌垂仁 천황이었습니다. 특히 이 고분과 관련해서는 흥미로운 전설이 하나 있었는데요. 해자의 한 곳에 떠 있는 조그만 섬이, 스이닌 천황의 신하였던 다지마모리田道間守의 무덤이라는 것이 그 전설의 내용입니다. 스이닌 천황은 '불로불사의 향기로운 과일非時香果'을 찾아오라는 명령을 다지마모리에게 내렸고, 다지마모리는 죽을 고생을 한 끝에 그 향과를 구해옵니다. 그러나 스이닌은 이미 죽은 후였고, 다지마모리는 향과의 절반은 황후에게 바치고 절반은 죽은 천황에게 바친 후에 자살하고 맙니다. 이후 사람들은 '불로불사의 향기로운 과일非時香果'를 귤로 생각했고, 그래서인지 고분 주위에는 감귤 나무가 곳곳에 심겨져 있었습니다.

전방후원분인 스이닌 천황릉

다지마모리와
귤나무에 얽힌 전설을
알려주는 안내판

고대의 하늘을 훨훨 날아다녔던 날   229

경전, 의복, 불구 등을 보관하는 도쇼다이지의 창고

　여전히 풀지 못한 고대사의 비밀을 잔뜩 가슴에 품은 채, 나
라공원에 가기 위해 버스에 급하게 올랐는데요. 너무 서둘렀던
탓일까요? 버스에 오른 지 10분 정도가 지난 후에야 반대 방향
의 버스에 올랐다는 것을 깨달았습니다. 이미 4시가 가까워진
시간. 할 수 없이 나라공원으로의 이동은 포기하고, 그냥 지나
쳤던 도쇼다이지에 가보기로 결심했습니다.

　그런데 실제로 가 본 도쇼다이지는 결코 그냥 지나칠 절이 아
니었습니다. 당나라의 고승 감진鑑眞, 688~763을 어렵게 초빙하여
세운 이 절은, 한 고승의 법력으로 유지되는 절이어서 그런지
몰라도, 세속적인 느낌이 덜했습니다. 특히 불교 계율을 가르치
던 도장답게 강당이나, 교육을 위해 사용되는 경전 등을 보관한

학교 창고 등이 더욱 경건한 느낌을 주었는데요. 푸른 주단을 펼쳐 놓은 듯한 이끼 정원 역시 빼놓을 수 없는 아름다움이었습니다. 이토록 멋진 절이 왜 다른 절만큼 홍보가 안 되는 것인지, 혹시 절 이름에도 당唐이 들어가고, 감진이라는 중국 승려와 관련되어서 그런 건 아닌지 하는 의문도 들었습니다.

한반도 남서부에서 발견되는 전방후원분과 당나라로부터 온 고승이 세워 수천년을 이어온 고찰을 떠올리며, 고대의 동아시아는 우리가 생각한 것보다 훨씬 가까운 사이였을지도 모른다는 상상의 나래를 펼쳐본 나라 여행의 첫번째 날이었습니다.

2024.10.29

고색창연함과 화려함과 거대함과 세련됨에
숨이 찼던 하루

2024년 10월 5일은 오후부터 조선학회의 발표가 시작되지만, 저는 나라 관광을 좀더 하기로 했습니다. 나라의 그 많은 관광지를 남겨두고는 학회의 발표가 귀에 들어올 거 같지 않았기 때문입니다. 가장 먼저 향한 곳은 일본에서 최초로 세계문화유산에 등록된 호류지法隆寺였습니다. 1400년이 넘는 역사를 자랑하는 호류지는 무려 200개 가까운 국보와 중요문화재를 가지고 있는 일본의 대표사찰입니다. 호류지의 금당, 오중탑, 중문 등은 세계에서 가장 오래된 목조 건축물이기도 한데요. 전날 야쿠시지의 동탑과 금당 등을 보고 나도 모르게 탄성이 나왔다면, 호류지의 오중탑과 금당을 보았을 때는 그 고색창연함으로 인해 말문이 막히고 말았습니다.

호류지가 저를 잡아끈 이유는 고대 한반도와의 관련성 때문입니다. 이곳에는 명칭에 '백제'가 들어가 있는 백제관음상과 한때 고구려 승려 담징이 그렸다고 알려졌던 금당 벽화가 있는데요. 다행히 백제관음은 일반에 공개되고 있었습니다. 오늘날 반론도 많지만, 백제관음에 대한 가장 오래된 기록에는 백제관음상이 "백제에서 온 것"이라고 분명하게 기록되어 있습니다.

일본의 미학자인 야나기 무네요시는 「조선의 벗에게 보내는 글」[1920]에서 호류지의 백제관음은 "일본의 국보라 불리고 있으나 차라리 조선의 국보라 불리어 마땅할 것이다"라고 말하기도 했습니다. 설령 백제관음상이 '백제계 도래인이 만든 것'이거나, '백제의 것처럼 아름다운 것'이라는 의미라고 하더라도, 이 불상이 한반도와 깊은 관련을 맺고 있다는 사실만은 변함이 없을 겁니다. 또 하나 백제관음이 저에게 더욱 특별하게 다가온 이유는 일본에서 '비평의 신'이라 일컬어지는 고바야시 히데오 小林秀雄, 1902~1983의 감상평 때문이었습니다. 1940년 12월에 발표된 「감상」이라는 글에서 고바야시 히데오는 다음과 같이 적어 놓았던 겁니다. 너무나 충격적이기에 옮겨보면 다음과 같습니다.

어느 날 그 유명한 백제관음을 보고 있자니 문득 이것은 정말 외설스럽다고 느껴졌다. 보들레르의 일기 속에 "야윈 여자일수록 외설스럽다"라는 구절이 있는데 정말 그 구절의 느낌이라고 생각되자 매우 강한 느낌이 들어 (백제관음을 보면서) 히죽히죽 웃고 있자니, 돌연 자기가 웃는 그 얼굴의 의미가 분명히 이해되었다. 모든 것이 사라지고, 그 옛날의 건전한 의미를 모조리 벗어던지고, 유리상자 속에 추상화된 역사의 잔해의, 그로테스크하다고 형용할 수밖에 없는 목우木偶의 무리 속에 나는 둘러싸여 있었다. 나는

호류지의 금당

호류지의 오층탑

와카쿠사산若草山으로 도망쳤다.

　고바야시 히데오는 백제관음에게서 외설스러움을 발견하여 히죽히죽 웃다가 결국에는 산으로 도망쳤다는 것인데요. 오랜 세월의 흔적으로 검게 변해 있는, 높이 2미터의 백제관음을 보았을 때, 저는 외설스러움은 그 흔적조차도 볼 수 없었습니다. 고바야시와는 달리 저는 히죽히죽 웃는 대신 뜨거운 눈물이 났습니다. 일본에서 보아온 불상과는 너무도 다른 분위기의 백제관음상은 한반도에서 일본열도로 간 수많은 선조들의 기대와 슬픔을 모두 품어 안고 있는 것처럼 느껴졌기 때문입니다.

　저는 고구려 승려 담징의 흔적도 찾아보려 백방으로 뛰어다녔지만, 어디서도 그 발자취를 찾을 수는 없었습니다. 감정을 추스르고 절을 나와 지도앱를 보았을 때 근처에 고분이 있다는 것을 알게 되었습니다. 10분 정도를 걸어서 도착한 후지노키 고분은, 전날에 본 전방후원분과는 달리 우리에게도 익숙한 원분이었습니다. 이 고분에서는 금동제 왕관이나 신발 등이 출토되었다고 하는데요. 이곳에서 나온 유물 역시 한반도와의 관련성을 드러내는 것들이라고 합니다. 제 머리 속에서는 전날에 이어 계속 고대 한반도와 일본열도의 관계에 대한 상상의 날개가 한껏 펼치지고 있었습니다.

　이후에는 전철을 타고 나라의 대표적인 관광지이자 사슴이 많기로 유명한 나라공원으로 향했는데요. 처음 간 곳은 연못에 비치는 높이 50미터의 오중탑으로 널리 알려진 고후쿠지興福寺였

후지노키 고분

습니다. 안타깝게도 오중탑은 수리중이어서, 탑도 그 그림자도
볼 수가 없었습니다. 하지만 30개가 넘는 국보와 중요문화재를
전시하고 있는 국보관이 저의 아쉬움을 달래 주었습니다.

그 많은 보물 중에서도 아수라입상阿修羅立像과 용등귀입상龍燈鬼
立像은 참으로 인상적이었는데요. 8세기 전반에 만들었다는 아
수라상은, 아름다운 서양 여성의 모습으로서, 21세기 헐리우드
영화에 출연해도 어색하지 않을 거 같았습니다. 13세기 초에 제
작된 용등귀입상은 악귀가 등롱을 머리에 이고 있는 모습이었
는데요. 한껏 폼을 잡고 있었지만 훈도시일본의 남성 속옷 차림의 악귀
는 아무리 보아도 무섭다기보다는 익살스럽게 느껴졌습니다.
그동안 한국에서 자애로운 모습의 불상만 보아온 저에게는 새
로운 경험이었습니다.

다음으로 들른 도다이지東大寺에서는 우리에게 익숙한 '축소

세계 최대의 목조건물인 도다이지 대불전

지향의 일본인'이라는 명제를 잠시 잊어야 할 거 같았습니다. 일단 절의 면적부터 야구장 50개가 들어갈 만큼 어마어마하게 넓었고, 주불로 모셔진 비로자나불은 손바닥 크기 하나가 2.5미터에 이를 정도였으며, 그 불상을 모신 대불전 역시 세계에서 가장 큰 목조건물이었으니까요. 이 절은 크기로 승부를 보겠다는 듯이, 절의 정문인 남문도 높이 25미터가 넘는 일본 최대의 산문山門이었습니다.

이후에는 이스이엔依水園이라는 정원에 갔는데요, 이 곳은 에도 시대에 만들어진 전원前園과 메이지 시대에 만들어진 후원後園으로 이루어져 있었습니다. 전형적인 지천회유식池泉回遊式 정원으로서, 연못 주위를 거닐며 즐기는 양식이었는데요. 인상적이었던 것은 도다이지 남문이나 와카쿠사산 같은 주변 풍경을 정원 경관의 하나로 끌어온 차경借景이 매우 빼어났다는 점입니다.

이수이엔의 모습

일본의 어디를 가나 외국인 관광객이 많고, 그 중에서도 나라에는 더 많았지만, 그 나라에서도 이수이엔에는 정말로 많았습니다. 그 모습을 보자, 어쩌면 세계공용어는 영어가 아니라 아름다움일지도 모른다는 생각이 들었습니다.

　이수이엔을 나왔을 때는, 아직 햇빛이 뜨거운 오후 4시였는데요. 그런데도 저는 큰 전투라도 치른 군인처럼 무척이나 지쳐 있었습니다. 호류지의 고색창연함과, 고후쿠지의 화려함과, 도다이지의 거대함과, 이수이엔의 세련됨에 아마도 몹시나 숨이 찼던 모양입니다. 잠시 앉아서 쉬기라도 해야겠다고 생각하고 있을 때, 기적처럼 조선 백자가 그려진 미술관의 포스터가 눈에 들어왔습니다. 이수이엔 바로 옆에 있는 네이라쿠寧樂미술관의 포스터였는데요. 이 미술관은 한중일의 고미술품 수천점을 모아 놓은 것으로 유명한 곳이었습니다. 저는 구원이라도 얻은

양, 급하게 그곳으로 가 우리의 도자기들을 찾았는데요. 그제서야 비로소 저는 고국에 있는 지인들처럼 반가운 청자와 백자의 우아함과 담백함과 영롱함과 투명함 속에서, 편안한 숨을 쉴 수 있었습니다.

2024.11.12

어둠을 넘어
빛으로

2024년 10월 6일은 제 75회 조선학회 발표가 있는 날이었습니다. 텐리역 앞에 새로 지은 비즈니스 호텔에서 간단히 조식을 먹은 저는, 동료 학자들과 함께 학회가 열리는 텐리^{天理}대학으로 향했는데요. 텐리대학은 일본에서 가장 먼저 한국어 교육을 시작한 대학으로, 한국학 연구의 뿌리가 깊은 곳입니다. 이것은 텐리대학이 일본의 신흥종교인 텐리교^{天理教}의 해외 포교사를 양성하기 위해 설립된 텐리외국어학교의 후신인 것과 무관하지 않습니다. 텐리교는 1838년 가정주부였던 나카야마 미키^{中山美}^{伎, 1798~1887}가 계시를 받아 일본 나라현 텐리시에서 창시한 일본의 대표적인 신흥종교입니다. 텐리교에서 가장 중요시하는 것은 인류가 즐겁게 사는 것이며, 그래서인지 기관지의 이름도 다름 아닌 『陽氣^{양기}』입니다. 조금 과장하자면, 텐리는 도시 전체가 텐리교의 교당이라고 해도 과언이 아닐 정도로 곳곳에 텐리교 시설이 있었습니다.

이 날은 총 3개 부분^{문학분야, 어학분야, 역사학·고고학·문화인류학}에서 열일곱 명의 발표가 있었고, 제가 속한 문학분야에서는 오전 10시부터 오후 1시 30분까지 총 네 명의 발표가 있었는데요. 이 날 발표에서 가장 인상적이었던 것은 텐리대 구마키 츠토무^{熊木勉, 1964~} 교수의 『김동명의 시와 검열^{金東鳴の詩と檢閱}』이었습니다. 김동명은 '내 마음은 호수요 그대 노 저어 오오'로 시작되는 「내마음」^{『조광』, 1937.6}이라는 시로 유명하죠. 구마키 츠토무 교수는 식민지 시대 여러 자료를 치밀하게 검토한 후에, 본래 김동명^{1900~1968}이 발표하려던 시의 많은 부분이 일제의 검열로 인해 삭제되었다는 것을 밝혀냈습니다. 일제가 삭제한 부분은 민족의식이나 조선의 문화를 절절하게 표현한 것들이었는데요. 구마키 교수에 의하면, 김동명은 이에 좌절하지 않고, 비유^{특히 은유} 등의 방법을 활용하여 검열된 부분을 새롭게 표현했다고 합니다. 흥미로운 점은 오늘날 김동명 시의 특징으로 고평되는 부분은, 대부분 일제의 검열로 인해 탄생한 비유라는 것이었습니다. 외부의 탄압에도 굴하지 않는 김동명의 예술혼이 불후의 명작을 낳았다는 것인데요. 김동명이라는 시인의 숭고한 정신은 물론이고, 시대와 예술의 아이러니한 관계 등을 성찰해 볼 수 있는 소중한 시간이었습니다.

학회에서 준비한 도시락으로 간단히 점심을 해결한 우리 일행은, 교토에 있는 우토로 마을로 향했습니다. 우토로는 2차 세계대전 중 '교토 비행장' 건설을 위해 모집된 조선인 노동자들이 살면서 생긴 마을입니다. 당시 '국책사업이라 징용에 안 가도 된다', '살 곳도 있다'라는 소문을 듣고 많은 조선인 노동자가

제75회 조선학회대회를 알리는 게시물

이곳에 모여들었다고 하는데요. 일본의 패전으로 교토 비행장 건설공사는 중단되었고, 조선인 마을이 된 우토로는 아무런 대책도 없이 일본국제항공공업의 후신인 닛산차체의 소유가 되었습니다. 우토로 마을의 조선인들은 거의 방치되다시피 하였으며, 심지어 이곳에는 수돗물조차 공급되지 않았다고 합니다.

이후 우토로 마을의 퇴거 재판은 역사적 배경을 무시한 채, 철저히 민간인 사이의 토지 소유권 분쟁 차원에서만 진행되었는데요. 그 결과 일본 대법원은 우토로 주민들에게 일방적으로 마을을 명도하라는 명령을 내립니다. 그러나 다행히도 반전은 이

우토로의 조선인 노동자 숙소, 1980년대까지 실제 주거 공간으로 사용됐다고 한다

2018년 1월부터 입주가 시작된 우토로 시영주택

때부터 본격화되는데요. 이후 주민들과 지원자들은 더욱 열성적으로 노력하고, 여기에 한국 정부의 지원과 한일 양국 시민들의 모금이 더해지면서 우토로 마을의 토지 일부를 매입하게 됩니다. 반세기가 훨씬 넘는 동안 불안한 삶을 견뎌야 했던 우토로 주민들에게도 안주할 땅이 드디어 생기게 된 것이죠. 2015년 8월에는 한국의 인기 예능프로그램인 '무한도전'이 우토로 마을을 촬영하면서, 한국 사회에 커다란 반향을 일으키기도 했습니다.

제가 우토로를 찾았을 때는, 그때까지 일본에 머문 날 중에 가장 화창한 날이었는데요. 지난 시절 재일 한인들이 겪은 아픔을 상징하는 우토로 마을이지만, 제가 방문했을 때는 2018년 1월부터 입주가 시작된 우토로 시영주택과 2022년 4월에 개관한 '우토로 평화기념관'이 말끔하게 단장한 모습으로 맞아주었습니다.

'우토르 평화기념관'은 3층 건물인데요, 1층은 '교류를 위한 다목적 홀', 2층은 '우토로 마을의 역사를 보여주는 상설 전시실', 3층은 '기간별로 다양한 내용을 소개하는 기획 전시실'로 이루어져 있었습니다. 이 평화기념관은 참으로 정성스럽게 꾸며져 있어, 누구라도 찬찬히 둘러보면 어두웠던 역사와 그에 굴하지 않고 빛을 향해 나아갔던 재일한인의 뜨거운 발자취를 알 수 있을 정도였는데요. 애니메이션에나 나올 것 같은 푸른 하늘을 배경으로 우뚝 서 있는 '우토로 평화기념관'을 나서며, 저는 두손 모아 한일간의 밝은 미래와 재일 한인의 행복을 기원했습니다.

2024.11.26

시모다에서 생각한
현대인의 원죄

항구도시에서 태어나서인지 바다를 오랫동안 보지 못하면, 바다가 그렇게 그리울 수가 없습니다. 일본에 머물면서 오랫동안 바다를 보지 못한 저는, 2025년 1월 17일 K대학의 A선생과 함께 이즈반도에 있는 시모다 답사를 떠나기로 했는데요. 숙소 근처의 고마바도다이마에역에서 만난 우리는 열차를 몇 번이나 갈아타고 180km 떨어진 시모다로 향했습니다. 이즈반도에 들어설 때부터, 차창 밖으로 펼쳐지기 시작한 바다가 제 마음을 시원하게 해주었습니다.

시모다下田는 일본 시즈오카현의 이즈伊豆반도 남부에 위치한 조그만 항구도시입니다. 남북 길이 50km 정도의 이즈반도는 도쿄의 남동쪽에 자리하고 있으며, 온난하고 풍광이 좋은 데다가, 아타미나 이토 등의 온천까지 발달하여 휴양지로 유명한데요. 시모다가 일본 역사에 본격적으로 등장한 것은, 시모다역의 간판에도 써있는 것처럼 '개국開國의 땅'으로서입니다. 시모다는

1854년 미일 화친 조약이 조인된 곳이며, 하코다테와 함께 일본에서 최초로 개항된 곳입니다. 무려 4시간이나 열차를 타고 달려온 우리가 주로 둘러본 것도 개국과 관련한 흔적들이었는데요. 미국의 페리Matthew Calbraith Perry, 1794~1858 제독이 행진하였다는 페리 로드, 일본의 첫 미국 영사관이 개설되었던 교쿠센지, 일본과 미국이 미일 수호 통상조약을 맺었던 료센지, 일본과 러시아가 러일 화친 조약을 맺었던 조라쿠지 등이 바로 개항의 흔적들이었습니다.

제가 시모다를 처음 알게 된 것은 시인 백석을 통해서입니다. 백석1912~1996은 아오야마가쿠인 대학을 다니던 시절 도쿄에서 기선을 타고 시모다항에 도착한 후에, 근처의 작은 어촌인 가키사키에 머물기도 했는데요. 이때의 체험을 바탕으로 쓴 작품이 바로 시「가키사키柿崎의 바다」1936와 「이즈노쿠니노미나토카이도伊豆國湊街道」1936, 산문「해빈수첩」1934입니다.

시모다는 요즘 어디 가나 외국인이 넘쳐 나는 일본의 다른 관광지와는 달리 한적하고 평화로운 어촌 마을이었습니다. 시모다항에는 페리 제독의 동상과 함께, 가와바타 야스나리川端康成, 1899~1972의 소설「이즈의 무희伊豆の踊子」1926를 기리는 기념비가 서 있었는데요. 우리는 가와바타 야스나리 하면 자동으로『설국』만 떠올리지만,「이즈의 무희」역시 일본인들에게 큰 사랑을 받는 작품입니다.

「이즈의 무희」는 제일고등학교 학생인 '나'가 유랑 가무단과 함께 이즈반도를 다니다가 시모다항에서 헤어지고 도쿄로 돌

아오는 일종의 여로형 소설입니다. 그 여로는 '오늘날' 오도리
코보도^{踊子步道}라 불리고 있으며, 길 주위에는 「이즈의 무희」와
관련된 여러 가지 이정표나 문학비 등이 세워져 있습니다. 「이
즈의 무희」는 가와바타 야스나리의 초기 작품으로서 자전적인
성격이 강한데요. 가와바타 야스나리도 제일고등학교에 다니
던 1918년 이즈반도를 여행했으며, 그때 유랑 가무단과 동행하
기도 했다고 합니다. 또한 작품 속의 '나'는 "고아 근성"과 "우
울"을 견디지 못하고 이즈로 여행을 온 것이라 고백하는데요.
가와바타 야스나리도 두 살과 세 살 때 연이어 아버지와 어머니
를 잃고, 열 살 때는 누나를 잃었으며, 열다섯 살에는 조부마저
잃은 고아였습니다.

'나'는 유랑 가무단, 그중에서도 소녀^{舞姬}와 깊은 교감을 나누
는데요. 주인공이 소녀가 속한 유랑 가무단과 맺는 관계는, '나'
의 머리에 씌어진 모자가 '학생 제모^{制帽}'에서 '사냥모'로, 그리고
다시 '학생 제모'로 변하는 것을 통해 압축적으로 드러납니다.
이 시절 고등학교는 오늘날의 대학교에 해당하며, 주인공이 다
니던 제일고등학교는 오늘날의 도쿄대에 해당합니다. 따라서
주인공이 쓰고 있는 학생 제모는 주인공이 일본 최고학부에 다
니는 엘리트임을 알려주는 증표인데요. 그렇기에 한 숙소에서
만난 노파는 유랑 가무단 사람들에 대해서는 "심한 경멸"을 담
아 "저런 것들이야 어디서 묵을지 알 게 뭡니까요. 아무 데서나
자면 그뿐이죠"라고 말하면서도, 손자뻘인 '나'에게는 극존칭을
씁니다.

백석이 다닌 아오야마가쿠인 대학의 모습

「이즈의 무희」에서 주인공과 무희가 헤어지는 장소인 시모다항에 세워진 기념비

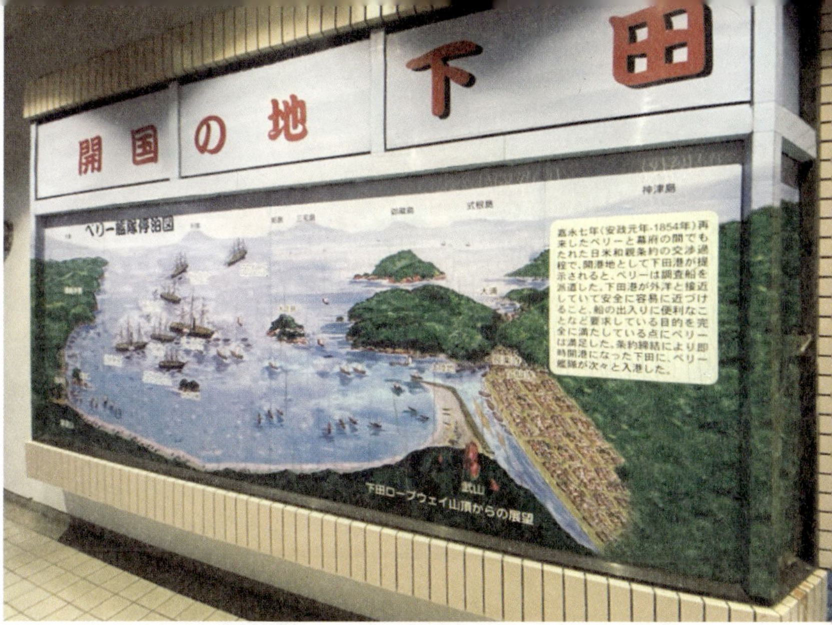
開国の地
下田
ペリー艦隊停泊図
神津島
嘉永七年(安政元年-1854年)再来したペリーと幕府の間でもたれた日米和親条約の交渉過程で、開港地として下田港が提示されると、ペリーは調査船を派遣した。下田港が外洋と接近していて安全に容易に近づけること、船の出入りに便利なことなど要求している目的を完全に満たしている点にペリーは満足した。条約締結により即時開港になった下田に、ペリー艦隊が次々と入港した。
武山
下田ロープウェイ山頂からの展望

'개국(開國)의 땅'이라 써있는 시모다역의 간판

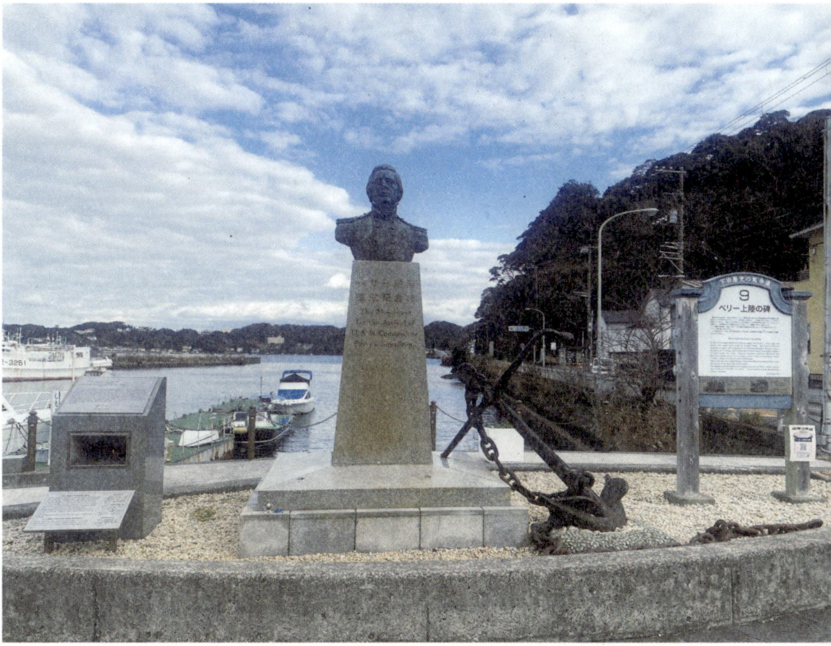
9
ペリー上陸の碑

시모다항의 페리 함대 내항 기념비

「이즈의 무희」 촬영 현장에서 여배우를 물끄러미 바라보고 있는 가와바타 야스나리

그러나 '내'가 소녀를 비롯한 유랑 가무단과 친밀해지자, '나'는 누가 시킨 것도 아닌데 가게에서 산 사냥모를 쓰고, 일고 제모는 가방 안에 쑤셔 넣어 버립니다. '나'는 우월의식에서 벗어나 유랑 가무단과 동화되어 가고 있었던 것입니다. 이런 모습을 보며 유랑 가무단은 '내'가 자신들이 사는 오시마에까지 함께 갈 것이라 기대하기도 하고, 소녀는 '나'를 가리켜, "정말로 좋은 사람이야"라고 말하기도 합니다.

그러나 '내'가 우월감을 버리고 유랑 가무단과 하나로 연결된 그 순간, 안타깝게도 일고생으로서의 알량한 자의식은 강하게 고개를 쳐듭니다. 이즈의 곳곳에 있었지만, 그동안 한 번도 '나'의 눈에 들어오지 않았던 "거지와 유랑 가무단은 마을에 들어오지 말 것"이라는 푯말이 눈에 들어온 겁니다. 결국 '나'는 유랑 중 죽은 아기의 49재를 위해 출발을 하루만 미뤄달라는 유랑 가무단의 부탁에도 불구하고 기어이 도쿄행 배를 타기로 결심합니다.

배를 타기 전에, '나'는 사냥모를 벗어 버리고, 다시 가방 속에 넣어 두었던 일고 제모를 꺼내 쓰는데요. 아무래도 '나'에게 이즈반도와 유랑 가무단, 그리고 "꽃과 같이 웃는" 무희는 한때의 바람같은 것에 지나지 않았던 모양입니다. 배에 오른 '나'는 가방이 젖을 정도로 눈물을 흘리면서도, 그 눈물 속에서 "달콤한 상쾌함"을 느끼는데요. 이 '달콤한 상쾌함'이야말로 현대인이 지닌 원죄의 정체인지도 모르겠다는 생각을 해봅니다.

2025.6.11

일본에 남은 '아버지'와
'할머니들'을 위한 기도

　일본 최고 권위의 아쿠타가와 문학상을 수상한 최초의 외국인이 누군지 아십니까? 그 주인공은 2025년 1월 5일에 별세한 재일 한인 이회성 작가입니다. 이회성은 1935년 남과 북에 고향을 둔 아버지와 어머니 사이의 3남으로 사할린에서 태어났습니다. 아홉 살에 어머니와 사별하고, 1947년 일본으로 이주하여 오무라 수용소에 수감되었다가 이후 홋카이도의 삿포로시에 정착했는데요. 삿포로고교를 거쳐 와세다대학 러시아문학과를 졸업하였고, 대학교 시절에야 본명 '이회성'을 되찾았다고 합니다. 이회성의 작품으로는 아쿠타가와상 수상작인 「다듬이질하는 여인」[1971]도 유명하지만, 개인적으로는 「죽은 자가 남긴 것」[1970]을 가장 좋아하는데요.

　「죽은 자가 남긴 것」은 아버지의 장례를 계기로 민단[한국 정부가 공인한 재일 한국인 단체]에 속했던 큰 형 태식과 총련[북한을 지지하는 재일 조선인 단체]에 속했던 아우 명식이 화해하는 과정을 보여주는 작품입니다.

이것은 양분된 재일 한인 사회의 화합과 나아가서는 민족의 통일에 대한 의지까지 보여주는 것이라고 할 수 있는데요. 상가喪家에 모인 민단과 총련에 속한 한인들 역시 동식과 태식이 그러하듯이, 처음에는 어색하게 앉아 서로 상대편의 존재를 애써 무시합니다. 동식은 그 모습에 마음이 에이는 듯한 고통을 느끼며, 한인들의 침묵이 자신과 형 사이에 흐르는 "침묵과 동질의 것이고, 아니, 그보다 더 부풀어 크게 된 것"이라고 생각합니다. 다행히도 시간이 지날수록 어색함은 거짓말처럼 사라지고, 서로 하나로 뭉치게 됩니다. 「죽은 자가 남긴 것」에서는 민단과 총련으로 나뉘었던 한인들이 친밀하게 되는 과정과 동식과 태식이 화해하는 과정이 나란히 놓여 있습니다.

저는 이 작품을 읽을 때마다, 동식이 진정으로 화해하는 대상은 형 태식보다도 아버지라는 생각이 들고는 합니다. 동식이 형인 태식에 대해 갖는 마음은 애증에 가까우며, 이러한 복합 심리의 근원에는 '폭력적인 아버지'가 있기 때문입니다. 동식이 형을 좋아했던 이유가 아버지의 난폭함과 봉건적 사고방식에 대해 형이 강력하게 대항했기 때문이라면, 형을 싫어하게 된 이유는 세월이 흐르면서 형이 점점 아버지를 닮아갔기 때문이니까요. 동식은 수많은 재인 한인들이 장례식에서 나누는 이야기를 통해, 아버지가 평생 보여준 폭력과 야만 뒤에는 아버지가 감내해 온 고단한 현실이 있었음을 감지합니다. 징용이나 징병으로 낯선 땅에 끌려와 겪은 간난신고와 민족 차별, 해방 이후에도 분단으로 인해 돌아갈 고향마저 잃어버린 상황, 일본에서 재현되는 남북 갈등 등으로 아버지의 인간성은 파괴되었던 것입니다. 동식이 아버지의 고통스런 삶을 이해하는 모습은 죽은 아버지의 복사뼈를 만져보는 모습에서 절정에 이르는데요. 이 대목을 읽을 때면, 저도 돌아가신 아버지의 복사뼈를 만지고 싶은 마음에 울컥해지고는 합니다.

오랜만에 「죽은 자가 남긴 것」을 다시 꺼내 읽은 저는, 동식의 아버지와 같은 삶을 살았던 재일 한인들의 흔적을 찾아보고 싶은 마음이 강하게 들었습니다. 그래서 일본의 공휴일인 2월 11일 _{일본 건국기념일}에 도쿄 근처에서 가장 많은 재일 한인들이 모여 살았던 가나가와현 가와사키시의 사쿠라모토 마을을 찾아가 보았는데요. 가와사키는 도쿄에서 20킬로 정도 떨어진 게이힌 공업지대_{京浜工業地帶}의 중심도시로서 1920년대부터 철강, 석유화학 등의 산업이 발달한 도시입니다. 그 결과 1930년대부터 노동을 하던 한인 커뮤니티가 가와사키의 사쿠라모토 마을에 형성되었으며, 해방 이후에도 귀국하지 않은 수많은 재일 한인들이 이곳으로 모여들면서 일본의 대표적 한인 마을이 되었던 것입니다.

가와사키의 사쿠라모토에 도착하자, 오래된 낡은 집들이 가장 먼저 눈에 띄었는데요. 오랫동안 이 곳은 무허가 판자촌이었으며, 홍수가 나면 큰 물난리를 겪는 지역이었다고 합니다. 또 당시 일본인들이 먹지 않고 버리던 소와 돼지의 내장_{호루몬, 放るもん}을 구워 팔았다는 야키니쿠집이 여기저기 보였는데요. 그 중에서도 1967년 김도례 할머니가 창업하여 손녀사위에까지 이어지고 있는 사쿠라엔이라는 야키니쿠집은 큰 규모를 자랑했습니다.

가와사키 사쿠라모토 마을에 남아 있는 오래된 집들

1967년부터 영업을 이어오고 있는 사쿠라모토 마을의 야키니쿠집 사쿠라엔

가와사키 한인교회

　가와사키의 사쿠라모토 마을에는 1990년대 말에 재일 한인
할머니들의 모임인 '도라지회'가 만들어져 큰 주목을 받기도 했
는데요. '도라지회'에서는 '이방인이라는 이유'로, '가난하다는
이유'로, 그리고 '여자라는 이유'로 평생 고통을 겪은 할머니들
이 모여 향수도 달래고 글자도 배우며 여러 가지 전통문화 체험

도 하던 뜻깊은 모임이었습니다. 2010년대에는 우경화되는 일본에 맞서 반전·반헤이트스피치 데모 등에 나서 뜨거운 사회적 관심을 받기도 했는데요. 할머니들의 흔적을 찾아 동분서주한 결과, 여전히 가와사키 한인교회에서 화요일마다 도라지회가 열린다는 소식을 들을 수 있었습니다. 언젠가 할머니들을 만나게 되길 기대하며 돌아오는 길에, 저는 「죽은 자가 남긴 것」에 나오는 아버지나 '도라지회' 할머니들이 겪은 고통과 아픔이 사라진 세상이 되기를 두 손 모아 기도해 보았습니다.

2025.3.19

『파친코』의 선자가 살았던
이카이노를 찾아서

2025년 4월 13일부터 10월 13일까지 일본 오사카에서는 세계 박람회가 열리고, 이를 기념하여 간사이 지역 곳곳에서는 박물관이나 미술관에서 평소에 볼 수 없는 귀한 전시가 펼쳐지고 있습니다. 그래서 저는 6월 9일부터 6월 12일까지 간사이 지역을 답사하기로 했는데요. 6월 9일 오후에 도톤보리 근처 작은 호텔에 짐을 푼 저는 우선 오사카의 이쿠노구生野区부터 찾아가 보기로 했습니다.

이쿠노구는 과거 이카이노라 불리던 곳으로, 재일한인의 성지와도 같은 장소입니다. 전세계인의 주목을 받은 이민진1968~의 『파친코』2017에서 주인공 선자가 고향인 부산 영도를 떠나 일본에서 정착한 곳이 바로 오사카의 이카이노입니다. 이카이노猪飼野, 돼지 기르는 곳는 이름에서도 드러나듯이, 고대부터 돼지를 기르던 사람들이 살던 곳이라고 합니다. 20세기 들어서는 재일한인들이 이곳에서 돼지를 길렀다고 하는데요. 그러한 역사적 사실을

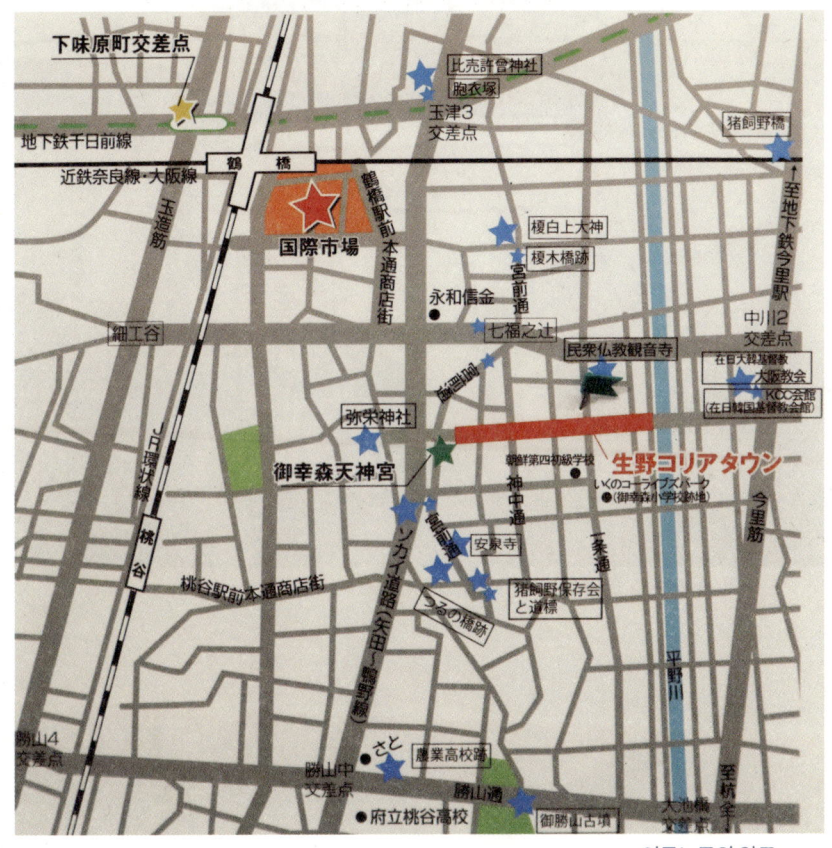

증명하듯이, 『파친코』에서는 이카이노에 도착한 선자가 이카이
노는 동물 냄새가 "화장실 냄새보다도 더 지독하게" 나는 곳이
라고 말하는 장면이 나옵니다.

　본격적으로 이카이노에 조선인들이 몰려든 것은 오사카가
'동양의 맨체스터'라고 불릴 정도로 공업도시로 발전한 것과 관
련됩니다. 1910년대 히라노강 굴착 공사가 시작되면서 많은 노

오사카 코리아타운의 풍경

오사카 코리아타운 역사자료관

동력이 필요하게 되었고, 이러한 수요에 맞춰 조선인 노동자들이 바다를 건너 일본에 왔던 것입니다. 특히 제주도와 오사카 사이에 정기항로가 생기면서, 이곳에는 제주도 출신들이 많이 몰려들었다고 합니다.

폭증한 재일한인으로 인해, 1930년대 초에는 이미 이 지역에 '조선시장'이 형성되기 시작했다고 하는데요. 1933년에 발행된 『아사히그라프』에는 「백의와 돼지머리로 가득한, 오사카의 명소 '조선시장'」이라는 제목의 기사가 실려 있을 정도입니다. 『파친코』에서 남편이 투옥되며, 집안의 가장이 된 선자도 커다란 김치 항아리를 나무 수레에 싣고 이카이노의 노천시장에 가서 장사를 시작합니다. 과거 '조선시장'으로 불리던 상점가는 거리

정비를 거쳐, 오늘날의 '오사카 코리아타운'으로 그 모습을 갖추게 된 것입니다. 현재 '코리아타운'은 연간 200만 명이 방문하는 오사카의 대표적인 관광지 중 하나이기도 합니다.

'코리아 타운'으로 가기 위해 난바역에서 지하철을 탄 저는 쓰루하시역으로 향했는데요. 쓰루하시역 앞에도 재일한인의 자취는 강하게 남아 있었습니다. 쓰루하시 역의 개찰구를 나와 미로같은 골목에 들어서자, 한식 특유의 매콤하고 고소한 냄새가 곳곳에서 풍겨 왔습니다. 고개를 들어 보면 우리에게 익숙한 한국 상표나 음식들 사진도 가득했는데요. 이 곳이 바로 그 유명한 쓰루하시 '국제시장'이었던 것입니다. 1945년 패전 후 쓰루하시역 부근에는 암시장이 생겼고, 이곳에서 조선인 노점상들은 주도적인 역할을 했다고 합니다. 그 때의 암시장이 모태가 되어 오늘날의 쓰루하시 '국제시장'이 형성된 것입니다.

'국제시장'을 구경한 저는, 10분 정도 걸어 일본 내 최대 규모의 재일한인 마을이라는 '오사카 코리아타운'으로 향했는데요. '백제문'을 지나자 오색 문양으로 꾸며진 400미터 거리의 '오사카 코리아타운' 거리가 펼쳐졌습니다. 거리 곳곳에는 한글 간판이 가득했고, '민속촌'이나 '광장시장' 같은 낯익은 이름의 상호들도 얼마든지 볼 수 있었습니다. 한류의 인기를 반영해서인지 곳곳에 '케이K-컬쳐' 관련 가게들이 많은 것도 인상적이었는데요.

무엇보다도 '오사카 코리아타운'의 한복판에 있는 '오사카 코리아타운 역사자료관'이 유익했습니다. 2023년에 설립된 이 역사자료관은 그렇게 큰 규모는 아니었지만, 재일한인과 코리아타운의 역사와 문화에 대한 귀한 자료를 알뜰하게 모아 놓고 있었습니다. 크게 '인트로덕션', '현재~1988', '1988~1945', '1945~고대', '알면 더 재미있는 코리아타운'이라는 다섯 부분으로 구성되어 있었는데요. 오랜 시간 꼼꼼하게 전시자료들을 살펴보니, 재일한인의 역사는 물론이고 한반도와 일본 열도 사이의 오랜 역사가 손에 잡힐듯 정리되는 느낌이 들었습니다.

재일한인의 성지와도 같은 이곳에는 민족교육을 행하던 오사카시립미유키모리소학교[1923년 설립]와 오사카조선제4초급학교[1946년 설립]도 있었는데요. 특히 오사카시립미유키모리소학교는 2012년에 유네스코의 평화와 국제적 연대라는 이념을 실천하는 학교로 인정되어 '유네스코 스쿨'로 불리기도 했다고 합니다. 그러나 안타깝게도 두 학교는 학생수의 감소 등으로 2021년 3월[오사카시립미유키모리소학교]과 2023년 3월[오사카조선제4초급학교]에 각각 폐교된 상태였습니다. 비가 내리는 평일 오후여서인지, 사람들의 발걸음도 뜸한 '오사카 코리아타운'을 걸으며, 재일한인 앞에 펼쳐진 새로운 미래에 대해 고민해 보지 않을 수 없었습니다.

2025.7.23

교토의
두 얼굴

일본의 공영방송인 NHK에서는 1963년부터 지금까지 거의 매년 대하역사드라마를 제작하여 방송하고 있는데요. 일본 역사의 한 페이지를 장식한 유명한 인물들이 드라마의 주인공이 되고는 합니다. 2023년에는 에도 막부를 연 도쿠가와 이에야스德川家康, 1543~1616, 2022년에는 가마쿠라 막부의 주역이었던 13인의 사무라이, 2021년에는 2024년부터 일본 만엔 지폐의 주인공이 될 시부사와 에이이치渋沢栄一, 1840~1931, 2020년에는 전설적인 하극상의 주인공 아케치 미츠히데明智光秀, 1528?~1582가 드라마의 주역이었습니다. 2024년에는 시대를 훌쩍 건더 뛰어 헤이안 시대794~1185에 활동했던 여성 작가 무라사키 시키부를 주인공으로 내세운 「光る君へ」'빛나는 그대에게' 혹은 '히카루(노)기미(히카루 겐지)에게'라는 중의적 의미를 지닌를 방영했습니다.

무라사키 시키부紫式部, 970?~1014?는 일본 고전문학의 명작으로 일컬어지는 「겐지모노가타리源氏物語」를 쓴 여성 작가로서, 이 작

▲ 헤이안 신궁의 화려한 모습

도쿄도 기타구에서는
2027년 완공을 목적으로,
아쿠타가와가 살았던 곳에
<아쿠타가와 류노스케
기념관>(가칭)을 건설중이다

품은 주인공인 히카루 겐지를 통해 사랑과 권력, 욕망과 허무 등을 200자 원고지 5,000매가 넘는 분량으로 담아낸 고전입니다. 이 작품이 배경으로 삼고 있는 헤이안 시대는 귀족문화가 꽃을 피웠던 시기이며, 헤이안平安이라는 이름처럼 일본 역사에서 드물게 평화롭고도 안정되었던 시기로 알려져 있지요. 많은 역사학자들은 헤이안 시대에 일본이라는 나라의 기초가 형성되었으며, 나아가 일본인의 미의식이 형성되었다고까지 말하기도 합니다. 이러한 평화롭고 귀족적인 헤이안 시대를 대표하는 문학 작품이 바로 「겐지모노가타리」입니다. 더군다나 「겐지모노가타리」는 헤이안궁을 주무대로 한 그 시대 최고 권력자들의 이야기인 만큼 작품에 등장하는 교토의 모습은 세련되고 화려하기 이를데 없습니다.

교토는 간무桓武, 737~806 천황이 천도를 한 794년부터 메이지明治, 1852~1912 천황이 도쿄로 옮겨간 1869년까지 무려 1,100년에 가까운 기간 동안 일본의 수도였습니다. 헤이안 시대 교토의 이름은 헤이안쿄平安京였는데요. 널리 알려져 있듯이, 헤이안쿄는 당시 세계적 대도시였던 당나라의 장안長安을 모델로 해서 만들어진 계획도시입니다. 북쪽 중앙에는 헤이안궁이 자리 잡았고, 헤이안궁으로부터는 폭 85미터에 길이 3.8킬로미터의 주작대로가 도시의 남북을 가로지르고 있었지요. 오늘날 과거의 헤이안쿄 지역이었던 곳에는 헤이안 시대의 건물이 단 하나도 남아 있지 않지만, 바둑판 모양의 거리만은 그 시절 그대로입니다. 라쇼몽羅生門은 주작대로의 남쪽 끝에 위치하여 헤이안쿄의 정문 구실을 했던 곳인데요.

흥미롭게도 무라사키 시키부에 버금갈 만한 근대의 천재 작가 아쿠다가와 류노스케芥川龍之介, 1892~1927는 「라쇼몽」1915에서 귀족문화가 꽃 핀 통념화된 헤이안쿄와는 거리가 먼 교토의 모습을 소설로 남겼습니다.

이 작품에서 라쇼몽은 황폐해질 대로 황폐해져서 너구리나 여우, 혹은 거두는 사람이 없는 시신이나 머무는 곳입니다. 이 라쇼몽에 주인으로부터 그만두라는 말을 들어 '아사餓死할 것이냐', '도둑이 될 것이냐'의 두 가지 선택지만을 남겨 놓은 한 사내가 하룻밤 머물게 됩니다. 그곳에서 사내는 시체의 머리칼을 뽑고 있는 노파를 발견하고는, 정의감에 불타올라 그 노파를 붙잡습니다. 그런데 그 노파로부터 자신이 뽑고 있는 머리칼의 주인인 여자는 살아 생전에 뱀을 생선이라 속여 팔던 사람이라는 이야기를 듣습니다. 노파는 가발을 만들기 위해 시체에서 머리칼을 뽑는 자신이나 뱀을 생선이라 속여 판 여인이나, 모두 살기 위해 그런 일을 저지른 것이라고 하소연하는군요. 이 말을 듣고 사내는 더 이상 "굶어 죽을 것인지 도둑이 될 것인지 망설이지 않"습니다. 방금 전의 정의감에 불타던 모습은 사라지고, 어느새 노파의 옷을 벗겨 들고서는 라쇼몽 밖으로 달려 나가는 것입니다. 아마도 사내는 굶어죽는 대신 도둑질을 해서라도 살아가기로 한 것이겠지요.

「라쇼몽」은 「겐지모노가타리」와는 비교도 안 되게 짧은 소설이지만, 이상과 현실, 윤리와 욕망이라는 인간의 영원한 갈등을

과거에 라쇼몽이
있었음을 알리는 비석

라쇼몬 근처에 있는
도지의 오중탑

인상적으로 담아낸 또 하나의 명작입니다. 두 작품이 보여주는 헤이안 시대 교토의 모습은 매우 대비적인데요. 이러한 차이는 「겐지모노가타리」가 전성기의 헤이안 시대를 다루고 있는데 반해, 「라쇼몽」이 몰락해 가는 헤이안 시대를 다루고 있기 때문일 것입니다.

한때 헤이안쿄의 현관 역할을 하던 라쇼몽이 폭풍우로 붕괴된 이후, 현재에는 그 터에 과거의 흔적을 알리는 비석 하나만이 쓸쓸하게 남아 있을 뿐입니다. 그에 비해 헤이안궁은 사라졌지만, 교토 천도 1,100주년을 기념하며 1895년에 만들어진 헤이안 신궁이 과거 헤이안궁의 모습을 대신하고 있습니다. 헤이안 신궁은 헤이안궁을 8분의 5 크기로 줄여 복원한 매우 화려한 건축물로 유명한데요. 드라마 「光る君へ」의 많은 부분도 바로 이 헤이안 신궁에서 촬영되었다고 하는군요. 「겐지모노가타리」와 「라쇼몽」에 그려진 헤이안쿄의 두 가지 상반된 얼굴은 오늘의 교토에도 그대로 이어지고 있다는 생각이 듭니다.

2024.1.23

예술의 황홀,
역사의 무게

2025년 6월 10일 눈을 떴을 때, 창밖으로는 세찬 비가 내리고 있었습니다. 이 날의 목적지는 교토국립박물관이지만, 그 전에 기요미즈데라와 주변의 골목길인 산넨자카와 니넨쟈카를 먼저 가보기로 했습니다. 저는 산넨자카 돌계단에 앉아 바라보는 야사카 오층탑을 좋아합니다. 6세기 말 쇼토쿠 태자^{聖德太子, 574~622}가 창건한 후에, 1440년에 재건되었다는 이 목탑을 바라볼 때면, '정말로 내가 교토에 왔구나'라는 실감이 들고는 합니다. 이 날은 우산을 받쳐 든 사람들로 인해 무척이나 붐볐지만, 오래된 집들과 탑의 검은 빛만은 더욱 진하게 다가왔습니다.

산넨자카를 내려와 1.3km 정도 떨어진 교토국립박물관으로 가기 위해, 구글맵을 켜자 근처에 귀무덤^{코무덤}이라는 지명이 나타났습니다. 순간적으로 저는 이 무덤이 임진왜란 당시 일본군이 베어간 조선인의 귀와 코로 만든 무덤임을 직감할 수 있었는데요. 코무덤^{귀무덤}은 도요토미 히데요시^{豊臣秀吉, 1537~1598}가 주인인

교토의 조선인 코무덤(귀무덤)

교토국립박물관

나라국립박물관

오사카 시립박물관

도요쿠니 신사 앞에 있었습니다. 나중에 자료를 찾아보니 이 일대 30만 평은 과거 도요토미의 '성역'이었다고 하네요. 죽어서 신이 되고자 한 도요토미는 산정에 특별한 방식의 무덤을 만들고, 그 산기슭에는 자신을 주인공으로 한 도요쿠니 신사를 만들었습니다. 이 지역에는 높이 19미터의 대불까지 있었다고 하는데요. 오늘날 일본에서 크기로 유명한 도다이지 대불이 15미터이고 가마쿠라 대불이 11미터인 것을 감안하면, 이 대불이 얼마나 큰 것이었는지 짐작할 수 있습니다. 이런 곳에 조선인의 귀와 코로 만든 무덤이 있다는 사실은, 일본이라는 '타자'가 생생하게 제 앞에 모습을 드러내는 순간이었습니다.

하염없이 내리는 비로 인해 더욱 무거워진 심신을 추스르며, 『일본, 미의 도가니 – 이문화 교류의 궤적』이라는 전시가 열리는 교토국립박물관에 도착했습니다. 오사카·간사이 만국박람회 개최를 기념하여, '문화 교류'라는 키워드로 일본 미술의 역사를 보여주는 전시회였는데요. 이 전시에서는 야요이 시대^{기원전 5~기원후 3세기}부터 메이지 시대^{1868~1912}까지의 회화, 조각, 묵적, 공예품 등 200점의 문화재를 엄선하여 일본 미술의 빼어남을 전 세계인에게 발신하고 있었습니다. 전시의 포인트는 수백점의 작품 하나하나가 이문화異文化와의 교류로 창조된 것이며, 일본 미술의 고유성이란 동서고금의 다양한 문화를 녹여낸 '도가니'에 있다는 것이었습니다.

전시는 '프롤로그 – 만국박람회와 일본 미술', '제1부 동아시아 속 일본의 미술', '제 2부 세계와 만난 일본의 미술', '에필로그

-문화의 벽을 넘는 것은 누구인가?'로 이루어져 있었습니다. 특히 인상적이었던 것은 '프롤로그-만국박람회와 일본 미술'이었는데요. 일본은 만국박람회에서 미술을 통해 자신의 존재감을 드러내고자 노력했습니다. 특히 1900년의 파리만국박람회에서는 일본의 첫 번째 미술사 책을 프랑스어로 화려하게 만들어 전시했는데요. 이듬해인 1901년에는 이 책의 일본어판이 간행되었고, 이후 일본의 공식적인 미술사로 자리잡아 오늘날까지 이어지고 있다고 합니다. 그렇다면, 지금의 일본 미술사는 근대 서양이라는 타자를 경유해 만들어진 것이라고 볼 수도 있을 거 같습니다.

뿐만 아니라 일본의 예술은 한국, 중국, 유럽 등의 '다른 문화'와 교류하며 형성된 것임을 수백점의 예술품들은 실물로서 증명해 보이고 있었는데요. 특히 한국과의 교류는 6세기 중반 무렵에 한반도에서 불교가 전래된 것, 임진왜란 당시 한반도의 도자기 기술이 서일본 각지에 뿌리내린 것, 에도시대^{1603~1868}에 조선통신사와의 교류로 수많은 시와 회화 등이 탄생한 것 등이 소개되고 있었습니다. 전시의 키워드가 '이문화 교류'여서인지, 관람객 중에도 외국인이 특히 눈에 많이 띄었습니다. 어쩌면 일본 예술만이 아니라 모든 예술이란 결국 다른 문화와의 교류를 통해서만 꽃피우는 것인지도 모릅니다. 예술^{創造}의 본질이 새로움에 있다면, 그 새로움은 분명 타자와의 대면을 통해서만 가능하기 때문입니다.

다음날인 2025년 6월 11일에는 나라국립박물관에 갔는데요.

이곳에서는 개관 130주년을 맞아 <초국보 – 기도의 휘황함>이라는 전시가 펼쳐졌습니다. 이 때의 '초超국보'라는 의미는 '매우 뛰어난 보물'이라는 의미와 함께, '시대를 넘어超' 선조들로부터 전해진 마음과 그 마음을 계승하는 지금 사람들의 마음을 의미한다는 생각이 들었습니다. 관람객이 어찌나 많은지 인파人波, 사람의 물결라는 말이 실감 날 정도였는데요. 출렁거리는 인파에 몸을 싣고 수백점의 '초국보'를 관람했습니다. 고대의 수수께끼를 온전히 품고 있는 '칠지도七支刀'4세기 후반 작품으로 추정를 실물로 보고, 작년 호류지에서 저를 눈물짓게 했던 '백제관음'7세기 작품으로 추정을 유리창 없이 직접 바라보며 커다란 감흥에 젖어든 시간이었습니다.

2025년 6월 12일에는 오사카시립미술관의 「일본국보전:일본의 국보, 오사카에서 빛나다」를 보러 갔는데요. 평일임에도 어찌나 사람이 많은지, 입장까지 무려 1시간 정도를 밖에서 기다려야 했습니다. 135점의 국보를 소개하는 이 전시회에서는, 특히 오사카와 관련된 국보를 따로 소개하고 있는 것이 인상적이었습니다. 또한 파리만국박람회 등에 출품된 쇼조칸 소장의 작품을 따로 전시하여 만국박람회와 국보의 관계를 보여주기도 했는데요. 간사이에서 보낸 3박 4일은 일본인들이 수천년에 걸쳐 낳은 최고의 보물에 둘러싸여 보낸 황홀한 시간이었지만, 동시에 돌아오는 도쿄행 신칸센에서까지 코무덤귀무덤이 환기시킨 과거의 상처를 떠올리지 않을 수 없는 번민의 시간이기도 했습니다.

2025.8.6

오무라 마스오라는
아름다운 다리

　2025년 6월 15일은 아침부터 비가 부슬부슬 내렸습니다. 이
날은 2023년 1월 15일 별세한 오무라 마스오 선생大村益夫, 1933~2023
이 살았던 집과 유택幽宅을 방문하는 날이었는데요. 저는 한국에
서 온 S대학의 K교수, H대학의 Y교수 부부와 함께 선생의 댁이
있는 치바현으로 향했습니다. 이치가와오노에키市川大野駅 역에서
내려 15분 정도를 걸어가자, 생전의 선생처럼 단아하고 품위 있
는 2층 단독집이 모습을 드러냈는데요.

　오무라 아키코 여사의 안내를 받아, 먼저 선생의 영정이 모셔
진 불단을 둘러본 우리는 이후 선생이 4년간이나 투병하셨던
방에서 오무라 아키코 여사와 많은 이야기를 나누었습니다. 여
사는 재일한인 2세로서 양가의 반대를 무릅쓰고, 오무라 선생
과 결혼하여 평생 동안 문학적 동지로 살아온 분입니다. 재일
한인과 일본인의 결혼이 쉽지 않았던 당시에, 두 분의 결혼에는
오무라 선생의 스승이자 루쉰 연구의 최고 권위자인 다케우치

▲ 오무라 선생의 자택

▲ 오무라 선생이 모셔진 불단

요시미^{竹内好, 1910~1977}까지 힘을 보탰다고 합니다.

오무라 선생이 한국인에게 널리 알려진 계기는, 시인 윤동주의 묘소를 발굴한 일이었는데요. 그 역사적 현장에도 아키코 여사는 오무라 선생과 함께 했었습니다. 오무라 선생이 말년에 제주문학에 각별한 관심을 기울인 이유도, 아키코 여사가 제주 출신 재일동포 2세라는 사실과 결코 무관하지 않을 겁니다. 여사는 본인이 유명한 화가이기도 해서, 작업실에는 직접 그린 유화 작품들이 여러 편 남아 있었습니다.

오무라 마스오 선생처럼 많은 존경을 받는 '조선'문학 연구자도 드물 겁니다. 이러한 존경의 이유는 우선 평생에 걸쳐 이룩한 연구업적에서 비롯되는데요. 선생은 한국문학과 북한문학은 물론이고 제주문학과 연변문학까지 아우르는 거대한 학문적 성과를 남겨 놓았습니다. 그야말로 동아시아적 지평에 서서, 분단과 국경을 넘어 한민족이 남긴 모든 근대문학을 포괄적으로 연구했던 건데요.

더군다나 이러한 '조선'문학 연구가 일본에서 이루어졌다는 사실은 더욱 놀랍습니다. 선생은 여러 자리에서 "사회적으로도 그렇고 학문적으로 조선문학은 일본 사회 안에서 시민권이 거의 없었"으며, 그렇기에 '조선'문학 연구는 일본 사회에서 "뒷길 중의 뒷길"이었다는 표현을 사용하고는 했습니다. '뒷길 중의 뒷길'이라 일컬어지는 소수파로서, 선생은 평생 동안 한 눈 팔지 않고 오직 '조선'문학 연구에만 매진해 온 것입니다.

특히 일본인이 식민지 시절 '조선'문학을 연구한다는 것은 더욱 만만치 않은 일이었을 텐데요. 일본인이 한민족의 대표적 저항 시인인 윤동주의 무덤을 찾고 선구적인 연구를 수행했기에 오히려 수많은 고초를 겪기도 했습니다. 이러한 체험에는 식민지 지배를 했던 나라의 연구자가 식민지 지배를 받은 나라의 문학을 연구하면서 겪어야 하는, '지배와 피지배라는 불행한 역사의 문제'가 개입되어 있는 겁니다. 또한 오무라 선생은 오래 전부터 한국문학연구자들과 따뜻한 학문적·인간적 교류를 나누기도 했는데요. 선생의 집을 방문한 이 날도 여사는 선생이 김우종[1929~], 김윤식[1936~2022], 임헌영[1941~] 등의 한국 문인들과 나누었던 수많은 편지들을 보여주기도 했습니다.

오무라 선생은 실증적 연구로 정평이 나 있습니다. 오직 자료와 현장에만 입각하여 미지의 영역으로 남아 있던 '조선'문학의 실체를 성실하고 따뜻하게 규명해 온 것인데요. '실증적 연구' 태도는 선생의 체질에서 비롯된 것일 수도 있지만, 선생이 놓여 있던 역사적 상황도 중요하게 작용했던 것으로 판단됩니다. 선생은 일본인이면서 과거 식민지였던 '조선'의 문학을 연구하는 독특한 입장에 처해 있었던 것입니다. 더군다나 연구 대상으로 삼는 '조선'은 이념에 따라 남북으로 분단된 처지였으며, 선생이 한창 연구를 진행하던 시기에는 일본에서도 이념 투쟁이 치열하게 벌어지고는 했습니다. 이런 상황에서 주장은 최소화하여 내면화하면서, 자료나 증거 등은 전면에 내세우는 '실증적 태도'는, 연구를 지속하는 유일한 방법이었는지도 모릅니다.

김윤식 평론가는 오무라 선생을 '농부'라는 애칭으로 부르고

오무라 아키코 여사와 필자

는 했다는데요. 오무라 선생이 늘 김을 매고는 했다는 집 뒤편
의 텃밭이 훤히 보이는 방에서, 아키코 여사는 오무라 선생에
대한 사실들을 조금이라도 더 알려주고자 애쓰는 모습이었습
니다. 4년간 남편을 간병했던 이야기, 버려진 길고양이 에미짱
을 수십년째 길러온 이야기, 자신이 평생 정열을 기울인 그림
이야기 등을 해주었는데요. 특히 문정희 시인의 「물을 만드는

오무라 선생의 유택

여자」를 낭독해주신 것이 기억에 남았습니다. 아마도 여성의
숭고한 생명력을 강조한 그 시 속에는 오무라라는 지적 거인과
평생을 함께 걸어온 여사의 삶이 아로새겨져 있다는 느낌이 들
었습니다.

아키코 여사는 오무라 선생 사후에 소장자료 2만여 점을 국
립한국문학관에 기증하여 세상을 다시 한번 놀라게 했는데요.

이 날 선생의 자택 서고에는 여전히 수많은 자료가 남아 있었습니다. 특히 북한 쪽 자료가 많아서, 전문적인 정리와 관리가 필요하다는 생각이 들었습니다.

이후 여사의 따뜻한 환대를 받으며 나온 우리 일행은 선생의 유택이 마련된 근처의 사찰木將寺에 갔는데요. 하루 종일 흐렸던 날씨가, 그 곳에 도착하자 거짓말처럼 활짝 개어 있었습니다. 오무라 선생의 묘에 꽃을 바치고 돌아서면서 선생이 한반도와 일본 사이에 심어 놓은 '조선'문학 연구의 씨앗만은 결코 사라지지 않으리라는 확신이 들었습니다.

2025.7.9

빨간 머리
강백호를 찾아서

    세계에서 인정받는 일본문화로 만화를 빼놓을 수는 없을 겁니다. 수많은 일본의 만화가 세계인들의 뜨거운 관심을 받고 있는데요. 통계에 의하면, 전세계에서 1년 동안 출판되는 일본만화가 대략 10억 부에 이를 정도라고 합니다. 한국도 예외는 아니어서, 「아톰」이나 「코난」부터 시작해 최근의 「귀멸의 칼날」이나 「단다단」에 이르기까지 수많은 일본 만화가 한국인들의 사랑을 받고 있습니다.

    1990년대에 청춘을 보낸 저에게, 빼놓을 수 없는 일본만화를 한 편만 꼽으라면 저는 주저없이 이노우에 다케히코^{井上雄彦, 1967~}의 농구만화 『슬램덩크』를 말하겠습니다. 한국에서는 주간 『소년 챔프』에 1992년부터 1996년까지 연재되었고, 단행본으로도 출판되었는데요. 당시는 농구 스타 마이클 조던의 인기가 대단했고, 한국에서도 대학농구가 수많은 젊은이들을 경기장으로 끌어들이던 때였습니다. 이러한 분위기를 타고 『마지막 승부』

애니메이션 <슬램덩크>의 오프닝에서 강백호와 채소연이 마주 보는 장면으로 유명한 가마쿠라고교 근처의 철길 건널목

라는 농구드라마가 만들어질 정도였는데요. 『슬램덩크』가 큰 인기를 끈 이유 중의 하나는 아마도 이러한 농구붐도 한몫했을 겁니다.

『슬램덩크』는 강백호라는 빨간 머리의 문제아가 한 명의 어엿한 농구선수로 성장하는 간명한 이야기입니다. 이러한 성장 서사의 앞과 뒤에는 강백호가 채소연에게 던지는 "좋아합니다"라는 말이 놓여 있는데요. 첫 번째 "좋아합니다"가 이상형인 채소연이 강백호에게 건넨 "농구 좋아하세요?"라는 물음에 대한 대답이라면, 두 번째 "좋아합니다"는 부상에도 불구하고 경기장에 나가면서 채소연을 향해 하는 말입니다. 처음 '좋아합니다'의 목적어가 농구보다도 채소연에 가깝다면, 두 번째 '좋아합니다'

의 목적어는 채소연보다 농구에 가깝습니다.

제가 주목하는 것은 강백호의 성장이, 일본인들이 생각하는 이상적인 인간형에 다가가는 과정으로 보인다는 점입니다. 그렇기에 저는 『슬램덩크』가 일본인론의 교재로 삼아도 손색없는 텍스트로 여겨집니다. 일본에 살면서 실생활이나 드라마에서 가장 많이 듣거나 보는 단어를 하나만 고르라면, '간바레がんばれ, 힘내!'라는 말을 꼽고 싶은데요. 일본인들은 굳이 열심히 하지 않아도 될 것 같은 일에도 꼭 '간바레'라는 말을 해서 긴장을 불어넣고는 합니다. '간바레' 의식이 더욱 강렬해지면, '잇쇼켄메一所懸命, 혼신의 힘을 다해'라는 단어가 사용되기도 하는데요. 이 단어를 직역하면, 자기에게 주어진 임무를 목숨 걸고 해낸다는 의미입니다. 사무라이가 쇼군으로부터 하사받은 땅을 목숨 걸고 지킨다는 것에서 비롯된 단어를, 일상에서 태연하게 사용한다는 것이 조금 무섭게 느껴질 정도입니다.

'간바레'나 '잇쇼켄메'같은 단어들이 흔히 사용되는 것을 보면, 일본인들은 옛날 사무라이들처럼 자신의 임무를 목숨 걸고 수행하는 것이야말로 이상적인 삶의 자세라고 생각하는 것 같습니다. 『슬램덩크』에서 감독인 안선생님을 영감이라 부르고, 주장인 채치수를 고릴라라 부르던 자칭 천재 강백호는 '잇쇼켄메'는커녕 '간바레'에도 어울리지 않는 미숙한 소년이었습니다. 그러나 강백호는 차차 자신에게 부여된 역할을 수행하기 위해 모든 것, 심지어는 자신의 (선수)생명까지 바치는 사람으로 변해가는데요.

강백호가 다닌 북산고의 실제 모델인 가마쿠라 고등학교의 모습

　이런 모습은 해남고와의 시합에서부터 분명해지기 시작합니다. 센터인 채치수가 부상으로 교체되자, 강백호는 채치수 대신 자신이 골밑을 지키겠다고 나섭니다. 그러면서 강백호는 "지금 내가 할 수 있는 일을 한다! 해보일 테다!"라고 각오를 다지는데요. 이 대목에서 독자는 이전과는 달리 팀을 위해 최선을 다하는 강백호의 어른스러운 모습에 놀라게 됩니다.

　자신에게 주어진 역할에 충실한 '간바레'의 모습이, 목숨을 거는 수준의 노력인 '잇쇼켄메'의 모습으로 발현되는 모습은 산왕고와의 경기에서입니다. 산왕고와의 경기에서 후반전 2분을 남기고 힘들게 루스볼을 건져낸 강백호는 경기장 밖으로 넘어지며 등을 다칩니다. 이후에도 강백호는 부상을 숨기고 덩크슛을 넣으며 활약하다가, 결국에는 벤치로 물러나는데요. 벤치에 쓰러져 있던 강백호는 심한 통증을 느끼면서도, "농구, 좋아하세요?"라고 말을 걸던 채소연의 모습과 20,000번이나 했던 슛연습을 떠올리며, 안선생님에게 경기에 다시 나가게 해달라고 애원합니다. 강백호의 선수생명을 걱정하는 안선생님은 강백호의 출전을 강하게 만류하는데요. 이런 안선생님을 향해 강백호는 "선생님의 영광의 시대는 언제였죠? 국가대표였을 때였나요? 전 지금입니다"라고 외칩니다.

이 장면을 읽을 때면, 30년 전이나 지금이나 제 몸에는 찌릿한 전기가 흐릅니다. 이러한 강백호의 투혼은 일본인들이 금과옥조처럼 여기는 '잇쇼켄메'의 완성형처럼 보이기도 하는데요. 그렇기에 누군가는 『슬램덩크』의 강백호가, 일본 역사상 최고의 무사로 꼽히는 미야모토 무사시를 현대적으로 변형한 것이라 말하기도 했습니다.

일본에 1년간 머물게 되었을 때, 꼭 가보고 싶었던 곳이 바로 『슬램덩크』의 배경이 된 가마쿠라 고등학교 부근이었습니다. 벚꽃이 만개한 2025년 4월 4일 드디어 답사에 나섰는데요. 다행히 도쿄에서 오다큐선을 타고 후지사와역에서 내린 후에, 쇼난 해변을 달리는 것으로 유명한 세 칸짜리 미니 전철 에노덴을 타자 1시간 반 만에 도착할 수 있었습니다. 가마쿠라고교는 출입이 통제되어 벚꽃만 볼 수 있었지만, 『슬램덩크』의 오프닝 장면으로 유명한 철길 건널목은 가볼 수 있었습니다. 온갖 외국어가

들려오는 틈바구니에서 에노덴과 건널목의 사진을 찍으며,『슬
램덩크』를 비롯한 일본 만화는 21세기 일본의 정체성일 수도 있
겠다는 생각을 해보았습니다.

2025.4.17

수국 핀 길을 걸으며,
여성의 존엄을 생각하다

2025년 7월 18일. 날씨는 화창했으나 최고기온이 35도에 육박하는 더운 날이었습니다. 저는 시부야에서 쇼난선湘南線을 타고 기타가마쿠라역으로 향했는데요. 기타가마쿠라 일대는 명찰이 즐비한 곳입니다. 특히 나쓰메 소세키夏目漱石, 1867~1916가 인생의 비의를 풀고자 참선수행했으며, 『문』1910이라는 소설에까지 등장시켰던 엔카쿠지를 비롯해, 초여름이면 수국으로 유명한 메이게츠인, 국보인 범종과 동일본 최대 규모의 산문을 자랑하는 겐쵸지 등이 유명하죠.

오늘 답사지로 선택한 곳은 도케이지東慶寺입니다. 도케이지는 8년 전에 몇 명의 연구자와 방문한 적이 있는데요. 그때는 일본에서 '비평의 신'으로 불리는 고바야시 히데오小林秀雄, 1902~1983의 무덤을 찾느라 꽤나 많은 땀을 흘렸던 기억이 있습니다. 그 와중에도 사찰 곳곳에 피어있던 짙은 하늘색의 수국이 무척이나 이채롭고 아름다웠던 기억이 강렬하게 남아 있었는데요. 그 기억이 강렬해 다시 방문하기로 한 것입니다.

그런데 8년 만에 다시 찾은 도케이지는 고바야시 히데오의 무덤과 수국만으로 기억하기에는 너무나 다양하고 깊은 의미를 지닌 절이었습니다. 1285년 창건된 도케이지는 600여 년 동안 '여성의 피난처' 역할을 하던 사찰이었는데요. 과거 여성이 남편의 동의 없이 이혼할 수 없던 시절에, 여성이 이 절로 들어와 2년간 머물면 이혼이 인정되었다고 합니다. 위급한 상황에서는 여성이 비녀나 짚신을 던져 넣기만 해도, '도망쳐 들어온 것'으로 인정되었다고 하는데요. '인연 끊는 절緣切り寺'로도 불린 도케이지는 오늘날의 가정폭력 쉼터와 같은 역할을 했던 것입니다.

또 하나 도케이지에서 놀란 건, 이곳에 근대 일본을 대표하는 일본 지식인들의 무덤이 가득하다는 것이었습니다. 8년 전에는 고바야시 히데오의 무덤 찾는 것에만 신경을 썼는데요. 이번에 자세히 보니 이곳에는 '비평의 신' 이외에도 일본의 선禪을 세계에 널리 알린 스즈키 다이세쓰鈴木大拙, 1870~1966, 『선善의 연구』1911로 일본근대철학의 주춧돌을 놓은 니시다 기타로西田幾多郎, 1870~1945, 윤리학자로 널리 알려진 와쓰지 데쓰로和辻哲郎, 1889~1960, 전후 일본의 교육 개혁을 주도했던 아베 요시시게安倍能成, 1883~1966를 비롯한 수많은 일본 근대 지성들의 무덤이 있었습니다.

이토록 많은 근대 지성이 한곳에 묻힌 이유는, 바로 도케이지 뒤편 산자락에 마쓰가오카 분코가 만들어진 것과 관련된 것으로 보였는데요. 마쓰가오카 분코는 일종의 도서관으로, 유명한

6월의 가마쿠라를 빛내는 수국

도케이지에
있는 고바야시
히데오의 무덤

선승인 샤쿠 소엔釋宗演, 1860~1919이 주도하여 설립하고, 그의 제자인 스즈키 다이세쓰가 말년에 깊은 연구를 수행한 곳입니다. 아마도 이런 인연으로 근대 일본의 수많은 지성이 도케이지에 묻히게 된 것으로 보입니다. '꽃의 절'로도 불릴 만큼, 계절별로 아름다운 꽃이 피는 이 조용한 절은 영혼의 안식을 얻기에 모자람이 없어 보였습니다.

마침 도케이지를 방문한 이 날은 한 달에 한번 수월관음보살반가상水月観音菩薩半跏像을 일반에 공개하는 날이었는데요. 13세기 작품으로 추정되는 이 목조 반가상은, 편안하게 바위에 기대어 조용히 수면에 비치는 달을 바라보는 모습이었습니다. 이런 모습의 관음상은 일본에서는 가마쿠라 시대1185~1333에 주로 유행했다고 합니다. 제가 이 관음상을 보고 가장 크게 놀란 것은 크기였습니다. 관음보살의 전체 모습은 물론이고, 각종 장식까지 세밀하게 표현했음에도, 전체 높이가 겨우 34cm에 불과했던 것입니다.

너무나 작고 정밀하여 놀랍기까지 한 관음상 앞에서, 저는 자연스럽게 '축소지향의 일본인'이라는 오래된 명제가 떠올랐습니다. 지금도 최고의 일본문화론 중 하나로 꼽히는 이어령李御寧, 1933~2022의 『축소지향의 일본인』1982은 일본인들이 뭐든지 '작게 만드는 것'에 특기가 있다고 말하는데요. 우리가 일상생활에서 흔히 접하는, 접이식 부채, 주먹밥, 접이우산, 도시락, 문고본, 분재, 꽃꽂이, 하이쿠 등이 모두 '축소지향'의 결과라는 것입니다. 지금도 일본에는 몸 하나 누일만한 공간에 호텔이라는 거창한

도케이지 입구

이름까지 붙인 캡슐호텔이 인기를 끌고, 수십년 전에는 '손 안의 오디오'인 워크맨으로 세계시장을 제패하기도 했던 것을 생각하면 고개가 끄덕여지는 이야기입니다.

이 저서를 관통하는 방법론은 구조주의로서, 『축소지향의 일본인』은 수많은 일본문화의 표면 현상 밑에 놓인 심층구조로서의 '축소한다'를 탐색하고 있습니다. 이 때의 '축소한다'는 고메루込める, 밀어넣는다, 오리타타무折畳む, 접어 작게 하다, 히키요세루引き寄せる, 가까이 끌어당기다, 니기루握る, 쥐다, 게즈루削る, 깎아내다, 도루取る, 잡다, 쓰메루詰める, 채우다, 가마에루構える, 자세를 취한다, 고라세루凝らせる, 집중시키다 등으로 세분화할 수도 있는데요. 표정 하나하나까지 섬세하게 표현된 34cm 크기의 관음상을 보며, '축소지향의 일본인'이라는 명제를 실물로서 대하는 듯한 기분이 들었습니다.

8년 전에 처음 도케이지에 왔을 때는, 오직 고바야시 히데오의 무덤 하나만을 찾아 한나절을 헤맸는데요. 8년이 지난 지금

다시 찾은 도케이지는, 일본문화의 많은 것들을 응축해 놓은 통조림처럼 느껴졌습니다. 눈이 시릴 정도로 짙푸른 녹음과 아름다운 새소리에 둘러쌓여, 산문을 나서는 제 머리에는 시대를 초월한 여성의 존엄과 자유, 그리고 구원에 대한 생각이 끊이지 않고 떠올랐습니다.

2025.8.6

일본(인)은
하나의 얼굴이 아니다

2025년 7월 18일 초가지붕으로 되어 있는 소박하지만 아름다운 도케이지 산문을 나왔을 때는 13시가 조금 넘은 시간이었습니다. 이어서 저는 5km 정도 떨어진 고토쿠인高德院으로 발걸음을 옮겼는데요. 한해 이천만명이 찾는다는 관광도시 가마쿠라에서도 고토쿠인은 가장 유명한 관광명소 중 하나입니다. 고토쿠인이 유명한 이유는, 그곳에 일본을 대표하는 거대 불상인 가마쿠라 대불이 있기 때문인데요. 기타가마쿠라역에서 한 정거장 떨어진 가마쿠라역까지 전철로 이동한 저는, 그곳에서 버스를 타고 고토쿠인으로 향했습니다.

푸른 하늘을 배경으로 앉아 있는 아미타불은 13미터의 높이와 121톤의 무게로 보는 이를 압도했습니다. 전각 안이 아닌 야외에 노출되어 있어 더욱 웅장하게 느껴졌는데요. 이 청동불상은 본래 나무로 만들어졌다가, 태풍으로 파괴된 이후 1252년에 다시 만들어졌다고 합니다. 본래는 대불이 머무는 전각도 있었

가마쿠라 대불

고토쿠인으로 이동하기 전에 관월당이 있었던 도쿄도 메구로구 스기노 기세이 자택터
현재는 베쇼자카어린이공원이 자리잡고 있다

지만 15세기 무렵 자연재해로 파괴되면서 이후에는 대불만 야외에 덩그러니 놓이게 되었습니다. 일본 최초의 무사 정권인 가마쿠라 시대에 만들어져서일까요? 이 청동 대불에서는 자애로움보다는 뭔가 엄격한 위엄이 느껴졌습니다. 얼마나 큰지, 50엔 500원 정도만 내면 불상 내부에까지 들어가 볼 수도 있었습니다.

고토쿠인은 규모로 승부를 보겠다는 듯이, 가마쿠라 대불 옆의 건물에는 길이 1.8m의 짚신이 걸려 있었습니다. 대불이 "짚신 신고 일본 곳곳을 걸어다니길" 바라는 염원을 담아 아이들이 만들어 기부하는 전통이 지금까지 이어져 내려온다고 하는데요. 방금 전까지 토케이지의 34cm 수월관음상을 보며 '축소지향의 일본'을 떠올렸던 저는, 불과 5km 정도 떨어진 곳에 이토록 크기와 규모로 사람을 압도하는 청동 대불과 짚신이 있다는 사실에 혼란스러울 수밖에 없었습니다.

그러나 일본은 수천년의 역사와 남한 면적의 4배에 이르는 영토를 가진 나라입니다. 그런 나라를 하나의 명제로 정리한다는 것은 애당초 인간의 영역이 아닐지도 모릅니다. 제가 전공하는 문학에서 다루는 '근대적 인간'이란, 우주보다 깊고도 심오한 내면이 있다는 것을 전제로 하는데요. 한 명의 개인이 그러할진대, 1억 명이 훨씬 넘는 사람들이 모여 사는 나라를 한두마디로 규정한다는 것은 어불성설일 겁니다. '축소지향'과 더불어 '확대지향'을 지니는 것은 어찌보면 당연한 일이고, 이러한 문화의 양면성과 복합성이야말로 모든 문화의 본질일지도 모르겠다는 생각이 들었습니다.

사실 이날 고토쿠인을 찾은 진짜 이유는, 얼마 전에 한국 언론에도 크게 보도된 관월당의 흔적을 찾기 위해서였습니다. 많은 분들이 지난 6월 23일 관월당이 한국에 돌아왔다는 보도를 접하셨을 텐데요. 그 관월당이 있던 곳이 바로 고토쿠인입니다. 현재 관월당은 낱낱이 해체되어 4,000여 점의 조각이 파주시에 있는 전통건축부재보존센터에 보관되어 있습니다. 관월당은 전면 3칸, 측면 2칸의 목조 단층건물로 맞배지붕 형태의 전형적인 한국 건축물인데요.

　관월당이 바다를 건너 대불 뒤편에 놓이게 된 사정은 비교적 상세히 밝혀져 있습니다. 평소 일본 재계의 거물이었던 스기노 기세이杉野喜精, 1870~1939로부터 많은 도움을 받았던 조선식산은행이, 1924년 무렵 담보로 갖고 있던 관월당을 스기노에게 주었다는 것입니다. 스기노는 일단 관월당을 메구로에 있는 자신의 집에 가져다 놓았다가, 10년 후쯤에 폐병으로 가마쿠라에서 요양과 기도를 할 무렵, 고토쿠인에 기부했다고 합니다.

　오랫동안 고토쿠인에서 관음보살을 모셔놓은 법당으로 사용된 관월당이 고향에 돌아올 수 있었던 데는, 사토 다카오佐藤孝雄, 1963- 고토쿠인 주지의 영향이 절대적이었습니다. 그는 고고학 연구자로 게이오대 교수이기도 한데요. 2002년 고토쿠인의 주지가 되었을 때부터 관월당을 한국에 반환하려고 애써 왔다고 합니다. 관월당은 언제 어떤 용도로 만들어져, 어디에 있었던 것인지가 분명하게 밝혀진 것은 아닙니다. 조선 왕실의 사당으로 사용되었다는 것이 일반적인 설이지만, 1871년 정학교丁學

敎가 썼다는 '무량수각無量壽閣'이라는 현판이 있었다는 것을 고려하면, 다른 용도로 사용되었을 가능성도 있어 보입니다.

해외에 있는 문화재를 돌려받는 것은 보통 어려운 일이 아니라고 합니다. 환수를 위한 방법은 소장국가에 반환요청을 하거나 경매로 구매하는 두 가지 방법이 있는데요. 반환요청을 하기 위해서는 약탈이나 도난의 증거를 제시해야 하며, 설령 도난과 약탈을 증명하더라도 소장국가에서 반환을 거부하면 그것을 강제할 방법은 없다고 합니다. 이런 상황에서 사토 다카오 주지는 흔쾌히 관월당을 고향에 돌려보낸 것입니다. 더욱 놀라운 사실은 반환비용 전부를 사토 다카오 주지가 부담했으며, 나아가 한일 간 문화유산 연구와 학생교류를 위한 별도기금 1억 엔^{10억원}

^{정도}까지 기부했다는 사실입니다.

현재 관월당이 있던 곳에는 바닥돌과 좌우 석등만이 남아 있었는데요. 관월당의 사연을 아는지 모르는지, 세계 각국에서 모인 관광객들은 한가롭게 담소를 나누고 있었습니다. 이 빈터에는 곧 가마쿠라 대불은 물론이고, 관월당에 대해서도 소개하는 자료관이 세워질 예정이라고 합니다. 언젠가 서울에도 멋지게 복원된 관월당이 우리 앞에 모습을 드러낼 것입니다. 백년만에 고향에 돌아온 관월당을 보며, 우리는 그 고풍스러움과 아름다움에 취해 행복해할 텐데요. 그 행복 속에서 우리는 사토 다카오라는 한 일본인의 따뜻한 마음도 기억했으면 좋겠습니다.

2025.8.20

근대의
고독

가마쿠라 대불과 관월당 터를 뒤로 하고 고토쿠인을 나선 저는 하세역으로 향했습니다. 하세역에서 에노덴을 타고 가마쿠라 해안에 가기 위해서였는데요. 에노덴 노선은 후지사와역부터 가마쿠라역까지를 연결하는 총 길이 10km의 짧은 노선입니다. 이 노선은 해안선과 주택가를 따라 펼쳐지는 아름다운 풍경과 70미터가 조금 넘는 4량의 작고 귀여운 모습의 열차로도 유명합니다. 에노덴은 가마쿠라의 수많은 관광지를 연결하는 중요한 교통수단이면서, 그 자체가 훌륭한 볼거리이기도 합니다.

가마쿠라 해안은 나쓰메 소세키夏目漱石, 1867~1916의 『마음』1914에서 매우 중요한 공간으로 등장하는데요. 나쓰메 소세키는 설명이 필요 없는 일본의 국민작가입니다. 일본 문부성 장학생으로 런던에서 유학했으며, 도쿄제대 전임교수였던 나쓰메 소세키는 「나는 고양이로소이다」1905를 발표하며 본격적인 작가의 길을 걷기 시작합니다.

가마쿠라의 명물 에노덴

저는 나쓰메 소세키의 식지 않는 인기를 직접 확인한 일도 있는데요. 2025년 2월 13일 작가가 묻혀 있는 조시가야 공원묘지를 찾았을 때, 그의 무덤 앞에는 절절한 동경의 마음을 담은 장문의 편지가 놓여 있었습니다. 150년 전에 태어난 작가를 향한 팬심은 무척이나 드물고 귀하여 놀랍기까지 했습니다.

나쓰메 소세키는 신경쇠약과 위궤양에 시달리면서도 「우미인초」[1907], 「산시로」[1908], 「그 후」[1909], 「행인」[1912], 「문」[1910] 등의 수많은 명작을 남겼습니다. 그 중에서도 가장 많은 인기를 끌고 있는 것은 「마음」[1914]입니다. 이 작품은 1946년부터 지금까지 일본 고등학교 교과서에 수록되어 있으며, 1,000만 부 가까이 팔렸다고 합니다. 와세다대 근처에 있는 <나쓰메 소세키 산방기념관>에서는 2025년 4월 24일부터 7월 13일까지 '외국어가 된 소세키 작품' 전시가 열렸는데요. 이 전시회에 따르면, 나쓰메 소세키의 작품 중에서 가장 많이 번역된 작품 역시 「마음」이라고 합니다.

이토록 유명한 「마음」의 이야기가 시작되는 곳이 다름 아닌 가마쿠라 해안입니다. 대학생인 '나'는 가마쿠라 해안에서 한 초로의 남성을 만나고, 그의 인품과 교양에 매료되어 그를 '선생님'이라 부르며 따르게 됩니다. 선생은 세상과 절연한 채, 아내와 단둘이서만 살아가는데요. 아버지를 간병하기 위해 귀향한 '나'에게 선생으로부터 두툼한 편지가 도착합니다. 놀랍게도 그 편지는 '선생의 유서遺書'인데요, 거기에는 젊은 날의 선생과 친구 K, 나중에 선생의 아내가 된 하숙집 딸을 둘러싼 비극의 드라마가 펼쳐져 있습니다.

저는 선생의 유서에 담긴 이야기가 근대라는 문명이 낳은 질병, 즉 개인주의의 어두운 심연을 보여준다고 생각합니다. 가족, 부족, 종교단체 같은 집단 속에서만 정체성을 가졌던 사람들은, 근대에 이르러 독립된 존재로 자신을 인식하기 시작합니다. 인간은 자율적 사고와 감정, 목적, 욕망을 가진 개인으로 재탄생한 것인데요. 문제는 이러한 개인에의 강조가 자신의 욕망만을 절대시하는 이기주의로 변질될 수도 있다는 점입니다. 『마음』에서 고립된 채 살아가는 선생의 외로운 삶은 근대라는 문명의 고질병으로 규정됩니다. 이는 선생이 '나'에게 "자유, 독립 그리고 나 자신으로 가득 찬 현대에 태어난 우리는 그 대가로 모두가 이 외로움을 맛봐야겠지"라고 말하는 것에서도 드러나는군요.

선생과 K는 어린 시절부터의 친구입니다. '나'는 줄곧 K를 동경^{질투}하며 살아왔는데요. K는 타고난 두뇌도 뛰어나고, 중고등학교 시절 성적도 늘 우수했으며, 모든 방면에서 '나'를 앞섰던 것입니다. 무엇보다 K는 금욕적 이상주의자로서, 종교나 철학 등의 관념적 세계를 통하여 "자신의 의지력을 키워 강한 자가 되는 것이 최종 목적"인 구도자와도 같은 인물입니다. 그런 K의 일거수일투족은 늘 '정진^{精進}'이라는 단어에 합당한 듯 보였습니다,

이런 K가 경제적으로 궁핍해지자, '나'는 K를 위한다는 명목으로 모녀 단둘이 사는 자신의 하숙집 방으로 K를 불러들입니다. 결국 K는 하숙집 딸을 좋아하게 되고, 그 사실을 '나'에게 고백까지 하게 됩니다. 그러자 '나'는 그동안 받은 열등감을 되갚

'외국어가 된 소세키 작품' 전시가 열리는 <나쓰메 소세키 산방기념관>

<마음>에서 '나'와 선생이 처음으로 만나는 가마쿠라 해안

조시가야 공원묘지에 있는 나쓰메 소세키의 무덤
이곳은 <마음>의 친구 K가 묻힌 곳이기도 하다

기라도 하겠다는 듯이 "정신적으로 발전하고자 하는 의지가 없
는 자는 어리석은 사람"이라거나 "자넨 자네가 평소에 주장하
던 그 '길'을 어찌할 셈인가?"라며 K를 궁지로 내몹니다. 더욱
잔인한 것은, K의 고백을 들은 이후 평소 자신을 신뢰하던 하숙
집 사모님에게 "사모님, 따님을 제게 주십시오"라고 말하여, 결
혼승낙을 받아내는 것입니다. 결국 K는 '나'와 하숙집 딸의 결
혼 소식을 들은 이후, 스스로 생을 마감합니다.

　선생은 자신의 알량한 자존심^{욕망}을 위해 친구 K의 성^城을 무

가마쿠라 해안에서 보이는 구름 위의 후지산

너뜨려 결국 죽음에까지 내몰고 만 겁니다. 저는 『마음』을 읽을
때마다, 근대의 개인주의가 도달할 수 있는 잔인함의 막장에 몸
서리가 처지고는 합니다. 그런데 이번에 『마음』을 다시 읽으며,
이전에 한번도 느껴보지 못한 '희망'을 느꼈습니다. 그것은 이기
주의의 "천벌"을 감내하며 고립과 은둔의 삶을 살던 선생이 '나'
를 향해 자신을 온전히 개방하는 대목에서입니다. 선생은 유서
에서 "나는 지금 내 스스로 나의 심장을 도려내어 그 피를 자네
의 얼굴에 쏟아부으려 하네. 나의 심장이 고통을 멈추고 그 대
신 자네 가슴에 새로운 혼을 불어넣을 수 있다면 그것으로 만족
하네"라고 격정적으로 토로하는 것입니다. 저는 이러한 개방적
자세야말로 친구 K를 향한 진정한 속죄이자, 선생이 이 세상에
남길 수 있는 유일한 희망일 수도 있겠다는 생각이 들었습니다.

　선생이 아내에게도 꽁꽁 숨겨둔 비밀을 털어놓게 되는 '나'를 만난 곳이 바로 여름의 가마쿠라 바다입니다. 이곳에서 '나'는 선생에게 매혹되고, 선생 역시 수십년 만에 처음으로 타인을 향해 마음의 문을 열게 됩니다. 눈이 시릴 정도로 푸른 가마쿠라의 바다는 분명 그런 힘을 가진 듯이 보였습니다. 제가 가마쿠라 해안을 찾은 이 날은, 멀리 구름 위로 후지산이 보이기도 했는데요. 나쓰메 소세키의 『마음』이 오늘날까지 사랑받는 이유는, 근대의 어둠 속에서도 사라지지 않는 '희망' 때문이라는 생각을 해보았습니다.

2025.9.3

『일본인문기행』은 일본문학자가 아닌 국문학자의 시선으로 쓴 일본 기행문이라는 점에서 돋보인다. 저자는 국문학자로서 자기 정체성을 되묻는 과정에서 일본이라는 타자의 공간을 거울처럼 활용한다. 일본은 탐구의 대상이 아니라, 한국문학이 자신의 언어와 기억을 비추어보는 반사면이다. 그 시선에는 재일한국인, 식민지의 기억, 전쟁의 상흔처럼 동아시아가 공유한 역사적 균열이 스며 있다.

이경재 교수는 『한국 현대문학의 공간과 장소』[2017]와 『명작의 공간을 걷다』[2020]에서 한국문학 속 '공간'의 의미를 꾸준히 탐색해왔다. 이번 『일본인문기행』은 그 문제의식을 국경 밖으로 확장한 결과물이다. 그는 일본의 도시, 거리, 묘역, 서점 등에서 '경계인'의 흔적을 찾아내며, 가해자와 피해자라는 복잡한 관계의 층위를 탐색한다. 이 시선은 일본문학자의 일본 읽기와 달리, 윤리적 책임과 기억의 공존을 묻는 동아시아적 사유로 이어진다.

진보초 헌책방 거리에서 발견한 1939년 조선판 『모던일본』, 스즈란도오리의, 도쿄대 강의실의 윤동주 점자 시집 등은 그가 기억의 지층을 더듬는 장면이다. 오키나와의 '아리랑'과 니가타항을 떠난 재일한인들의 서사는 식민과 전쟁의 잔향을 따라가며 문학의 윤리를 성찰하게 한다. 일본문학자가 내부의 미학을 탐구한다면, 국문학자는 외부의 윤리를 사유한다. 이경재 교수의 '국문학자의 일본인문기행'은 그 틈새에서 한국문학이 타자와 대화할 수 있는 가능성을 보여주는 치열하고 놀라운 기록이다.

— 일어일문학회 회장 이시준 교수

『일본인문기행』은 한국문학을 전공하는 국문학자인 저자가 2024~2025년 도쿄에 머무르며 눈앞에 펼쳐진 풍경들을 따라 걸어온 여정의 기록이다. 저자가 몸을 두었던 도쿄 고마바를 비롯해 신오쿠보, 진보초, 다카다노바바, 그리고 가마쿠라에서 홋카이도와 오키나와에 이르기까지 — 불과 1년이라는 시간이 믿기지 않을 만큼, 그는 수많은 장소를 지나며 그곳에서 만난 사람들과 장면들을 하나하나 포착해 나간다. 책 속에 등장하는 장소들은 지금 일본에서 살아가는 나에게도 너무나 익숙한 공간들이다. 그런데 이 책을 읽는 동안 나는 왠지 '낯선 일본'을 여행하고 있다는 느낌을 받았다. 그 이유는 이 여정이 단순한 여행기가 아니라 국문학자인 저자가 마주한 일본의 결을 따라가며 그 틈새에 숨어 있던 목소리들을 불러내는 작업이기 때문이다. 요코아미초 공원의 관동대지진 조선인희생자 추도비, 다카다노바바 점자박물관 주변에서 마주한 윤동주의 흔적, 진보초 헌책방 거리에서 만난 『모던일본』 조선판, 오사카와 교토의 재일조선인 공동체, 북송선에 몸을 싣고 니가타를 떠났던 재일조선인들의 여정, 그리고 오키나와 곳곳에 남은 전쟁의 기억 — 저자는 일본의 '국민' 역사에서는 오래도록 '부재'로 남아 있던 존재들을 찾아 나서며, 그들 사이에서 새롭게 들려오는 목소리를 더듬듯 하나하나 기록한다. 그리고 그 '부재'의 자리를 마주하면서도 절망하지 않고, 그곳에서 여전히 남아 있는 희망의 조각을 읽어내려는 저자의 시선은 책을 다 읽은 후에도 오래 마음에 남는다. 우리가 당연하게 받아들이는 '역사'나 '문화'가 만남과 교류 속에서 만들어져 왔으며 또 앞으로도 그렇게 새롭게 태어나리라는 사실 — 그것이 이 책이 조심스레 건네는 '희망'이라고 생각한다.

— 니가타현립대학 다카하시 아즈사 교수